講談社文庫

宿敵(上)

リー・チャイルド｜青木 創 訳

講談社

目次

ジェーンと海辺の鳥たちに

宿敵（上）

●主な登場人物〈宿敵　上〉

ジャック・リーチャー　家も車も持たず、放浪の旅を続ける元憲兵隊指揮官。
ザカリー・ベック　オリエンタルラグの輸入業者。
リチャード・ベック　ベックの息子、大学三年生。
エリザベス・ベック　ベックの妻。
スーザン・ダフィー　アメリカ司法省麻薬取締局捜査官。
スティーヴン・エリオット　ダフィーの同僚捜査官。
テリーザ・ダニエル　ダフィーの部下。
クイン　元情報将校。
デューク　ベック邸の警備責任者。
エンジェル・ドール　ベックの仲間。
ポーリー　ベック邸の門番。
ドミニク・コール　リーチャーの元部下。
グロフスキー　軍の砲弾開発担当者

1

撃たれるちょうど四分前に、その刑事は車からおりた。一連の動作は、まるでおのれの運命を予知しているかのようだ。まず固いヒンジに抵抗されながらドアを押しあけ、すり切れたビニールの座面の上でゆっくりと腰をまわし、両足を路面におろす。つづいてドアフレームを両手で握り、身を起こして外に出る。澄んだ冷たい空気の中に一秒ほど突っ立ってから、向きを変えてドアを閉める。さらに一秒ほど突っ立つ。それから前へ歩き、ヘッドライト付近の車体側面に寄りかかる。

車は七年落ちのシボレー・カプリス。色は黒で、警察のマークは描かれていない。だが、無線アンテナを三本備え、無骨なホイールはクロムめっきが施されている。大半の警官は、カプリスこそ史上最高の警察車両だと断言する。この男も同じ考えのように見える。警察署が保有する車両をどれでも自由に使えるベテランの私服警官のように見える。年代物のシボレーを好きで運転しているように見える。フォードの新車には興味がないように見える。そうした昔かたぎの頑固な性格がたたずまいに表れている。図体は大きく、厚手のウール製らしい地味なダークスーツを着ている。長身だが猫背だ。老いている。刑事はこうべをめぐらして公道沿いに南北を見渡してから、太い首を伸ばして背後の大学の校門を一瞥(いちべつ)した。わたしからは三十メートルほど離れている。

校門そのものは完全な飾り物だ。歩道の向こうに広がる刈りこまれた芝生に、二本の高い煉瓦(れんが)の柱が突っ立っているにすぎない。柱のあいだに、鉄の棒を曲げたり折り重ねたりひねったりしてしゃれた形にした両開きの高い門扉(もんぴ)が設けられている。門扉は黒光りしている。ペンキを塗り直したばかりのように見える。おそらく冬が終わるたびに塗り直しているのだろう。警備の役には立っていない。芝生を突っ切れば校門は通らずに済む。どのみち門扉は大きくあけ放たれている。そこからは私道が延び、二メートル半ほど行った左右に膝までの高さの小ぶりな鉄柱が据えられている。鉄柱は掛け金を備えている。左右の門扉がその掛け金で左右の鉄柱に固定されている。大きくあけ放たれて。私道を百メートルほど行くと、落ち着いた色合いの煉瓦の建物群がある。建物の急勾配の屋根は苔に覆われ、上に木が張り出している。私道には木が並んでいる。歩道にも木が並んでいる。そこら中に木がある。木々は芽吹いたばかりだ。若葉はまるまっていて、明るい緑色をしている。半年もすれば大きくなって赤や金色に変わり、写真家が学校案内用の写真を撮ろうと群がることだろう。

刑事とその車と校門の二十メートルほど北のはす向かいにピックアップトラックが停まっている。縁石に貼りつくようにして。五十メートルほど離れたところから、わたしに正面を向けている。やや場ちがいに見える。色はくすんだ赤で、前に大きなバンパーを備えている。バンパーはつやのない黒で、曲がっては伸ばされることを何度か繰り返したように見える。車内には男がふたり乗っている。どちらも若く、金髪の長身で、こざっぱりとしている。身じろぎせずにただすわり、何を見るでもなく前方に視線を向けている。刑事を見ているわけではないし、わたしを見ているわけでもない。

わたしは南側に陣どっている。目立たない茶色のパネルバンをCDショップの前に停めて。CDショップはいかにも大学の校門の近くにありそうな店だ。歩道に出した棚には中古のCDが並び、その後ろの窓には無名のバンドの宣伝ポスターが貼られている。バンのリアドアはあけたままだ。中には箱を積んである。わたしは書類の束を両手で持っている。コートを着ているのは、寒い四月の朝だからだ。手袋をはめているのは、バンの中の箱に開封したときのホッチキス針が残っているからだ。銃を携行しているのは、よくそうするからだ。銃はコートの下の、ズボンの後ろに差しこんである。コルト・アナコンダ、四四口径マグナム弾を使う並はずれて大きなステンレス鋼製のリボルバーだ。全長は三十五センチ弱、重さは一・八キロもある。さほど好みの武器ではない。硬く、重く、冷たく、いやでも存在を意識させられる。

　歩道の中央で立ち止まって書類から顔をあげると、遠くでピックアップトラックのエンジンがかかる音が聞こえた。その場を動かずに、ただアイドリングしている。白い排気ガスが後輪のあたりに漂っている。空気は冷たい。朝も早いので、通りは人けがない。わたしはバンの後ろにまわり、ＣＤショップの外壁の先にある大学の建物のほうに目をやった。一棟の建物の外で黒のリンカーン・タウンカーが待機している。そのそばにふたりの男が立っている。わたしから百メートルは離れているが、どちらもリムジン運転手には見えない。リムジン運転手はふたりで組まないし、若くもたくましくもないものだし、緊張して警戒するそぶりもしない。このふたりはボディガードのようにしか見えない。

　リンカーンを外に停めてある建物は、小さな寮のたぐいのようだ。大きな木製の扉の上方にギリシャ文字が記されている。見守るうちに、その大きな木製の扉が開いて痩せた若い男が出てきた。学生らしい見てくれだ。長い髪は乱れ、ホームレスのような恰好をしているが、光沢のある高級皮革を使っているとおぼしきバッグを携えている。ボディガードのひとりが警戒にあたるあいだに、もうひとりが車のドアをあけて押さえた。痩せた若い男は後部座席にバッグを投げこむと、そのあとから車内に滑りこんだ。ドアを自分で引いて閉める。そのかすかな音が百メートル離れていても聞こえた。ボディガードたちは周囲を見まわしてから前部座席に乗りこみ、まもなく車は動きだした。その三十メートル後ろから、大学警察のパトロールカーがゆっくりと同じ方向に進んでくる。車列を作るつもりではなく、たまたま居合わせたかのように。中にはふたりの警官が乗っている。座席に体を沈め、やることもなく退屈しているように見える。

わたしは手袋をはずし、バンの荷室に投げこんだ。視界が利く車道に出る。リンカーンが適度な速度で私道を進んでいる。黒につやめき、汚れひとつない。ふんだんにクロムが使われている。ふんだんにワックスも。かなり後ろから大学警察のパトロールカーがついてきている。リンカーンは飾り物の校門のところで一時停止してから左折し、南へ向かった。警察の黒のカプリスのほうへと。わたしのほうへと。

つぎに起こったことは八秒のうちに終わったが、一瞬の出来事にも感じられた。

リンカーンの二十メートル後方で、くすんだ赤のピックアップトラックが縁石から離れた。急加速する。リンカーンに追いつくと車線を変え、刑事のカプリスの真横で並んだ。刑事の膝から三十センチも離れていないところで。そしてさらに加速して少し前に出ると、運転していた男は急ハンドルを切り、バンパーの端をリンカーンのフロントフェンダーに激突させた。そのままハンドルを切り、アクセルペダルを踏みつづけ、リンカーンを車道から路肩へはじき出す。草地が引き剥がされ、リンカーンは急減速して木に正面衝突した。金属がへこみ、裂け、ヘッドライトのガラスが砕ける大きな音が響き、蒸気の大きな塊が立ちのぼって、木の若葉が朝の静かな空気の中で震え、ざわめいた。

ピックアップトラックからふたりの男が出てきて銃を撃ちはじめた。黒いサブマシンガンを構え、リンカーンに撃ちこんでいる。音は耳を聾(ろう)するほどで、空薬莢(からやっきょう)が弧を描いてアスファルトに降り注いでいる。男たちはリンカーンのドアに手を掛け、引きあけた。ひとりが後部座席に身を入れ、痩せた若者を引きずり出そうとする。もうひとりはさらに前部座席に発砲してから、左手をポケットに入れて手榴弾らしきものを取り出した。それをリンカーンの中に投げこみ、ドアを閉めると、相棒と若者の肩をつかんで車に背を向けさせ、かがませた。閃光と大音響とともにリンカーンの中で爆発が起こった。六枚の窓のすべてが粉々になる。二十メートル以上離れているわたしにも、その衝撃は余すところなく伝わった。ガラス片がそこら中を舞っている。それが日の光を受けて虹を作っている。手榴弾を投げた男が立ちあがってピックアップトラックの助手席側に走り、もうひとりが若者を車内に突き飛ばして、自分もつづいて乗りこんだ。ドアが閉められる。中央の座席で身動きできなくなった若者が見える。その恐怖の表情が見える。ショックで顔面蒼白になり、汚れたフロントガラス越しに、口が悲鳴の形を作っているのが見える。運転席にすわった男がセレクトレバーを動かすのが見え、エンジンがとどろいてタイヤがきしむ音が聞こえたかと思うと、ピックアップトラックはわたしのほうへまっすぐ向かってきた。

トヨタ車だ。バンパーの後ろのフロントグリルに〝ＴＯＹＯＴＡ〟の文字が見える。サスペンションが車体を高く持ちあげているので、前部に大きな黒いディファレンシャルギアが見える。サッカーボールほどもある。四輪駆動。幅広の大きなタイヤ。車体はへこみ、塗装は薄れ、出荷されてから洗車されていない。それがわたしに迫ってくる。

決断するまで一秒もない。

コートの裾をめくり、コルトを抜いた。慎重の上にも慎重に狙いを定め、トヨタ車のフロントグリルに一発撃つ。大型拳銃が閃光と轟音を発し、手の中で跳ねた。巨大な四四口径弾がラジエーターを破壊する。左の前輪に二発目を撃った。タイヤが爆ぜて黒いゴム片が撒き散らされる。吹き飛ばされた長い接地面が空を切り裂く。ピックアップトラックは横滑りし、わたしに運転席側を向けて停まった。距離は十メートル。わたしはバンの後ろにまわってリアドアを閉じると、歩道に出てさらに左の後輪を撃った。同じ結果がもたらされる。ゴムが四散する。左側の前後のリムに重量がかかり、ピックアップトラックは大きく傾いた。運転していた男がドアをあけてアスファルトの上に転がり出ると、もがくように片膝を突いた。狙いにくいほうの手に銃を持っている。男はおぼつかない手つきでそれを持ち替え、わたしは相手がこちらに銃を向けるつもりだと確信できるまで待った。それから左手を右の前腕に添えてコルトの一・八キロの重量を支え、大昔に教わったとおりに体の中心を慎重に狙い、引き金を引いた。男の胸が血煙をあげて爆発したように見えた。痩せた若者は車内で身をこわばらせている。ショックと恐怖で目を見開いている。だがそこでもうひとりの男がピックアップトラックから出てきて、車体前部をまわりこんで迫ってきた。銃をわたしに向けようとしている。わたしは左に体を向け、一拍置いてから左手を右の前腕に添えた。胸を狙う。発砲する。同じ結果がもたらされる。男は赤い霧に包まれ、フロントフェンダーの向こうに仰向けに倒れた。

車内で痩せた若者がようやく身じろぎした。わたしは駆け寄り、ひとり目の男の体越しに若者を引きずり出した。バンへと急かす。若者は恐怖と混乱で足がもつれている。その体を助手席に押しこんでドアを閉めると、身を翻（ひるがえ）して運転席側へ行った。こちらへ向かってくる三人目の男が目の隅に映る。上着の中に手を入れている。大柄な男だ。黒っぽい服。わたしは左手を右の前腕に添えて発砲し、その男の胸がはじけて赤く染まるのを見てとったが、その瞬間、相手がカプリスに乗っていた老刑事であり、バッジを出そうとしてポケットに手を入れていたことに気づいた。バッジは古びた革のケースに金の盾を収めたもので、それが手から飛ばされ、回転しながらバンのすぐ前の縁石に打ちつけられた。

時間が止まる。

わたしは刑事を見つめた。側溝に仰向けに倒れている。胸全体が赤い残骸と化している。体中にそのしぶきが飛び散っている。血は噴き出ていない。心臓が動いている気配はない。シャツにぎざぎざの大きな穴が空いている。微動だにしていない。首は横を向き、片頬がアスファルトに押しつけられている。両手は投げ出され、青ざめた静脈が見える。路面の黒と、草の鮮やかな緑と、空の明るい青が目につく。耳に銃声がまだ残っているが、若葉を揺する微風の音が聞こえる。痩せた若者がバンのフロントガラス越しに倒れ伏した刑事を見つめ、つづいてわたしを見つめる。大学警察のパトロールカーが校門を出て左折するのが見える。やけに速度が遅い。何十発も発砲されている。自分たちの管轄がどこからどこまでかを懸念しているのかもしれない。怯えているだけなのかもしれない。フロントガラスの向こうにその薄赤い顔が見える。こちらへ向かってくる。時速二十五キロくらいで。わたしのほうへまっすぐに。わたしは側溝に落ちた金の盾に目をやった。長年使いこまれたせいで金属がすり減ってなめらかになっている。バンに目をやった。その場に立ち尽くしたまま。大昔に学んだことのひとつは、人を射殺するのはたやすいということだ。しかし、射殺したのをなかったことにする手立てはない。

大学警察のパトロールカーがゆっくりと近づいてくる音が聞こえる。タイヤがアスファルトできしる音が聞こえる。それ以外は静寂に包まれている。そのとき、時間がふたたび動きだし、頭の中に〝行け、行け、行け〟という大声が響き、わたしは逃走を図った。急いでバンに乗りこみ、銃を中央の座席にほうると、エンジンをかけ、片輪走行になるほどの勢いでUターンした。痩せた若者の体が前後左右に振りまわされる。ハンドルを戻すと、アクセルペダルを踏みつけ、南へ車を走らせた。バックミラーに映る視界はかぎられているが、パトロールカーがルーフの回転灯を光らせ、追ってくるのは見てとれた。隣の若者はひと言も発しない。口を茫然とあけたまま。座席にしがみつくのに集中しているようだ。わたしは全速力で飛ばすのに集中している。幸い、交通量は少ない。ニューイングランドの静かな町で、朝もまだ早いからだろう。時速百キロ以上にまで加速し、こぶしが白くなるほどハンドルをきつく握り締め、ひたすら前方の道路を見つめた。背後にあるものを見まいとするかのように。

「パトカーはどれくらい後ろにいる？」若者に訊いた。

若者は返事をしない。ショックで放心し、できるだけわたしから体を離して座席の隅で縮こまっている。天井を見つめ、右手をドアに押しつけている。青白い肌、長い指。

「どれくらい後ろだ？」わたしはふたたび訊いた。エンジンが轟音を立てている。

「あんたは警官を殺した」若者は言った。「あの年寄りは警官だった。わかってるよね」

「わかっている」

「あんたはあの人を撃ち殺した」

「誤射だ」わたしは言った。「大学警察の警官はどれくらい後ろにいる？」

「あの人はバッジを見せようとしてただけなのに」

「大学警察の警官はどれくらい後ろにいる？」

若者はぎこちなく体をよじり、小さなリアウィンドウの外を見通せるように頭を低くした。

「三十メートルくらい」あいまいで、怯えている口調だ。「すぐそこだよ。ひとりが窓の外に銃を突き出してる」

ちょうどそのとき、エンジンの爆音とタイヤの回転音の向こうから、拳銃の銃声がかすかに聞こえた。わたしは隣の席に置いてあったコルトを手に取り、またほうった。弾切れだ。すでに六発撃っている。ラジエーターに一発、タイヤに二発、男たちに二発。それから刑事に一発。

「グローブボックスだ」わたしは言った。

「車を停めたほうがいい」若者は言った。「警官に説明しよう。あんたはぼくを助けようとした。まちがって撃ったんだって」その目はわたしを見ていない。リアウィンドウの外を見ている。

「わたしは警官を射殺した」わたしは言った。ごく冷静な口調を保って。「向こうが知っているのはそれだけだ。向こうが知りたがるのもそれだけだ。経緯や理由は顧みない」

若者は何も言わない。

「グローブボックスだ」わたしは繰り返した。

若者はまた体をよじり、たどたどしい手つきでグローブボックスをあけた。アナコンダがもう一挺出てくる。まったく同じ銃が。輝くステンレス鋼製で、全弾装塡してある。わたしはそれを若者から受けとった。運転席側の窓を全開にする。冷気が突風のように流れこんでくる。それに乗って拳銃の銃声がつづけざまに真後ろから運ばれてきた。

「くそ」わたしは言った。

若者は何も言わない。銃声が迫ってくる。鈍い発砲音がしだいに大きくなっている。あたらないほうがおかしい。

「床にしゃがみこめ」わたしは言った。

そして体を横にずらして左肩をドアフレームに押しつけると、右腕を大きく振って新しい銃を窓の外に出し、後方に向けた。一発撃つ。若者は恐怖の目でわたしを見つめ、前に体を滑らせて座席の前端とダッシュボードのあいだの空間にうずくまり、両手で頭をかかえた。一秒後、その頭があった場所の三メートル後ろでリアウィンドウが砕け散った。

「くそ」わたしはふたたび言った。射界を得るためにハンドルを切って路肩寄りを走る。後方にもう一発撃った。

「後ろを見てくれ」わたしは言った。「なるべく姿勢を低くしろ」

若者は身動きしない。

「体を起こせ」わたしは言った。「早く。後ろを見てくれ」

若者は体を起こしてよじり、かろうじて後ろが見える程度に首を伸ばした。砕け散ったリアウィンドウを見てとったようだ。自分の頭がその延長線上にあったことにも気づいたようだ。

「少しだけ減速する」わたしは言った。「片側に寄ってパトカーと並走する」

「やめなよ」若者は言った。「まだ引き返せる」

わたしはそれを無視した。時速八十キロほどに速度を落とし、右に車を寄せると、大学警察のパトロールカーはとっさに左に流れて横に並んだ。最後の三発を撃ちこむと、フロントガラスを砕かれたパトロールカーは横滑りした。運転していた男が被弾したか、タイヤを失ったかのように。そのまま反対側の路肩に正面から突っこみ、低木の並木をなぎ倒して見えなくなる。わたしは弾切れの銃を隣の座席に置き、窓を閉めてアクセルペダルを踏みこんだ。若者は何も言わない。黙ってバンの後部を見つめている。そこの割れた窓から空気が吸い出され、うめき声のような異音を発している。

「よし」わたしは息を切らしながら言った。「うまくいった」

若者はわたしに顔を向けた。

「あんたはまともじゃない」と言う。

「警官を射殺したらどんな目に遭うかは知っているだろう?」わたしは言い返した。

若者は返事をしない。時間にして三十秒ほど、距離にして一キロ弱のあいだ、われわれは無言で車に乗っていた。目をしばたたき、荒い息をつき、催眠術にかかったかのようにフロントガラスの向こうを見据えながら。車内に漂う硝煙のにおいが鼻を突く。

「誤射だった」わたしは言った。「いまさら生き返らせることはできない。だからもう忘れろ」

「あんたはいったい何者なの?」若者は訊いた。

「いや、おまえこそ何者なんだ」わたしは逆に訊いた。

若者は黙った。呼吸が苦しげだ。わたしはバックミラーに目をやった。後方の道路は人っ子ひとりいない。前方の道路も。広々とした土地のただ中にいる。ハイウェイのクローバーリーフ型立体交差まで十分くらいだろう。

「ぼくは標的なんだよ」若者は言った。「拉致(らち)の」

奇妙な表現だ。

「あいつらはぼくをさらおうとした」若者は言った。

「ほんとうか？」

若者はうなずいた。「前にもあった」

「理由は？」

「金だよ」若者は言った。「ほかにある？」

「金持ちなのか？」

「父さんがね」

「父親は何者なんだ」

「ふつうの人だよ」

「でも金持ちなんだな」わたしは言った。

「ラグの輸入業者なんだ」

「ラグ？」わたしは言った。「カーペットのたぐいか？」

「オリエンタルラグを輸入してる」

「オリエンタルラグを輸入して金持ちになれるのか？」

「大金持ちになれる」若者は言った。

「おまえの名前は？」

「リチャード」若者は言った。「リチャード・ベック」

わたしはふたたびバックミラーに目をやった。後方の道路は相変わらず無人だ。前方の道路も。少し速度を落とし、車線の中央にバンを走らせ、目立たない運転に努めた。

「それで、あの男たちは何者だったんだ」わたしは尋ねた。

リチャード・ベックは首を横に振った。「見当もつかない」

「あいつらはおまえがどこにいるかを知っていた。いつそこにいるかも」

「ぼくは家に帰るところだった。あしたは母さんの誕生日だから」

「それを知っていそうな人物は？」

「さあ。ぼくの家族の知り合いならみんな知ってる。ラグ業界の人たちもみんな。うちは有名だから」

「業界があるのか？」わたしは言った。「ラグの？」

「みんな商売敵なんだよ」若者は言った。「仕入れ先は同じだし、市場も同じ。みんんな知り合いさ」

　わたしは何も言わなかった。時速百キロで運転をつづける。

「あんたの名前は？」若者は尋ねた。

「訊くな」わたしは言った。

　理解したらしく、若者はうなずいた。賢い子だ。

「これからどうするの？」若者は尋ねた。

「ハイウェイの近くでおまえをおろす」わたしは言った。「ヒッチハイクをするなり、タクシーを呼ぶなりして、わたしのことはすべて忘れろ」

　若者は押し黙った。

「警察には連れていけない」わたしは言った。「それは無理だ。わかるだろう？　わたしは警官をひとり殺した。三人殺したかもしれない。おまえも見たはずだ」

　若者は沈黙を保っている。決断のときだ。ハイウェイまであと六分。

「一生塀の中だ」わたしは言った。「わたしはへまをやっただけで、あれは誤射だったが、警察は聞く耳を持たないだろう。いつもそうだ。だから、だれのところだろうと、連れていくよう頼んでもむだだ。たとえおまえが証言か何かをするつもりでも、わたしは煙のように消え去る。理解したな？」

　若者は何も言わない。

「それから、警察に人相を伝えるな」わたしは言った。「わたしのことは覚えていないと言うんだ。ショック状態だったと。さもなければおまえを捜し出して殺す」

若者は答えない。

「どこかでおまえをおろす」わたしは言った。「わたしに会ったことなどないかのように」

若者は身じろぎした。座席の上で体をひねり、わたしをまっすぐに見つめる。

「家まで送って」若者は言った。「途中でおろさずに。金なら払うから。逃げるのも手助けする。なんならかくまってもいい。ぼくの家族はきっと感謝する。少なくともぼくは感謝してる。信じて。あんたはぼくの身を守ってくれた。警官の件は誤射だったんだよね？ つまりただの事故だ。運が悪かっただけさ。切羽詰まった状況だったし。それは同情できる。秘密は守る」

「おまえの手助けは必要ない」わたしは言った。「必要なのは、おまえを厄介払いすることだけだ」

「でもぼくは家に帰る必要がある」若者は言った。「ぼくたちは協力できる」

ハイウェイまであと四分。

「家はどこだ」わたしは尋ねた。

「アボット」若者は言った。

「どこのアボットだ」

「メイン州のアボットだよ。海の近くの。ケネバンクポートとポートランドのあいだにある」

「方向が逆だ」

「ハイウェイで北行きの車線に乗ればいい」

「三百キロ以上ある」

「金なら払う。損はさせない」

「ボストンの近くでおろすという手もある」わたしは言った。「ポートランド行きのバスがあるはずだ」

　若者は発作にでも襲われたかのように激しくかぶりを振った。

「それはだめだ」と言う。「バスには乗れない。ひとりになりたくない。いまは。守ってくれる人が要る。あの男たちがまだいるかもしれない」

「あの男たちは死んだ」わたしは言った。「お節介な刑事と同じように」

「共謀者がいるかもしれない」

　これも奇妙な表現だ。若者は小さく、痩せ、怯えて見える。首の血管が脈打っている。若者は両手で髪を掻きあげ、フロントガラスのほうを向いて、左耳を見せた。耳がない。瘢痕組織が硬い瘤を作っている。調理前の小さなパスタのような見た目だ。

花をかたどった生のトルテリーニに似ている。

「あいつらが切り落として郵送したんだ」若者は言った。「一度目のときに」

「いつ?」

「ぼくは十五歳だった」

「父親が金を出し渋ったのか?」

「すぐには払わなかったのか?」

わたしは何も言わなかった。リチャード・ベックは無言ですわって傷を見せ、ショックと恐怖で機械的に呼吸している。

「大丈夫か?」わたしは尋ねた。

「家まで送って」若者は言った。懇願するように。「いまはひとりになりたくない」

ハイウェイまであと二分。

「お願いだ」若者は言った。「ぼくを助けて」

「くそ」わたしはみたび言った。

「お願いだ。ぼくたちは協力できる。あんただって身を隠さないといけない」

「このバンに乗りつづけるわけにはいかない」わたしは言った。「州の全域に手配されているはずだ」

若者は希望に満ちた表情でわたしを見つめた。ハイウェイまであと一分。

「代わりの車を見つけなければならない」わたしは言った。

「どこで？」

「どこでもいい。車はそこら中にある」

ハイウェイのインターチェンジの南西に郊外型の大きなショッピングモールがあった。遠くからでも見てとれる。窓のない巨大な黄褐色の建物と、まばゆいネオンサインがある。半分ほど埋まった巨大な駐車場もある。わたしはそこにバンを乗り入れ、全体を一周した。町並みに大きい。人だらけだ。それには神経を使わされた。もう一周してから、並んだごみ容器の先に車を進め、大型百貨店の裏手へ向かった。

「どこへ行くの？」リチャードが尋ねた。

「従業員用の駐車場だ」わたしは言った。「客は一日中出入りしている。予測がつかない。だが従業員は当分のあいだはとどまる。より安全だ」

よくわからないという顔で若者がわたしを見る。何もない壁に向かって前向きに駐車している八台の車のほうへ行った。三年落ちくらいの鈍い色をしたニッサン・マキシマの隣のスペースが空いている。この車なら都合がいい。どこにでもあるような車だからだ。駐車場は孤立していて、静かで人目につかない。空きスペースをいったん素通りしてから、バックでそこに入れた。バンのリアドアを壁際まで寄せて。

「窓が割れているのを隠さないとまずい」わたしは言った。

若者は何も言わない。わたしは弾切れのコルトを二挺ともコートのポケットに入れ、バンからおりた。マキシマのドアを引いてみる。

「針金を探せ」わたしは言った。「太い電気コードやコートハンガーでいい」

「この車を盗むつもり？」

わたしはうなずいた。無言で。

「それが利口なやり方なの？」

「おまえだって警官を誤って射殺したらこれが利口なやり方だと思うはずだ」

若者は一秒ほど茫然としていたが、われに返って針金を探しはじめた。わたしはアナコンダのシリンダーから抜いた十二個の空薬莢をごみ容器に捨てた。若者がごみの山から一メートルほどの長さの電気コードを見つけて戻ってくる。わたしは歯でその絶縁体を剝がし、片端を鉤状に曲げて、マキシマの窓枠のゴムの隙間に差しこんだ。

「見張っていろ」と命じる。

若者がその場から離れて駐車場を見まわしているあいだに、コードを中まで押しこんで動かし、ドアハンドルを引いてあけた。コードをごみの山に投げ捨て、ステアリングコラムの下にかがみこんで樹脂製のカバーをはずす。コードをより分け、目当ての二本を見つけて接触させた。セルモーターがうなり、エンジンがかかって回転が安定する。さすがに若者は感心した様子だ。

「若いころはやんちゃだったのさ」わたしは言った。

「これが利口なやり方なの？」若者はふたたび訊いた。

わたしはうなずいた。「何より利口なやり方だ。きょうの六時、もしかしたら八時まで、盗んだことはばれないだろう。閉店時刻まで。そのころにはとっくにおまえの家に着いている」

若者は助手席のドアに手を掛け、ややためらってから、中に乗りこんだ。わたしは運転席を後ろにずらし、バックミラーの角度を調整してから、バックで車を出した。ゆっくりとショッピングモールの駐車場を進む。百メートルほど離れたところをパトロールカーが巡回している。わたしは最初に目についた場所に車をまた停め、エンジンをかけたまま、パトロールカーが遠ざかるのを待った。それから急いで出口へ向かい、クローバーリーフ型立体交差を抜けた。二分後には、時速百キロというそれなりの速度で、車が順調に流れている広いハイウェイを北へ向かっていた。車内は香水のにおいがきつく、ティッシュペーパーの箱がふたつあった。リアウィンドウの手前に熊のぬいぐるみが置かれ、鉤爪代わりの吸盤で窓に貼りついている。後部座席にはリトルリーグのグローブがあり、トランクの中で金属バットの転がる音が聞こえた。

「母親が子供の送り迎えに使っている車だな」わたしは言った。

若者は答えない。

「心配するな」わたしは言った。「保険にはいっているはずだ。善良な市民だろう」

「罪悪感はないの？」若者は言った。「あの刑事に対して」

わたしは若者を一瞥した。痩せていて、肌は青白く、またわたしからできるだけ体を離して縮こまっている。手をドアにあてている。長い指のせいでミュージシャンのように見えなくもない。わたしに好意を持ちたいのだろうが、別に好かれなくてもかまわない。

「人生に災難は付き物だ」わたしは言った。「いちいち取り乱しても仕方がない」

「ひどい答だね」

「これがただひとつの答だ。あれはささやかな付随的被害だった。あとで厄介なことにならないかぎりはどうということはない。要するに、いまさら結果は変えられないのだから、気持ちを切り替えるしかない」

若者は何も言わない。

「そもそも、おまえの父親が悪い」わたしは言った。

「金持ちで息子がいるから？」

「無能なボディガードを雇ったからだ」

若者は目をそらした。無言で。

「あのふたりがボディガードだったのはまちがいないな？」

若者はうなずいた。無言で。

「それなら、おまえは罪悪感はないのか？」わたしは訊いた。「あのふたりに対して」

「少しはある」若者は言った。「たぶん。あのふたりのことはよく知らないんだよ」

「あのふたりはなんの役にも立たなかった」

「一瞬の出来事だったから」

「悪党どもはすぐそこで待ち伏せしていた」わたしは言った。「こぢんまりとしたお上品な学園都市に、あんな薄汚れた古いピックアップトラックが停まっていたんだぞ？　ボディガードのくせにそんなことにも気づかないとはな。あのふたりは脅威評価ということばを聞いたこともなかったんだろう」

「あんたは気づいてたと言いたいの？」

「わたしは気づいていた」

「バンの運転手にしては上出来だね」

「わたしは軍にいた。憲兵だった。ボディガードについては熟知している。付随的被害についても熟知している」

若者はあいまいにうなずいた。

「名前はまだ教えてくれないの？」と尋ねる。

「おまえしだいだ」わたしは言った。「おまえの考え方を知る必要がある。わたしは進退窮まってもおかしくない。少なくとも警官がひとり死んでいるし、車まで盗んだ」

若者はまた黙りこんだ。わたしも何キロか、沈黙を保った。考える時間を与えるつもりで。車はそろそろマサチューセッツ州を抜けようとしている。

「ぼくの家族は献身を評価する」若者は言った。「あんたはその息子のために尽くしてくれた。つまり家族のために尽くしてくれた。少なくとも、身代金を払わなくても済むようにしてくれた。だからぼくの家族はきっと感謝する。絶対にあんたを警察に売ったりしない」

「家族に連絡しておくべきでは？」

若者は首を横に振った。「ぼくが帰ってくるのはわかってる。帰りさえすれば、連絡しなくていい」

「警察が連絡するぞ。おまえがたいへんなことになっていると思いこんで」

「警察は電話番号を知らない。だれも知らない」

「大学がおまえの住所を知っているはずだ。そこから電話番号を調べられる」

若者はまた首を横に振った。「大学は住所を知らない。だれも知らない。うちはそういうことにはとても用心深いんだ」

わたしは肩をすくめ、一キロ半ほど無言で運転をつづけた。

「それで、おまえはどうなんだ」わたしは言った。「わたしを警察に売るのか？」

若者が右耳に触れる。まだ残っているほうの耳に。完全に無意識のしぐさにちがいない。

「あんたはぼくの身を守ってくれた」若者は言った。「ぼくだってあんたを警察に売ったりしない」

「いいだろう」わたしは言った。「わたしの名前はリーチャーだ」


ヴァーモント州の片隅を数分かけて突っ切り、ニューハンプシャー州を北東へ向かった。長い車の旅に備えて楽な姿勢をとった。アドレナリンが引き、若者はショック状態から脱して、われわれはふたりともやや気がゆるんで眠くなっていた。わたしは窓を少しあけて外気を入れ、香水の残り香を出した。うるさくなったが、これで起きていられる。ふたりで少し話をした。歳は二十だとリチャード・ベックは語った。大学の三年生。現代芸術表現とやらを専攻しているそうだが、指で描く絵と大差ないようにも聞こえる。人付き合いは苦手らしい。ひとりっ子。家族に対してはいろいろと葛藤がある。絆の深い一族であるのは確かだが、そこから離れたいという気持ちと残らなければならないという気持ちが半々のようだ。明らかに以前の拉致が心に深い傷を残している。耳以外にも何かされたのだろうかと気になった。ずっとおぞましい何かを。

わたしは軍の話をした。自分のボディガードとしての能力はかなり誇張した。少なくとも当面は安心してもらいたかったからだ。マキシマは安定した高速で走りつづけた。給油したばかりで、ガソリンスタンドに寄る必要はない。若者は昼食をほしがらなかった。わたしはトイレに寄るために一度車を停めた。イグニッション・コードをまたいじらなくても済むよう、エンジンはかけたままにして。車に戻ると、若者は力なくすわっていた。ふたたび車を走らせ、ニューハンプシャー州のコンコードを経て、メイン州のポートランドをめざした。時間が過ぎていく。家に近づくにつれ、若者は緊張を解いた。それでいて口数も少なくなった。葛藤の表れなのだろう。

州境を越え、ポートランドまであと三十キロほどになると、若者は身をよじってリアウィンドウの外の景色を念入りに確かめ、つぎの出口でおりるよう言った。その先は細い道が東の大西洋へとつづいていた。州間ハイウェイ九五号線の下を抜け、花崗岩でできた岬を突っ切りながら、海のほうへ二十五キロほど進んでいく。夏ならさぞ壮観だっただろう。だがいまはまだ底冷えするほど寒い。木は潮風に成長を妨げられ、露出した岩は突風や荒波で土をこそぎ落とされている。曲がりくねった道は、できるかぎり東へ延びようと苦闘しているかのようだ。前方に大海原がかすかに見えた。色は灰色で、鉄に似ている。道は左右の入江のあいだを縫うように延びている。

小さな砂浜が見えたかと思うと、道は左に曲がってからすぐに右に曲がり、手のひらのような形をした岬へのぼっていった。その手のひらがいきなり細くなり、一本の指だけが海に突き出た恰好になった。突出部は岩でできていて、幅は百メートル、長さは一キロ弱ほどありそうだ。風が車に吹きつけている。突出部を進むと、常緑樹の曲がった木や低い木が並んでいるのが見えた。後ろにある花崗岩の高塀を隠そうとしているようだが、高さも厚みも足りていない。塀の高さは二メートル半ほどだ。てっぺんで有刺鉄線が大きな螺旋を作っている。一定の間隔ごとに防犯ライトが取り付けられている。塀は幅が百メートルほどある指の端から端までを横切っている。両端は急角度で海に落ちこみ、そこでは巨大な石材が重厚な基礎を支えている。石材は海藻だらけだ。塀の真ん中に鉄製の門がある。門は閉じられている。

「ここだよ」リチャード・ベックは言った。「ここがぼくの家だ」

道は門に直接通じている。門の向こうは長いまっすぐな私道になっている。私道の突きあたりに石造りの灰色の館がある。指の先端に建ち、大海原に囲まれている。門のすぐ横に一階建ての小屋がある。館と同じ建築様式で、同じ石造りだが、ずっと小さくて低い。塀と基礎を共有している。わたしは車の速度を落とし、門の前で停めた。

「クラクションを鳴らして」リチャード・ベックは言った。

マキシマはエアバッグを装備していて、ハンドルの中央が少し膨らんでいる。指一本でそこを押すと、クラクションが控えめな音を鳴らした。門柱の監視カメラが上下左右に動く。小さなガラスの目に見つめられているかのようだ。長い間を置いて、小屋のドアが開いた。ダークスーツ姿の男が出てくる。スーツはどう見ても特大サイズ専門店で買ったもので、おそらくそこで売られている最も大きなサイズだろうが、それでも肩まわりがかなりきつく、袖の長さが足りていない。男はわたしよりもずっと大きく、つまりもはや化物のたぐいに属すると言っても過言ではない。まさに巨人だ。その巨人が門扉に歩み寄り、内側からこちらを眺めた。わたしを凝視し、若者を一瞥する。それから門を解錠して引きあけた。

「家までそのまま進んで」リチャードは言った。「ここで停まらずに。あいつは苦手なんだ」

わたしは車を出して門を抜けた。停まらずに。ただし、ゆっくりと車を走らせ、周囲を見まわした。どこかに進入するときにまずしなければならないのは、逃げ道を探すことだ。塀はどちら側も荒れた海に浸かるまで延びている。高すぎて跳び越えられないし、てっぺんに有刺鉄線があるせいでよじのぼるのも無理だ。塀の先の三十メートルほどは空き地になっている。緩衝地帯のように。あるいは、地雷原のように。その全域を照らせるように防犯ライトが設置されている。逃げ道は門以外にない。背後であの巨人がその門を閉めようとしている。バックミラーに姿が映っている。

館に至る私道は長い。灰色の海が三方を囲っている。館は古い大邸宅だ。捕鯨で大儲けできた時代に、どこかの船長が住んでいたのかもしれない。すべて石で造られ、玉縁装飾やコーニスや凹凸が入り組んでいる。北側の壁面は灰色の地衣類に覆い尽くされている。ほかの壁面はところどころに緑が散っているだけだ。三階建てで、煙突が十本以上ある。屋根は複雑な輪郭をしている。短い雨樋を備えた破風がそこら中にあり、雨水を排水するための太い鉄管が何十本も伸びている。正面玄関の扉はオーク材が使われ、鋲を打った鉄板で補強してある。私道は幅を広げて車まわしに至っている。反時計まわりにそこを進み、玄関の前で車を停めた。扉が開き、別のダークスーツ姿の男が出てくる。わたしと同じくらいの体格で、小屋にいた男よりずっと小さい。とはいえ、好感を持てなかった点は変わらない。顔は鉄仮面のようで、目は何の表情も見せていない。男は前もって知っていたかのように、マキシマの助手席のドアをあけた。実際、小屋の大男から連絡があったはずだから、前もって知っていたのだろう。

「ここで待ってて」リチャードは言った。

若者は車をおりて薄暗い館の中に歩いていき、スーツ姿の男が外からオーク材の扉を閉めてその正面に陣どった。こちらを見つめてこそいないが、視界の隅にとらえているのは確かだ。わたしはステアリングコラムの下側のつないでおいたコードをはずしてエンジンを切ると、待った。

待ち時間はかなり長く、四十分近くはあったと思う。エンジンをかけていないせいで、車内がしだいに冷えてくる。館を包んで渦を巻く潮風に車が少し揺られている。フロントガラスの向こうに目を凝らした。わたしは北東を向いていて、空気は風に吹かれて澄んでいる。左からこちらに向かって湾曲している海岸線が見える。三十キロほど先の空中に茶色のかすかな染みが見える。ポートランドから立ちのぼる煤煙だろう。街そのものは岬の向こうに隠れている。

やがてオーク材の扉がふたたび開き、スーツ姿の男がすばやく脇にどくと、女がひとり出てきた。リチャード・ベックの母親だ。まちがいない。だれがどう見ても。同じ痩せ型で、同じ青白い顔色をしている。長い指も同じだ。身につけているのはジーンズと厚手のフィッシャーマンズセーター。髪は風に乱され、歳は五十がらみに見える。疲れ、緊張している様子だ。女は車の二メートルほど手前で足を止めた。自分から車をおりて挨拶するほうが礼儀にかなっていると気づく機会をわたしに与えるかのように。それでわたしはドアをあけて外に出た。体がこわばり、凝っている。進み出ると、女が手を差し出した。わたしはそれを握った。氷のように冷たく、骨と腱ばかりの手だ。

「いきさつは息子から聞いたわ」女は言った。声は低く、ややかすれて聞こえる。煙草を吸いすぎているか、ずっと泣きじゃくっていたかのように。「息子を守ってくださって、ことばでは言い尽くせないほど感謝しています」

「息子さんは大丈夫か？」わたしは尋ねた。

確信が持てないかのように、女は顔をしかめた。「いまは横になっていて」

わたしはうなずいた。放した女の手が、脇に垂らされる。少しのあいだ、気詰まりな沈黙が流れた。

「エリザベス・ベックよ」女は言った。

「ジャック・リーチャーだ」わたしは言った。

「あなたの苦境について、息子から説明を受けたわ」

当たり障りのない上手な言い方だ。わたしは何も答えなかった。

「今夜には主人が帰ってくるから」女は言った。「対応を考えてくれるはずよ」

わたしはうなずいた。ふたたび気詰まりな沈黙が流れる。待った。

「どうぞはいって」女は言った。

向きを変え、玄関ホールに戻っていく。わたしはあとにしたがった。扉を抜けるとき、ブザーが鳴った。よく見ると、扉の枠に沿って内側に金属探知機が取り付けてある。

「かまわないかしら」エリザベス・ベックは言った。わたしに対しておずおずと申しわけなさそうな身ぶりらしきものをしてから、スーツ姿の醜い大男に対しても同じことをする。男は進み出て、わたしの身体検査をおこなおうとした。

「銃が二挺ある」わたしは言った。「弾はない。コートのポケットだ」

これまでに何度も身体検査をおこなった経験があるらしく、男は手慣れたしぐさで銃を抜きとった。かたわらのテーブルにそれを置くと、しゃがんでわたしの脚に手を這わせてから、立ちあがって腕、腰、胸、背中を調べていく。徹底していて、遠慮がない。

「ごめんなさいね」エリザベス・ベックは言った。

スーツ姿の男が後ろにさがり、また気詰まりな沈黙が流れた。

「何か必要なものはあるかしら」エリザベス・ベックは尋ねた。

必要なものはいくらでも思いついた。だが、黙って首を横に振った。

「少し疲れた」わたしは言った。「長い一日だった。ひと眠りしたいんだが」

一瞬、女は微笑んだ。まるで喜んだかのように。まるで転がりこんできた警官殺しをどこかで寝かせておけば、付き合わされずに済むかのように。

「ご自由に」女は言った。「デュークが部屋に案内してくれるはずよ」

少しのあいだ、女はわたしを見つめた。緊張して顔色が悪いが、目鼻立ちは整っている。骨の形がよく、肌も美しい。三十年前ならさぞかし男が群がったことだろう。女は向きを変え、館の奥へ去っていった。わたしはスーツ姿の男に顔を向けた。この男がデュークだと判断して。

「銃はいつ返してもらえる？」と尋ねた。

男は答えない。黙って階段を指差し、わたしを先に行かせた。さらにつぎの階段を指差し、三階に出た。一枚のドアの前に連れていき、それを押して開く。中は飾り気のない四角い部屋で、オーク材の鏡板が張られている。重厚な古い家具も置いてある。ベッド、大型の衣装戸棚、テーブル、椅子。床にはオリエンタルカーペットが敷かれている。薄く、すり切れて見える。もしかするとても高価な骨董品なのかもしれない。デュークがわたしの脇を抜けてカーペットの上を歩き、バスルームの場所を教えた。ホテルのベルボーイのようだ。そしてふたたびわたしの脇を抜け、戸口に戻った。

「夕食は八時だ」とだけ言う。

男は外に出て、ドアを閉めた。音は何も聞こえなかったが、確かめてみるとドアは外から施錠されていた。内側に鍵穴はない。わたしは窓際に歩み寄り、外に目をやった。この部屋は館の裏手にあり、大海原しか見えない。東を向いているので、ヨーロッパまで一直線だ。視線をさげる。十五メートル下で岩が泡立つ波に洗われている。

潮が満ちてきているらしい。

戸口に戻り、耳をドアに押しつけて聴覚に神経を集中した。何も聞こえない。天井とコーニスと家具を隅から隅まで念入りに調べた。何もない。カメラはない。マイクは気にしなかった。どうせ音は立てないからだ。ベッドに腰掛け、右の靴を脱いだ。ひっくり返し、指先でヒールからピンを抜く。小さな戸のようにヒールのゴムを開き、靴の上下を戻して振った。プラスチック製の小さな黒い四角形がベッドの上に落ち、一度跳ねた。ワイヤレスのEメール通信機だ。たいしたものではない。店で売っている代物だが、ただひとつのアドレスとだけ通信できるよう改造してある。サイズは大きなポケットベルほど。ごく小さなキーがひしめくように並ぶ小型キーボードを備えている。電源を入れ、短いメッセージを打った。送信ボタンを押す。

メッセージはこうだ――〝潜入した〟。

2

実のところ、わたしの〝潜入〟がはじまったのはもう十日も前で、湿っぽい土曜日の夜、光あふれるボストンの街で、死人が歩道を横切って車に乗りこむのを見たときからだ。見まちがいではなかった。気味の悪いほど似ていたわけでもない。生き写しでも、双子でも、兄弟でも、従兄弟でもない。十年前に死んだはずの男だった。それは疑いようがなかった。光のいたずらではない。相応の年数だけ歳をとって見えたし、致命傷となった深手のあとまであった。

わたしは何かで知った一キロ半ほど先のバーへ行くつもりで、ハンティントン・アヴェニューを歩いていた。もう夜も遅く、シンフォニーホールの公演がちょうど終わったところだった。意固地なわたしは、わざわざ道を渡って人だかりを避けようとはしなかった。そのまま人だかりの中を縫うように進んだ。香料のにおいを漂わせるめかしこんだ人々がおおぜいいて、その大半は年配の男女だった。縁石沿いに自家用車やタクシーが二重駐車している。エンジンはかけたままで、ワイパーが不定期にフロントガラスの上を往復して鈍い音を立てている。その男は左の出入口から出てきた。厚手のカシミヤのオーバーを着て、手袋をはめ、スカーフを巻いている。頭には何もかぶっていない。歳は五十がらみ。われわれはぶつかりそうになった。わたしは足を止めた。男も足を止めた。そしてわたしを見つめた。混み合った歩道でありがちなように、われわれはふたりしてためらい、歩きだそうとして、また立ち止まった。わたしがだれなのか気づいていないようだと最初は思った。だがそこで、男の顔に何かの表情がよぎった。何かは判然としない。わたしが後ろにさがると、男はわたしの前を横切って、路肩で待っていた黒のキャデラック・ドゥビルの後部座席に乗りこんだ。わたしはその場に立ったまま、ゆっくりと発進したキャデラックが車の流れに交ざって走り去るのを見送った。濡れた路面でタイヤのきしる音が聞こえた。ナンバープレートは見てとった。わたしは狼狽していなかった。疑念にとらわれてもいなかった。この目で見た証拠を信じるのをいとわなかった。十年の歳月が一瞬でひっくり返った。あの男が生きている。その事実は自分にとってゆゆしき問題になる。

　それが一日目のことだ。バーのことは頭から抜け落ちた。すぐさまホテルに戻って、憲兵時代のうろ覚えの番号に電話をかけはじめた。旧知の信頼できる人物が必要だが、退役してもう六年も経っているし、しかも土曜日の深夜だから、分は悪い。結局、わたしの噂を聞いたことがあるという相手で妥協した。それが最終結果に影響をおよぼしたかどうかはわからない。相手はパウエルという名の准士官だった。

「民間人のナンバープレートを調べてもらいたい」わたしは言った。「純粋に厚意で」

パウエルはわたしのことを知っていたから、無理だと答えてわたしを苛立たせるようなことはしなかった。わたしは詳細を伝えた。十中八九タクシーやハイヤーではなく、自家用車だと言って。パウエルはナンバーを控え、翌朝、つまり二日目の朝に折り返し電話をすると約束した。


パウエルは折り返し電話をしなかった。代わりにわたしを売った。あの状況ならそれも仕方がないと思う。二日目は日曜日で、わたしは早起きしていた。ルームサービスで朝食を頼み、すわって電話を待っていた。代わりにドアがノックされた。十時過ぎに。のぞき穴に目をあてると、ふたりの人物がレンズ越しの視界にも収まるように身を寄せ合って立っていた。ひとりは男で、ひとりは女だ。黒っぽい色の上着。オーバーは着ていない。男はブリーフケースを携えている。ふたりとも公的機関の身分証らしきものを掲げ、廊下の照明があたるように傾けている。

「連邦捜査官だ」ドア越しにちょうど聞きとれる程度の声で男が言った。

こういう状況で、居留守を使っても効果はない。わたしは廊下側の人間の立場にいたことが何度もある。ひとりがその場に残り、もうひとりが下へ行ってマスターキーを持っている支配人を連れてくるだけだ。だからわたしは素直にドアをあけ、後ろにさがってふたりを通した。

いっとき、ふたりは警戒していた。が、わたしが武器を所持してなく、異常者のようにも見えないのがわかったとたん、緊張を解いた。そして身分証を渡し、わたしがそれを読み解くあいだ、遠慮がちにうろついた。身分証の上部には〝アメリカ合衆国司法省〟とある。下部には〝麻薬取締局〟。そのあいだにはいろいろな紋章や署名や透かし模様がある。さらに写真と活字で打たれた名前が載っている。男のほうはスティーヴン・エリオットと記され、エリオットの綴りは Elliot ではなく昔の詩人と同じ Eliot で、L がひとつしかない。〝四月は最も残酷な月だ〟。まさにそのとおりだ。写真はとてもよく撮れている。スティーヴン・エリオットは三十歳から四十歳のあいだに見え、背は低く小太り、黒っぽい髪は薄くなりかけ、写真でも人なつっこく笑っているが、実物はなおのことにこやかな笑みを浮かべている。女のほうはスーザン・ダフィーと記されている。スーザン・ダフィーはスティーヴン・エリオットより少し若い。少し背も高い。色白、痩せ型の美人で、写真を撮ったときから髪形を変えている。

「さあどうぞ」わたしは言った。「部屋を捜索するならご自由に。隠しがいのあるものを持っていたのはとうの昔だがな」

身分証を返すと、ふたりは内ポケットにそれをしまったが、その際はわざと上着を広げて武器が見えるようにした。ふたりともこぎれいなショルダーホルスターに拳銃を入れている。エリオットの腋の下に見える波打ったグリップはグロック17のものだろう。ダフィーが携行しているのはグロック19で、同じ銃をひとまわり小さくしただけだ。右の乳房にそれが押しつけられている。左利きにちがいない。

「部屋を捜索するつもりはないのよ」ダフィーが言った。

「ナンバープレートについて話したい」エリオットが言った。

「車は持っていない」わたしは言った。

われわれはドアのすぐ内側で小さな三角形を作るようにして立っている。エリオットはブリーフケースをまだ手に持っている。わたしはどちらがボスかを見極めようとした。どちらもちがうのかもしれない。対等の地位にいるのかもしれない。そしてその地位はかなり高い。身なりはいいが、疲れた様子だ。ほぼ夜通しで働いたあと、どこかから飛行機で来たのかもしれない。もしかするとワシントンＤＣから。

「すわってもかまわない？」ダフィーが訊いた。

「もちろん」わたしは言った。とはいえ、安ホテルの部屋ではそれがやりにくい。椅子は一脚しかない。壁とテレビ台代わりの戸棚にはさまれた小さな机の下に押しこんである。ダフィーがそれを引っ張り出し、まわしてベッドに向けた。わたしはベッドの枕寄りに腰をおろした。エリオットはベッドの足寄りに腰掛け、ブリーフケースをベッドに置いた。その顔はまだわたしに人なつっこい笑みを向けていて、作り笑いには見えない。椅子にすわったダフィーは様になっている。座面の高さがちょうどいい。スカートは短く、黒っぽいナイロンストッキングが曲げた膝のあたりで薄くなっている。

「リーチャーだね？」エリオットが尋ねた。

わたしはダフィーの脚から目をそらしてうなずいた。それくらいは当然知っているだろうと思って。

「宿帳では、この部屋の宿泊客はカルフーンという人物になっている」エリオットは言った。「一泊ぶんだけ現金で支払っている」

「癖だ」わたしは言った。

「きょう発つのかい」

「一度に一泊だけするようにしている」

「カルフーンというのは？」

「ジョン・クインジー・アダムズの副大統領だ」わたしは言った。「この場所にはふさわしいと思った。大統領の名前はずいぶん前に使いきってしまったんだよ。だからいまは副大統領の名前を使っている。カルフーンは変わり者だった。上院議員選に出るために副大統領を辞任した」

「当選したのか？」

「知らない」

「なぜ偽名を？」

「癖だ」わたしはふたたび言った。

スーザン・ダフィーはわたしをまっすぐに見つめている。変人を見る目つきではない。興味を持っている目つきだ。尋問術としてそれが有効だと考えたのだろう。昔、自分が尋問する側だったときも、同じようにしたものだ。問いを発する目的の九〇パーセントは、答に耳を傾けることにある。

「パウエルという憲兵と話をしたのよ」ダフィーは言った。「ナンバープレートを調べるよう頼んだそうね」

声は低く、熱がこもっていて、ややかすれている。わたしは何も言わなかった。

「あのナンバープレートに関しては、コンピュータにトラップやフラグをいくつも仕こんであるの」ダフィーは言った。「パウエルが検索をかけたとたん、すべてはわたしたちに筒抜けになった。それでわたしたちはパウエルに電話をかけ、興味を持った理由を尋ねた。興味を持っているのはあなただと教えてくれた」

「しぶしぶ教えたと願いたいところだな」わたしは言った。

ダフィーは微笑した。「すぐに気を取り直し、あなたをかばって偽の電話番号を教えたわね。だから古巣の忠誠心については心配しなくてよさそうよ」

「とはいえ、結局は正しい電話番号を教えたわけだ」

「わたしたちが脅したから」ダフィーは言った。

「だとしたら、憲兵もわたしのころに比べると変わったな」わたしは言った。

「この件はわれわれにとって重要なんだ」エリオットが言った。「パウエルもそれをわかってくれた」

「つまり、いまではあなたがわたしたちにとって重要ということ」ダフィーは言った。

わたしは目をそらした。こういう経験はいやと言うほど積んでいるが、それでもダフィーの声を聞いていると胸が少しざわつく。もしかするとダフィーのほうがボスなのかもしれない。さらには凄腕の尋問官なのかもしれない。

「一般人がナンバープレートを調べるとしたら」エリオットは言った。「目的は何か。そのナンバープレートの車と接触事故を起こしたのかもしれない。当て逃げをされたのかもしれない。しかし、だったら警察に行くのでは？　それに、あんたは車を持っていないと言ったばかりだ」

「ということは、あなたは車に乗っていた、だれかを見たのかもしれない」ダフィーは言った。

つづきは敢えて言わない。うまい追いこみ方だ。車に乗っていたのがわたしの味方なら、わたしはおそらくダフィーの敵になる。車に乗っていたのがわたしの敵なら、ダフィーは喜んでわたしの味方になるだろう。

「朝食は済ませたのか？」わたしは尋ねた。

「ええ」ダフィーは言った。

「わたしもだ」わたしは言った。

「知っている」ダフィーは言った。「半熟両面焼きの卵を上に載せた二枚重ねのパンケーキをルームサービスで頼んだわね。あと、ブラックコーヒーをLサイズのポットで。七時四十五分に届けるよう注文し、七時四十四分に届けられ、あなたは現金で代金を払ってウェイターにチップを三ドル渡した」

「うまかったかどうかもわかるか？」

「食べたのは確かかね」

エリオットがブリーフケースの留め金をはずし、蓋をあけた。ゴムバンドでまとめられた書類を引っ張り出す。紙は新しそうだが、文字はかすれている。夜のうちにファクシミリをコピーしたのだろう。

「あんたの服務記録だ」と言う。

ブリーフケースの中には写真も何枚かはいっているのが見えた。二十センチ×二十五センチほどの光沢のあるモノクロ写真だ。だれかを監視中に隠し撮りしたものらしい。

「あんたは憲兵として十三年間勤めた」エリオットは言った。「少尉から少佐まで、すみやかに昇進した。表彰されているし、勲章も受章している。あんたは上に気に入られていた。優秀だった。とても」

「ありがとう」

「いや、とても優秀では足りないな。あんたは幾度となく、切り札として活躍した」

「そんなところだ」

「だが、上はあんたを手放した」

「リフされたんだよ」わたしは言った。

「リフ？」ダフィーがおうむ返しに訊く。

「ＲＩＦ、つまり人員削減（リダクション・イン・フォース）だ。軍はなんでもかんでも頭字語にしたがる。冷戦が終結し、軍事費が減らされると、軍備は縮小された。切り札は何枚も必要なくなった」

「軍はまだ存在する」エリオットは言った。「だれもかれもクビにしたわけじゃない」

「そうだな」

「だったら、なんでよりによってあんたを？」

「あんたたちには理解できないさ」

エリオットは言い返さない。

「あなたに協力してもらいたいのよ」ダフィーが言った。「だれが車に乗っていたの？」

わたしは答えなかった。

「軍では麻薬が使われていたかい」エリオットは尋ねた。

わたしは微笑した。

「軍は麻薬に目がない」と答える。「昔から。モルヒネにベンゼドリン。エクスタシーはドイツ軍が開発した。食欲抑制剤として。ＬＳＤはＣＩＡが開発し、アメリカ軍を実験台にした。軍は血管の上を行進しているようなものだ」

「気晴らしの麻薬は？」

「新兵の平均年齢は十八歳だ。どう思う？」

「問題になったのでは？」

「たいして問題にはしなかった。下っ端が休暇中に恋人の寝室でマリファナを少し吸うくらいなら、目くじらは立てなかった。ビールの六缶パックをいくつか持っているより、麻薬をいくつか持っているほうがましだと思っていたくらいだ。われわれの目の届かないところでは、喧嘩っ早くなるよりおとなしくなるほうが好ましかったからな」

ダフィーに目で合図され、エリオットが指先でブリーフケースから写真を引っ張り出し、わたしに渡した。全部で四枚ある。四枚とも粒子が粗く、少しぼやけている。四枚とも昨夜見たキャデラック・ドゥビルが写っている。ナンバープレートでわかる。屋内駐車場らしきところに停まっている。トランクのそばに男がふたり立っている。二枚の写真ではトランクの蓋は閉まっている。二枚の写真では開いている。ふたりの男はトランクの中の何かを見おろしている。何かはわからない。男の一方はヒスパニック系のごろつきだ。もう一方は年かさで、スーツを着ている。知らない顔だ。

ダフィーはわたしの顔を観察していたにちがいない。

「あなたが見た男とはちがう？」と訊いてくる。

「だれかを見たとは言っていないぞ」

「ヒスパニック系の男は大物の麻薬密売人だ」エリオットが言った。「もっと言えば、ロサンゼルス郡の大半を仕切る大物中の大物だ。もちろん立証はできないが、こいつのことは何から何まで知っている。週に何百万ドルも稼いでいるのはまちがいない。まるで王様みたいな暮らしをしているよ。そんなやつがはるばるメイン州のポートランドまで来て、このもうひとりの男と会っていたわけだ」

わたしは写真の一枚に触れた。「これはメイン州のポートランドで撮ったのか？」

ダフィーがうなずく。「ダウンタウンの屋内駐車場で。九週間くらい前に。わたし自身が撮影した」

「それで、このもうひとりの男はだれなんだ」

「はっきりとはわからない。もちろんキャデラックのナンバープレートは調べた。ビザー・バザーという会社の名義で登録されていた。本社はメイン州のポートランドにある。この会社がヒッピーじみたものを中東と取引する輸出入業者として発足したことはわかっている。現在はオリエンタルラグの輸入に特化している。経営者がザカリー・ベックという男であることもわかっている。写真に写っているのはその男だと思う」

「だとしたら、とてつもない大物だ」エリオットが言った。「ロサンゼルスの男がわざわざ東部まで飛んで会いにいくほどなんだから、地位がいくつか上にちがいない。そしてロサンゼルスの男より地位がいくつか上の人物は、成層圏にしかいないと言っていい。つまりザカリー・ベックは頂点にいて、世間を欺いている。ラグを輸入するふりをして、ドラッグを輸入しているんだ。ことば遊びでもしているんだろう」

「悪いが」わたしは言った。「この男に見覚えはない」

「謝らなくていい」ダフィーが言った。椅子の上で身を乗り出す。「あなたの見た人物がベックでないほうが都合がいいのよ。ベックについてはもう知っている。あなたの見た人物がベックの仲間であるほうが都合がいい。そこから本人に迫れる」

「直接は迫れないのか？」

短い沈黙が流れる。恥じているような雰囲気がある。

「問題があるんだ」エリオットが言った。

「あんたたちはロサンゼルスの密売人を逮捕するだけの相当な理由を持っているように聞こえる。そしてロサンゼルスの密売人とこのベックという男が並んで写っている写真まで持っている」

「その写真に証拠能力はないのよ」ダフィーが言った。「わたしがしくじったせいで」

さらなる沈黙。

「その駐車場は私有地だった」ダフィーは言った。「オフィスビルの地下にあって。わたしは令状を持っていなかった。憲法修正第四条により、この写真は証拠として認められない」

「嘘をつけないのか？　駐車場の外にいたと」

「写り具合からして、それは無理ね。弁護側がたちまち気づいて、公判を維持できなくなる」

「あんたがだれを見たのか知りたい」エリオットが言った。

わたしは答えなかった。

「どうしても知りたいのよ」ダフィーが言った。その声は柔らかく、こんな声で言われたら男は高層ビルでも跳び越えたくなりそうだ。ただし、そういう手管ではない。演技ではない。自分の声がどれだけ心地よいか、本人は自覚していない。〝どうしても知りたいのよ〟。

「なぜ？」わたしは尋ねた。

「過ちを正したいから」

「だれだって過ちくらい犯す」

「ベックの会社に捜査官を送りこんだの」ダフィーは言った。「潜入させた。女性をひとり。いまは消息を絶っている」

沈黙。

「いつ？」わたしは尋ねた。

「七週間前」

「捜したのか？」

「どこを捜せばいいのかわからない。ベックがどこに行っているのかわからない。どこに住んでいるのかさえわからない。登記された不動産がないのよ。家はペーパーカンパニーが所有していると見てまちがいない。干し草の山から針を探すようなもの」

「尾行はしなかったのか？」

「やろうとはした。ベックはボディガードと運転手を雇っている。腕利きの」

「麻薬取締局(DEA)の手には余ると？」

「わたしたちの手には余る。わたしたちは独自に動いているの。わたしがへまをやったせいで、司法省はこの作戦から手を引いた」

「捜査官が行方不明になっているのに？」

「捜査官が行方不明になっていることを司法省は知らない。作戦が中止されたあとに送りこんだから。つまり記録上は存在しない」

わたしはダフィーを見つめた。

「この件全体が記録上は存在しない」ダフィーは言った。

「それならどうやって捜査をしている？」

「わたしはチームを指揮する立場にある。一挙手一投足を見張られているわけじゃない。別件に取り組んでいるふりをしている。実際はちがう。この件に取り組んでいるから」

「つまり、その女性が行方不明になっていることはだれも知らないのか？」

「わたしのチームしか知らない」ダフィーは言った。「七人だけ。あなたもいま知ったわけだけれど」

わたしは何も言わなかった。

「ここには急いで駆けつけた」ダフィーは言った。「突破口が必要で。そうでなかったら、日曜にわざわざ飛行機で来たりしない」

部屋が静まり返る。わたしはダフィーからエリオットに視線を移し、またダフィーに戻した。ふたりはわたしを必要としている。わたしもふたりを必要としている。それに、わたしはこのふたりを気に入っている。大いに。正直で、好感が持てる。かつてともに働いた、最も優秀な面々に似ている。

「交換しよう」わたしは言った。「情報と情報を。助け合えるかどうかを確かめたい。まずはそこからだ」

「何が必要なの？」

カリフォルニア州のユリーカという街の、十年前の病院の記録が必要だとダフィーに言った。何を探すべきかも言った。戻ってくるまでボストンにとどまると言った。書類は残すなと言った。ふたりは出ていき、それで二日目は終わった。三日目は何もなかった。四日目も。わたしは何をするでもなく過ごした。ボストンは二日くらいなら我慢できる街だ。そういうところをわたしは四十八時間の街と呼んでいる。四十八時間を少しでも過ぎると、退屈になってくる。言うまでもなく、わたしにとっては大半の土地が似たようなものだ。ひとところにとどまっていられない性分だからだろう。だから五日目がはじまるころには、頭がおかしくなりかけていた。あのふたりはわたしのことなど忘れてしまったのだろうと思いたくなっていた。もうほうり出して放浪の旅に戻りたくなっていた。マイアミあたりはどうだろう。ここよりもずっと暖かい。しかし、昼近くになって電話が鳴った。ダフィーの声だ。耳に心地よい。

「いまそちらに向かっている」ダフィーは言った。「フリーダムトレイル沿いの、だれかの大きな騎馬像のところで三時に落ち合いましょう」明確な待ち合わせ場所とは言えないが、伝えたいことはわかった。ノースエンドの教会近くだ。まだ春で、用事がなければ行く気にならないほど寒かったが、それでも早めに着いてベンチにすわった。隣では老女がちぎったパンの耳をイエスズメとカワラバトにやっている。老女はわたしを見ると、別のベンチに移った。鳥たちがその足もとに群がり、餌をつついている。鉛色の空では太陽が雨雲と戦っている。馬にまたがっているのはポール・リヴィアだ。独立戦争の際、伝令としてひと晩中馬を走らせた愛国者として知られている。

ダフィーとエリオットは三時ちょうどに現れた。絞り紐やらバックルやらベルトやらが付いた黒いレインコートに全身を包んでいる。〝ワシントンDCから来た連邦捜査官〟と書かれた札を首からさげているも同然だ。ダフィーはわたしの左に、エリオットはわたしの右に腰をおろした。わたしは背もたれに寄りかかり、ふたりは前かがみになって膝に肘を突いた。

「救急救命士が太平洋の波間からひとりの男を引きあげた」ダフィーが言った。「十年前、カリフォルニア州ユリーカのすぐ南で。白人、歳は四十歳前後。頭部を二発、胸部を一発撃たれていた。小口径、たぶん二二口径の銃で。撃たれたあと、崖から海に投げこまれたと見なされた」

「引きあげられたとき、男は生きていたのか？」答はすでに知っていたが、それでも尋ねた。

「虫の息だった」ダフィーは言った。「弾丸は心臓の近くに撃ちこまれ、頭蓋骨も砕けていた。加えて、転落時に片腕と両脚と骨盤も骨折していた。さらに溺死しかけていた。手術は十五時間もつづいた。男は集中治療室でひと月過ごし、その後も病院で半年療養した」

「身分証は？」

「身につけていなかった。身元不明の男性として記録されている」

「当局は身元を突き止めようとしたのか？」

「該当する指紋はなかった」ダフィーは言った。「行方不明者のリストにも載っていなかった。引きとりにくる人もいなかった」

わたしはうなずいた。指紋のコンピュータは、教えるよう言われたことしか教えない。

「それで?」わたしは尋ねた。

「男は回復した」ダフィーは言った。「半年がかりで。病院が今後の対応を考えていたとき、男は突然自分から退院した。その後の行方は知れない」

「男は自分の身元について何か話したのか?」

「記憶喪失だと医者は診断した。負傷の経緯については確かに記憶を失っていると。十中八九はそうなるものだから。事件とその前日や前々日の記憶はほんとうにないようだと医者は判断した。でも、それより前のことは思い出せるはずなのに、思い出せないふりをしているという印象を強く受けたようね。かなり詳細な症例記録が作られている。精神科医とかも加わって。何度も問診がおこなわれている。男はとにかく頑なだった。自分のことについてはひと言も口にしなかった」

「退院したときの健康状態は?」

「良好だった。撃たれた傷跡が目立つくらいで」

「わかった」わたしは言い、首をそらして空を見あげた。

「男は何者だったの?」

「きみたちの考えは？」わたしは言った。

「二二口径を頭と胸に？」エリオットが言った。「そのうえ海に突き落とす？　組織犯罪だな。暗殺さ。殺し屋のたぐいが襲ったんだろう」

わたしは何も言わなかった。そのまま空を見あげる。

「何者だったの？」ダフィーはふたたび言った。

わたしは空を見あげたまま、十年の時をさかのぼって、いまとはまったくちがう世界へ意識を向かわせた。

「戦車のことは知っているか？」わたしは尋ねた。

「軍用車両の？　無限軌道と大砲を備えた？　よく知らないわね」

「むずかしい話ではない」わたしは言った。「つまり、戦車は速度が速ければいいし、信頼性が高ければいいし、燃費がよければ文句はない。だが、わたしが戦車に乗っていて、きみも戦車に乗っているとしたら、わたしがなんとしても知っておきたいことがひとつだけある」

「何？」

「撃たれる前に撃てるか。それを知っておきたい。一キロ半離れていたとして、わたしの主砲はきみに届くのか。きみの主砲はわたしに届くのか」

「それで？」

「もちろん、物理学はあくまでも物理学だから、わたしが一キロ半の距離から命中させられるのなら、きみも一キロ半の距離から命中させられる可能性が高い。だから、つまるところは弾薬の問題になってくる。二百メートル後退すればそちらが撃った弾を跳ね返して無傷でいられるのなら、こちらは撃っても跳ね返されない弾を開発できないか？　戦車というものはそれに尽きる。海に突き落とされた男は軍の情報将校で、兵器開発の専門家を恐喝していたんだ」

「なぜ海に突き落とされたの？」

「テレビで湾岸戦争を見たか？」わたしは尋ねた。

「見た」エリオットが言った。

「精密誘導爆弾のことは忘れろ」わたしは言った。「真の主役はM1A1エイブラムズ主力戦車だった。イラク軍はこれまでに供与された中では最も性能の高い戦車を使っていたにもかかわらず、エイブラムズはほぼ四百対ゼロの戦果をあげた。しかし、戦争をテレビで放映するのは手のうちを全世界にさらすのと同じだから、つぎに備えて新兵器の考案に取り組んだほうがいい。だからわれわれもそれに取り組んだ」

「それで？」ダフィーが訊いた。

「射程が長く、威力が高い砲弾がほしいのなら、発射薬を増やせばいい。あるいは、軽量化すればいい。あるいは、両方をやればいい。もちろん、発射薬を増やしながら軽量化したいのなら、ほかの部分に思いきった手を加える必要がある。開発者はまさにそれをやった。弾を炸裂させるための炸薬をなくしたんだよ。妙な話に聞こえるだろう？　そんな弾が役に立つのかと言いたくなる。命中しても甲高い音を立てて跳ね返されるだけでは？　だが、開発者は形状を変えた。巨大なローンダーツに似た弾を考案した。翼やら何やらを組みこんだ弾を。材質はタングステンと劣化ウランだ。最も密度の高い金属だよ。恐ろしく速く、恐ろしく遠くまで飛ぶ。当初は棒状貫通弾と呼ばれた」

ダフィーは伏し目がちにわたしを見るのと、微笑むのと、顔を赤らめるのをいっぺんにやった。わたしは微笑み返した。

「この名称は変更された」わたしは言った。「現在ではＡＰＦＳＤＳと呼ばれている。前に言ったとおり、軍は頭字語を好む。装弾筒付翼安定徹甲弾（アーマー・ピアシング・フィン・スタビライズド・ディスカーディング・サボ）を略している。大まかに言えば、小さなロケットエンジンを積んでいて、それで加速する。そしてすさまじい運動エネルギーを持って敵の戦車に激突する。高校の物理学の授業で習ったように、運動エネルギーは熱エネルギーに変換される。弾は溶融しながら一瞬で装甲を貫き、敵の戦車の内部に超高速の金属噴流を放ち、乗員を殺害してあらゆる爆発物や可燃物を焼き尽くす。実によくできている。それに、撃てばとにかく戦果をあげられる。敵の装甲が厚すぎたり、距離がありすぎたりしても、弾はダーツのように途中まで突き刺さってから砕け散り、内側の装甲を破って灼熱の金属片を手榴弾のように車内にばらまくからだ。敵の乗員はミキサーにかけられたカエルよろしく切り刻まれる。この砲弾はきわめてすぐれた新兵器だった」

「海に突き落とされた男はそれにどうかかわってくるの？」

「男は恐喝相手から砲弾の設計図を手に入れていた」わたしは言った。「長い時間をかけて、少しずつ。われわれは監視していた。男のもくろみは把握していた。男は設計図をイラクの情報部に売るつもりでいた。イラク人はつぎこそ五分の戦いができるようにしたかったのさ。アメリカ陸軍はそれを許すつもりはなかった」

エリオットがわたしを見つめた。「だから男を殺した？」

わたしは首を横に振った。「逮捕するために憲兵をふたり送った。標準の捜査手順だ。請け合うが、すべて合法で公正だった。だが、失敗した。男は逃亡した。行方をくらまそうとした。アメリカ陸軍はけっしてそれを許すつもりはなかった」

「だから今度こそ男を殺した？」

わたしはまた空を見あげた。答えずに。

「それは標準の手順じゃないな」エリオットは言った。「そうだろう？」

わたしは何も言わなかった。

「記録にも残されていないな」エリオットは言った。「そうだろう？」

わたしは答えなかった。

「でも、男は死ななかった」ダフィーが言った。「男の名前は？」

「クイン」わたしは言った。「わたしが会った中で、まさに最悪の悪党だった」

「そして土曜にその男がベックの車に乗っているのを見たのね？」

わたしはうなずいた。「運転手付きの車でシンフォニーホールから走り去った」

わたしは知るかぎりの詳細をふたりに伝えた。しかし、話すうちに、その情報が役に立たないことを三人とも悟った。クインが以前の身元を使っているとは考えられない。となれば、わたしが提供できるのは、五十がらみの月並みな目鼻立ちの白人で、額に二二口径の銃で撃たれた傷跡がふたつあるという身体的特徴だけになってくる。何もないよりはましだが、たいした手がかりにはならない。

「該当する指紋がなかった理由は？」エリオットが尋ねた。

「クインは存在を抹消されたからだ」わたしは言った。「はじめから存在しなかったかのように」

「死ななかった理由は？」

「サプレッサー付きの二二口径の銃を使ったからだ」わたしは言った。「隠密作戦の近接戦闘で用いる標準装備だ。だが、さほど強力な武器ではない」

「クインはいまも危険人物なのか？」

「軍にとってはちがう」わたしは言った。「もう大昔の人物だ。十年も前のことなのだから。APFSDSはじきに博物館に展示される。エイブラムズ戦車も」

「だったら、なぜ居所を探った？」

「ほんとうはどこまで覚えているかによっては、クインを始末しようとした者にとって危険人物になりうるからだ」

エリオットはうなずいた。無言で。

「クインは大物のように見えた？」ダフィーが訊いた。「土曜、ベックの車に乗っていたとき」

「裕福なように見えた」わたしは言った。「高価なカシミヤのオーバーに、革の手袋、シルクのスカーフ。運転手付きの車を乗りまわすのに慣れている人物に見えた。いつものことのように、いきなり車に乗りこんでいた」

「運転手には挨拶していた？」

「わからない」

「クインの地位を知る必要があるわね」ダフィーは言った。「背後関係を確かめないと。どんなふうにふるまっていた？ベックの車を使っていたのはわかったけれど、当然のように使っていたの？　それとも、厚意で使わせてもらっていた様子だった？」

「当然のように使っていた」わたしは言った。「週七日使っているかのように」

「それなら、ベックと対等の立場にあるのかしら」

わたしは肩をすくめた。「ベックのボスかもしれない」

「よくてもパートナーだな」エリオットが言った。「ロサンゼルスの男は下っ端にわざわざ会いにいったりしない」

「クインがだれかのパートナーだとは思えない」わたしは言った。

「どんな男だったんだい」

「平凡だった」わたしは言った。「情報将校としては。そう言っていい」

「スパイ活動をおこなっていた点を除けば」エリオットは言った。

「そうだな」わたしは言った。「その点を除けば」

「あと、秘密裏に殺されかけた点を除けば」

「それもだ」

ダフィーは黙りこんでいる。一心に考えている。わたしの使い道を考えているにちがいない。望むところだ。

「まだボストンにとどまるの？」ダフィーは尋ねた。「どこで会える？」

わたしはとどまると答え、ふたりは出ていき、それで五日目は終わった。

スポーツバーでダフ屋を見つけ、六日目と七日目の大半はフェンウェイ・パークでレッドソックスがシーズン序盤の本拠地シリーズで苦戦するのを見物した。金曜日の試合は十七回までつづき、終わったのはとても遅かった。だから八日目の日中はほとんど寝て過ごし、夜にまたシンフォニーホールに行って人だかりを観察した。もしかするとクインは何かのコンサートシリーズの定期入場券を持っているかもしれない。しかし、クインは現れなかった。クインがわたしに向けた目つきを頭の中で再生してみる。混み合った歩道でよくある陰気な目つきにすぎないかもしれない。だが、それだけではないかもしれない。

九日目、つまり日曜日の朝、スーザン・ダフィーからまた電話があった。口調が前とちがう。考えに考え抜いた者の口調であり、腹案がある者の口調だ。

「正午にホテルのロビーで」ダフィーは言った。

ダフィーは車で来た。ひとりで。車はごく平凡な仕様のトーラスで、車内は汚れていた。政府の車両だ。ダフィーは色褪せたデニムのジーンズに上等の靴、すり切れた革のジャケットといういでたちで、洗いたての髪を後ろに撫でつけている。わたしが助手席に乗りこむと、ダフィーは六車線を突っ切って、マスパイクへ向かうトンネルの入口に直行した。

「ザカリー・ベックには息子がひとりいる」ダフィーは言った。

地下のカーブを高速で抜けるとトンネルは終わり、四月の正午の弱々しい光のもとに出た。フェンウェイ・パークのすぐ裏だ。

「大学の三年生よ」ダフィーは言った。「無名の小さな大学のリベラルアーツ・カレッジにかよっている。たまたまだけれど、ここから遠くない。大麻を見逃す代わりに同級生から話を聞いたの。息子の名前はリチャード・ベック。人気者ではなくて、少し変わり者。五年ほど前に起こった事件が心に深い傷を残しているようね」

「事件というと？」

「拉致されたのよ」

わたしは何も言わなかった。

「ねえ」ダフィーは言った。「最近では、一般人の拉致事件がどれくらい発生しているか知っている？」

「知らない」わたしは言った。

「発生していない」ダフィーは言った。「犯罪としては廃（すた）れたのよ。だから縄張り争いがらみだったのはまちがいない。父親がならず者だという証拠も同然よ」

「さすがに強引だろう」

「まあね、でもそう強く疑わせるのは確か。それに、通報されていないのよ。ＦＢＩ

に記録がない。何があったにしろ、内々に収めたということ。しかも、まるく収めたわけじゃない。同級生が言うには、リチャード・ベックは片耳がないそうよ」

「それで?」

ダフィーは答えない。黙って西へ車を走らせている。わたしは助手席の上で伸びをして、目の隅でダフィーを見た。きれいだ。長身、細身の美人で、目が生き生きとしている。化粧はしていない。化粧がまったく必要のないたぐいの女だ。そんな女の車に乗せてもらうのはとても気分がいい。だが、ダフィーはわたしをただ車に乗せているわけではない。どこかへ連れていこうとしている。それは明らかだ。何か腹案がある。

「あなたの服務記録をすべて調べた」ダフィーは言った。「隅から隅まで。たいしたものね」

「そうでもない」わたしは言った。

「加えて、あなたは足が大きい」ダフィーは言った。「それも都合がいい」

「なぜ?」

「すぐにわかる」ダフィーは言った。

「教えてくれ」わたしは言った。

「わたしたちは似た者同士なのよ」ダフィーは言った。「あなたとわたしは。共通点がある。わたしは自分の捜査官を取り返すためにザカリー・ベックに近づきたい。あなたはクインを見つけるためにザカリー・ベックに近づきたい」

「きみの捜査官は死んでいる。八週間も経つのに、生きていたら奇跡だ。現実と向き合ったほうがいい」

ダフィーは何も言わない。

「それに、わたしはクインのことなどどうでもいい」

ダフィーは右に目をやってからかぶりを振った。

「どうでもいいはずがない」と言う。「けっして。それはここからでも見てとれる。あなたはクインのことで頭がいっぱいになっている。やり残した仕事だから。そしてわたしの見立てでは、あなたは仕事をやり残すのが嫌いなタイプの人間よ」一拍置いた。「それから、わたしは自分の捜査官がいまも生きているという前提で事を進める。あなたがそれを否定する動かぬ証拠をもたらさないかぎりは」

「わたしが？」わたしは言った。

「わたしの部下を使うわけにはいかない」ダフィーは言った。「わかるでしょう？司法省の側から見れば、この件は何から何まで違法よ。だからわたしがつぎに何をするにしろ、記録に残してはいけない。そしてわたしの見立てでは、あなたは記録に残さない作戦というものを理解しているタイプの人間よ。それが平気なタイプの人間でもある。むしろそれを好むタイプかもしれない」

「つまり？」

「ベックの家にだれかを送りこむ必要がある。あなたにやらせようと決めた。あなたにはわたし専用の棒状貫通弾になってもらう」

「どうやって？」

「リチャード・ベックが連れていってくれる」

ボストンの六十キロほど西でマスパイクをおり、北へ曲がってマサチューセッツ州の郊外を進んだ。絵に描いたように美しいニューイングランドの町々を抜けていく。消防署員が路肩で消防車にワックスをかけている。鳥がさえずっている。住民が庭の芝生の上にがらくたを並べたり植木を刈ったりしている。薪の燃えるにおいが漂っている。

車はまわりに何もないモーテルに停まった。手入れが行き届いていて、外壁は煉瓦を積んだ地味な仕上げで、木工部はまばゆい白に塗られている。駐車場に車が五台あり、端の五部屋の入口をふさいでいる。どれも政府の車両だ。中央の部屋でスティーヴン・エリオットが五人の男とともに待っていた。おのおのが自分の部屋から机の椅子を一脚ずつ持ちこんだようだ。小さな半円を作るように着席している。ダフィーはわたしを室内へ導き、エリオットに向かってうなずいた。〝話したけれど、ことわられなかった。とりあえずは〟といった意味のうなずきだろう。ダフィーは窓際へ行き、振り返って室内に顔を向けた。背後の陽光がまぶしい。おかげで姿がろくに見えない。ダフィーは咳払いをした。部屋が静かになる。

「よし、聞いて」ダフィーは言った。「今度の作戦も記録上は存在しないし、公式には許可されていない。勤務時間外に自己責任でやることになる。抜けたい人はいますぐ出ていって」

だれも動かない。だれも出ていかない。賢いやり方だ。自分とエリオットにはどこまでも付きしたがう男たちが少なくとも五人いることをわたしに示している。

「残り時間は四十八時間を切っている」ダフィーは言った。「あさって、リチャード・ベックは母親の誕生日に合わせて家に帰る。情報源によれば、毎年そうしている。授業などはすべて休んで。また拉致されるのを息子が恐れているので、父親はプロのボディガードふたりに車で迎えにいかせている。わたしたちはこの恐怖を利用する。ボディガードを制圧し、息子を拉致する」

ことばを切る。だれも何も言わない。

「目的はザカリー・ベックの家に潜入すること」ダフィーは言った。「拉致犯役が歓迎されるとは思えない。だからどうするかというと、リーチャーがその場で拉致犯役から、息子を救出する。拉致と救出を一気におこなうことになる。息子は大いに感謝し、リーチャーは一家団欒の場に英雄として迎え入れられる」

はじめのうち、集まった面々は静かにすわっていた。が、じきにざわめきだした。この計画はスイスチーズがなめらかに見えるほど穴だらけだ。わたしはダフィーをまっすぐに見つめた。だが、気がつくと窓の外を見つめていた。穴をふさぐ方法はいくつかある。頭が回転しはじめている。ダフィーは穴をすでにどれくらい見つけているのだろう。答をすでにどれくらい得ているのだろう。わたしがこういうものに目がないとどうやって知ったのだろう。

「観客はひとりしかいない」ダフィーは言った。「重要なのは、リチャード・ベックがどう思うかだけ。はじめから終わりまですべてまやかしだけれど、本物だと信じこんでもらわないといけない」

エリオットがわたしを見た。「問題点は？」

「ふたつある」わたしは言った。「第一に、ボディガードを負傷させずにどうやって制圧する？　記録上は存在しない作戦だとしても、そこまでやるとは思っていないんだが」

「迅速な襲撃で不意を突く」エリオットは言った。「拉致チームは空包を山ほど装塡したサブマシンガンを使う。あと閃光音響手榴弾も。息子が車から出たら、すぐに手榴弾を中に投げこむ。大音響とともに車内は爆風に包まれる。ボディガードは目がくらむだけだ。だが息子は、ボディガードが挽肉にされたと思うだろう」

「なるほど」わたしは言った。「だが第二に、この作戦では終始、役柄になりきった芝居をするのだろう？　わたしは通りすがりのだれかで、たまたま息子を救出できるだけの技量を備えていることになる。つまりわたしは頭が切れて腕も立つ。それなら、息子を近場の警官にさっさと引き渡すのが自然なのでは？　あるいは、警官が到着するのを待つのでは？　現場に残って証言したり目撃談を聞かせたりするのが自然なのでは？　なぜすぐに息子を車で家に送り届ける？」

エリオットはダフィーに顔を向けた。

「息子は怯えるはず」ダフィーは言った。「だから家に送り届けてもらいたがる」

「だとしても、なぜわたしがそれを引き受ける？　息子がどうしてもらいたがるかは重要ではない。重要なのは、わたしの行動が理にかなっているかだ。なぜなら、観客はひとりだけではない。ふたりいる。リチャード・ベックとザカリー・ベックだ。その場にいるのはリチャード・ベックだが、のちにザカリー・ベックが加わる。父親はあとから顚末（てんまつ）を振り返る。父親にも同じように信じこませなければならない」

「息子は警察に行かないよう頼む可能性がある。前回のように」

「それでも、なぜわたしが耳を貸す？　わたしがまともな人間なら、まず頭に浮かぶのは警察だ。何もかも手順どおりにやりたがるだろう」

「あの息子ならそれに反対する」

「わたしならそれを無視する。頭が切れて腕も立つ大人が、なぜ子供のたわごとに耳を貸す? そこがこの計画の穴だ。物わかりがよすぎるし、わざとらしすぎるし、怪しすぎる。あまりにもあからさまだ。ザカリー・ベックはたちまち見破るだろう」

「息子を車に乗せたら拉致犯が追ってくるかもしれない」

「それなら警察署に直行するな」

「参ったわね」ダフィーは言った。

「計画であっても」わたしは言った。「現実に即したものにしなければならない」

また窓の向こうを眺める。外は明るい。緑がたくさん見える。木々、茂み、若葉に覆われた遠くの丘の森。部屋の床に視線を落としているエリオットとダフィーが目の隅に映っている。黙ってすわっている五人の男も。有能な一団に見える。ふたりはわたしより少し年下で、長身、金髪だ。ふたりはわたしと同年代で、地味で平凡な見た目をしている。ひとりはずっと年かさで、猫背、白髪交じりだ。わたしは長いあいだ考えこんだ。拉致、救出、ベックの家。ベックの家に潜りこまなければならない。なんとしても。クインを見つけなければならないからだ。長丁場になることを考えろ。息子の視点から全体を見てみる。つぎに父親の視点から見てみる。

「計画であっても」ふたたび言った。「完璧にしなければならない。つまり、わたしは警察に行きたがらない人物でなければならない」ことばを切る。「いや、もっといい手がある。リチャード・ベックの目の前で、警察に行けない人物になることだ」

「どうやって？」ダフィーは尋ねた。

わたしはダフィーをまっすぐに見つめた。「だれかを負傷させればいい。混乱の中、誤って。別の通りすがりのだれかを。なんの罪もない相手を。錯綜した状況で。車で轢いてもいい。犬を散歩させている老女とかを。殺してもいい。わたしは狼狽して逃走するというわけだ」

「それを偽装するのはむずかしすぎる」ダフィーは言った。「どのみち、逃走する理由にはなりにくい。そういう状況に事故は付き物だから」

わたしはうなずいた。部屋は静かなままだ。目を閉じてさらに考えるうちに、頭の中で大まかな場面が形をとりはじめる。

「よし」わたしは言った。「これならどうだ。わたしは警官を殺す。誤射で」

だれも何も言わない。わたしは目をあけた。

「満塁ホームランだ」わたしは言った「わかるか？　文句のつけようがない。なぜわたしがまともな行動をせず、警察に行かなかったのか、ザカリー・ベックも納得してくれる。たとえ誤射でも警官をひとり殺したばかりなのに、警察に行くはずがない。

それは腑に落ちる。加えて、その後もわたしが家にとどまる理由になる。それこそ必要なことだ。わたしが身を潜めているとザカリー・ベックは思うだろう。息子を救ったことに感謝しているし、本人も犯罪者なのだから、良心のとがめも感じないだろう」

反論はない。しばらく沈黙だけがつづいたあと、検討や同意や賛成の漠然としたつぶやきが徐々に広がっていく。わたしははじめから終わりまで、筋書きを熟慮した。長丁場になることを考えろ。笑みを浮かべた。

「都合のいいことはさらにある」わたしは言った。「ザカリー・ベックはわたしを雇うかもしれない。というより、ぜひ雇いたくなる。家族がいきなり標的になったと思いこむうえに、ボディガードがふたりも減ってしまう。ふたりは失敗したのにわたしは失敗しなかったのなら、わたしのほうが優秀だと決まっている。それに、警官殺しのわたしをかくまえば自分の言いなりになると踏んで、喜んで雇うはずだ」

ダフィーも笑みを浮かべた。

「さあ、仕事にとりかかりましょう」と言う。「残り時間は四十八時間を切っているわよ」

年下のふたりが拉致チームとして選ばれた。いくつかのことを決めていく。ふたりはＤＥＡが押収した車両の中から、トヨタのピックアップトラックを運転する。押収したウージーに九ミリ弾の空包を装塡して使う。ＤＥＡのＳＷＡＴの備品から閃光音響手榴弾を拝借する。それから、わたしの救出役の予行演習がはじまった。やり手の詐欺師が決まってそうするように、わたしの役柄もなるべく事実に合わせるべきだと考え、ちょうどいいときにちょうどいい場所に居合わせた退役軍人の放浪者という設定にした。厳密に言えば、その状況で銃を携行しているのはマサチューセッツ州では違法だが、役柄に合っていてもっともらしいと判断した。

「古めかしい大型リボルバーが要る」わたしは言った。「市民が携行していそうな銃にする必要がある。それと、はじめから終わりまで派手に演出する必要がある。迫ってくるトヨタをわたしが止めなければならない。銃撃によって破壊しなければならない。だから三発は実包を、三発は空包をこめる。必ずこの順で。実包はトラック用、空包は人間用だ」

「どんな銃でもそういう弾のこめ方はできるが」エリオットが言った。

「だが、薬室を見る必要がある」わたしは言った。「撃つ直前に。実包と空包が交ざっているのに、この目で確かめずに撃ちたくない。開始位置が合っているのを確認する必要がある。だからリボルバーが要る。はっきりと見えるように、小型ではなく大型がいい」

エリオットはわたしが言いたいことを理解し、書き留めた。それからわれわれは、年かさの男を地元の警官に指名した。警官役はわたしの射線上にうっかり迷いこんでしまうことにしてはどうかとダフィーが提案した。

「だめだ」わたしは言った。「しかるべき誤射にしなければならない。不注意で撃つだけでは足りない。ベック・シニアにはしかるべき感銘を受けてもらわなければならない。故意に、だが無謀にやる必要がある。頭のネジがはずれているが、銃は扱える男のように」

ダフィーは賛成し、エリオットは頭の中の使える車両のリストを調べて古いパネルバンを提案した。配達人を装えると言って。それなら通りをうろついていてもおかしくない。われわれは紙の上と頭の中でリストを作った。わたしと同年代のふたりはなんの役目も割り振られずにすわっていて、それが不満げだった。

「あんたたちは応援の警官だ」わたしは言った。「わたしが最初の警官を射殺する場面を息子が見ていないことも考えられる。気を失ったりして。あんたたちにはわれわれを追いかけてもらう。息子が確実に見ているときに、あんたたちを排除する」

「応援の警官がいたらおかしいぞ」年かさの男が言った。「つまり、いったい何が起こってるんだという感じになる。これといった理由もないのに、いきなり警官だらけになるわけだから」

「大学警察よ」ダフィーが言った。「大学の警備にあたっている警官がいるわよね？それがたまたま居合わせる。いて当然でしょう？」

「名案だ」わたしは言った。「最初からキャンパス内にいられる。後方から無線で全体を管理できる」

「どうやって大学警察を排除する？」それが肝心な点であるかのように、エリオットが言った。

わたしはうなずいた。確かに厄介だ。その時点でわたしは六発撃っていることになる。

「再装塡はできない」わたしは言った。「運転中は。空包を装塡するのは無理だ。息子に気づかれるかもしれない」

「車をぶつけたらどうだ。道路からはじき出しては？」

「おんぼろのバンでは無理だ。リボルバーがもう一挺要る。前もって装塡して、バンの中に置いておく必要がある。グローブボックスあたりに」

「六連発拳銃を二挺も持ち歩くのか？」年かさの男が言った。「マサチューセッツではちょっと変だぞ」

わたしはうなずいた。「難点だな。多少の危険は冒さなければならないだろう」

「おれは私服を着るべきだな」年かさの男は言った。「刑事らしく。制服警官を撃つのは無謀どころじゃない。それも難点になる」

「ああ」わたしは言った。「確かに。名案だ。あんたは刑事で、バッジを取り出すが、わたしはそれを銃だと勘ちがいする。よくあることだ」

「だが、死に方はどうするんだ？」年かさの男は尋ねた。「昔の西部劇のショーみたいに、腹を掻きむしって倒れるだけでいいのか？」

「それは真実味に欠ける」エリオットが言った。「終始真に迫ったものにしなければならない。リチャード・ベックから見て」

「ハリウッドの小道具が必要ね」ダフィーが言った。「ケブラー繊維のベストと、血糊を満たして無線で破裂するコンドームが」

「入手できるのかい」

「たぶんニューヨークかボストンで入手できる」

「時間がないぞ」

「何をいまさら」ダフィーは言った。

九日目はそれで終わった。ダフィーはわたしにモーテルに移るよう頼み、ボストンのホテルに荷物を取りにいくのならだれかに車で送らせると言った。荷物はないとわたしが答えるとあきれ顔をしたが、何も言わなかった。部屋は年かさの男の隣にした。だれかが車でピザを買ってきた。みな走りまわったり電話をかけたりしている。ほうっておかれたわたしはベッドに寝そべり、もう一度全体をはじめから終わりまで自分の視点から熟慮した。まだ検討していないことのリストを頭の中で作る。長いリストになった。しかし、何より気がかりなことがひとつある。それはリストには必ずしも載っていない。いわば欄外にある。ベッドからおり、ダフィーを捜しにいった。駐車場にいて、車から自室へと急ぐところだった。

「ザカリー・ベックは主役ではない」わたしは言った。「そのはずがない。クインがかかわっているのなら、クインがボスだ。クインは脇役にはならない。ベックがクインよりも悪党でないかぎりは。その可能性は考えたくもないが」

「クインも変わったのかもしれない」ダフィーは言った。「頭を二発も撃たれたのよ。思考回路が変わったのかもしれない。小物になったのかも」

わたしは何も言わなかった。ダフィーが急いで去っていく。わたしは自室に戻った。

十日目は車の到着とともにはじまった。年かさの男は七年落ちのシボレー・カプリスを覆面パトロールカーとして使うことになった。ゼネラルモーターズが生産を打ち切る前の最終モデルで、コルベットのエンジンを積んでいる。いかにもそれらしい。

ピックアップトラックはくすんだ赤に塗られた大型のモデルで、前面にバンパーを備えている。年下の男たちがどう乗りこなすかについて話している。わたしが使うのは地味な茶色のパネルバンだ。これまでに見たトラックの中で最も特徴に乏しい。サイドウィンドウはなく、リアウィンドウがふたつある。わたしは車内にグローブボックスがあるかどうかを確かめた。ひとつある。

「これでいいかい」エリオットが尋ねた。

バンの運転手がやるように側面を叩くと、車体がかすかに反響した。

「完璧だ」わたしは言った。「リボルバーは四四口径マグナム弾を撃てる大型のものがいい。弾薬はソフトポイント弾を三発と、空包を九発だ。空包はなるべく大きな音が出るようにしてくれ」

「わかった」エリオットは言った。「なぜソフトポイント弾を?」

「跳弾が心配だ」わたしは言った。「だれかを誤って傷つけるのは避けたい。ソフトポイント弾なら変形して命中個所に食いこむ。一発はラジエーターを、二発はタイヤを撃つつもりだ。タイヤは撃ったらはじけ飛ぶように空気を目一杯入れてくれ。派手にやる必要がある」

エリオットは急いで去り、ダフィーが近づいてきた。

「これが必要になる」ダフィーが持ってきたのはコートと手袋だ。「これを身につけておいたほうが自然よ。冷えるだろうから。コートを着ていれば銃も隠せる」

わたしは受けとってコートを試着した。ちょうどいい。ダフィーはサイズを見定めるのがうまいようだ。

「むずかしい心理戦になるわね」ダフィーは言った。「あなたは臨機応変にいかないと。息子は茫然自失の状態になってしまうかもしれない。そうなったらなだめすかして水を向けないといけない。でも、うまくいけば、息子は気をしっかり持って、会話もできるはず。その場合、あなたはこれ以上かかわり合いになるのは気乗りがしないという態度を見せたほうがいいと思う。家まで送るよう息子にあなたを説得させるのが理想よ。ただし、主導権はあなたが握らないといけない。事をつぎつぎに進めて、自分の見たものについて考える暇を与えないようにしないといけない」

「そうだな」わたしは言った。「それなら、用意してもらう弾薬を変えよう。二挺目の二発目は実包にする。床にうずくまるよう息子に言ってから、その背後の窓をわたしが吹き飛ばす。大学警察に撃たれていると息子は思うだろう。そこでまた身を起こすよう指示する。息子は身の危険をいっそう強く感じ、わたしの指示にしたがいやすくなり、大学警察の警官が返り討ちに遭うのを見て少しは満足するだろう。息子が暴れたり、わたしを止めようとしたりする事態は避けたいからな。そんなことになったら運転を誤ってふたりとも死んでしまうかもしれない」

「というより、息子と仲よくならないとだめよ」ダフィーは言った。「あとであなたを褒めてもらわないといけない。あなたの言ったとおり、向こうで雇われれば大成功なんだから。雇われれば、いろいろと調べることができる。だから息子を感心させて。ただし、ごくさりげなく。好感を持たれる必要はない。やることに抜かりのないタフガイだと思わせるだけでいい」

わたしがエリオットを捜しにいくと、大学警察の警官役のふたりがわたしに会いにきた。三人で手順を決めていく。まずふたりがわたしに空包を何発か撃つ。つぎにわたしが空包を一発撃ち返してから、バンのリアウィンドウを撃ち抜く。さらに空包をもう一発撃ってから、間隔を空けて残った三発を撃つ。その最後の一発に合わせて、ふたりが自分の銃で実包を撃ってフロントガラスを吹き飛ばし、被弾したかタイヤを失ったかのように道から飛び出す。

「どれがどの弾かまちがえないでくれよ」ひとりが言った。

「あんたたちもな」わたしはそう返した。

昼食にまたピザを食べたあと、われわれは目標地域を巡回しにいった。一キロ半手前で車を停め、何枚かの地図に目を通す。それから思いきって二台の車で大学の校門の前を三度通過した。もっと時間をかけて偵察したいところだが、目立ちたくない。

無言でモーテルに戻り、エリオットの部屋にまた集合した。

「やれそうだな」わたしは言った。「息子たちはどちらへ向かうだろう」

「メイン州はここの北よ」ダフィーが言った。「家はおそらくポートランドの近辺にあるはず」

わたしはうなずいた。「だが、南へ向かうと思う。地図を見ろ。そのほうがハイウエイに早く着く。そして標準的な警備教本は、広くて車通りの多い道路になるべく早く行くよう教えている」

「博打ね」

「南へ向かうはずだ」わたしは言った。

「ほかには何か？」エリオットが尋ねた。

「バンにいつまでも乗っていたらまぬけだ」わたしは言った。「仕組まれたものでないのなら、バンを乗り捨てて別の車を盗むはずだとベック・シニアは考えるだろう」

「どこにする？」ダフィーが訊く。

「地図によれば、ハイウエイのそばにショッピングモールがある」

「わかった、そこに一台置いておく」

「バンパーの裏にスペアキーを貼りつけて？」エリオットが訊いた。

ダフィーは首を横に振った。「怪しすぎる。何もかも極力本物らしくしないと。実際に車を盗む必要がある」

「やり方を知らないぞ」わたしは言った。「車を盗んだことは一度もない」

部屋が静まり返る。

「わたしが知っているのは、軍で学んだことだけだ」わたしは言った。「軍用車両はけっして施錠しない。イグニッションキーもない。ボタンでエンジンをかける」

「大丈夫だ」エリオットが言った。「解決できない問題はない。車は施錠しないでおく。だが、あんたは車が施錠されていい、い、い、い、るかのようにふるまう。ドアをこじあけるふりをするんだ。針金やコートハンガーを何本か近くに置いておく。息子に探させてもいい。共犯者になったように思わせるんだ。そうすればこの芝居も信じやすくなる。そこであんたが針金をねじこむと、ドアが魔法みたいに開く。ステアリングコラムのカバーはゆるめておく。正しいコードの被覆をむいておくが、正しいコードだけそうする。あんたがそれを見つけてつなぎ合わせれば、即席の悪党のできあがりというわけだ」

「お見事」ダフィーは言った。

エリオットは微笑んだ。「知恵を絞っているんでね」

「休憩にしましょう」ダフィーは言った。「夕食後に再開よ」

最後のピースは夕食後にはまった。ふたりの男が最後の装備を持ってきた。わたし用のコルト・アナコンダ二挺。大きく、野蛮な武器だ。高価そうに見える。出どころは尋ねなかった。四四口径マグナム弾の実包と空包もひと箱ずつある。空包は金物店で買ったらしい。強力な釘打ち機用に作られているものだ。コンクリートに釘を打ちこめるくらいの威力がある。わたしは両方のアナコンダのシリンダーを振り出し、薬室のひとつに爪切りでX印をつけた。コルトのリボルバーのシリンダーは時計まわりに回転する。これに対して、スミス＆ウェッソンのリボルバーは反時計まわりだ。X印は最初に撃つ薬室を示している。それが十時の位置に来るようにしておけば、自分の目で確認できるし、最初に引き金を引くときに回転して撃鉄の下に来る。

ダフィーが靴を一足持ってきた。わたしの足に合った靴を。右の靴はヒール内部がくりぬかれている。そこにちょうど収まるワイヤレスのEメール通信機を渡された。

「だからあなたの足が大きくて喜んだのよ」ダフィーは言った。「これが楽に収まるから」

「この通信機は信頼できるのか？」

「そのはずよ。政府の新しい支給品だから。いまではどの部署もこれで秘密通信をおこなっている」

「すばらしい」わたしは言った。自分の経験から言って、あてにならないテクノロジーほど失敗を招きやすいものはない。

「これがわたしたちにできる最善の方法よ」ダフィーは言った。「これ以外は見つかる。あなたの身体検査をおこなうに決まっているから。理論上は、無線の電波を監視していても、モデムの甲高い音が一瞬聞こえるだけ。空電音だと思ってくれるはず」

ニューヨークの劇場の衣装係から、血が噴き出す特殊効果のある小道具も三つ入手した。大きくてかさばる品だ。三十センチ四方のケブラー繊維を被害者役の胸に貼りつけるようになっている。血糊を入れるゴム袋と無線の受信機と火薬と電池を備えている。

「三人はゆるいシャツを着てくれよ」エリオットが言った。

無線の送信機は別々のボタンになっていて、それをわたしの右の前腕にテープで貼りつける。送信機に接続する電池は内ポケットに入れておく必要がある。ボタンはコートとジャケットとシャツの上からでも感触がわかるくらい大きく、コルトの重量を左手で支える体勢をとれば自然に見えるだろう。手順を練習してみた。ひとり目はピックアップトラックの運転手。そのボタンは手首側にある。人差し指でそれを押す。ふたり目はピックアップトラックの同乗者。そのボタンは真ん中だ。中指で押す。三人目は警官役の年かさの男。そのボタンは肘側にあり、薬指で押す。

「あとではずす必要があるぞ」エリオットは言った。「ベックの家で身体検査をされるのはまちがいない。トイレかどこかに寄って捨ててくれ」

モーテルの駐車場で予行演習を何度も繰り返した。道路の縮小版を設けて。真夜中になるころには、これ以上は望めないほど息が合っていた。はじめから終わりまで、八秒で片がつきそうだ。

「あなたは重大な決断をくださなければならない」ダフィーがわたしに言った。「決めるのはあなたよ。トヨタ車が迫ってきたときに何か不測の事態が起こったら、作戦を中断してそのまま車を行かせて。あとはこちらで収拾するから。公共の場で三発の実弾を撃つわけだから、迷いこんだ歩行者や自転車乗りやジョギング中の人が巻き添えになる結果だけは避けたい。決断するまで一秒もないわよ」

「了解した」わたしはそう言ったものの、そこまで事が進んだあとで簡単に収拾する方法があるとは思えなかった。エリオットが最後に何本か電話をかけ、大学警察のパトロールカーを借りられたこと、ショッピングモールの中心にある百貨店の裏手に手ごろな古いニッサン・マキシマを停めておくことを確認した。マキシマはニューヨーク州のしがないマリファナ栽培者から押収したらしい。あそこではいまも麻薬がらみの法律が厳しい。車には偽のマサチューセッツ州のナンバープレートを付け、百貨店の女性販売員が車に置いていそうな品をあれこれ入れておくとのことだった。

「さあ、寝るわよ」ダフィーが声を張りあげた。「あしたは大事な一日になる」

それで十日目は終わった。

十一日目の朝早く、ダフィーがわたしの部屋にドーナツとコーヒーの朝食を運んできた。ふたりきりで最後にもう一度、全体を検討した。ダフィーは五十八日前に潜入させた捜査官の写真を見せた。ブロンドの三十歳、テリーザ・ダニエルという名を使ってビザー・バザーの事務員の職を得たそうだ。テリーザ・ダニエルは小柄で、有能そうに見える。わたしは写真に目を凝らして顔立ちを記憶したが、頭に浮かんでいたのは別の女性の顔だった。

「まだ生きていると想定している」ダフィーは言った。「そうしないわけにはいかない」

わたしは何も言わなかった。

「雇われるようにうまく売りこんで」ダフィーは言った。「ベックがやりそうな形で、あなたの最近の経歴を調べてみた。かなり大ざっぱにしかわからなかった。空白が多いのはわたしなら気にするけれど、ベックは気にしないと思う」

わたしは写真を返した。

「確実に成功する」わたしは言った。「まやかしがまやかしを生んで。ベックは人手不足に陥(おちい)ると同時に、襲撃にさらされる。だが、あまり売りこまないつもりだ。むしろ、気が進まないという印象を与えるつもりでいる。それ以外の態度は怪しまれると思う」

「わかった」ダフィーは言った。「あなたには目標が七つある。ひとつ目とふたつ目と三つ目についてはくれぐれも用心して。相手はきわめて危険な人物の可能性があるから」

わたしはうなずいた。「可能性があるどころではないな。クインがかかわっているのなら、まちがいなく危険な人物だと断言できる」

「だったら、それに見合った行動を心がけて」ダフィーは言った。「最初から真剣勝負でやるのよ」

「ああ」わたしは言った。腕を組み、右手で左肩をさすりはじめる。が、そこで驚いて手を止めた。昔、軍の精神科医から聞いたが、こうした無意識のしぐさは弱気の表れらしい。自分を守ろうとしている。避け、隠れようとしている。床の上でまるくなるしぐさの第一段階だ。ダフィーも同じ内容の本を読んだことがあるにちがいなく、そのしぐさに気づいてわたしをまっすぐに見つめた。

「クインが恐いのね？」ダフィーは言った。

「わたしはだれも恐くない」わたしは言った。「だが、クインが死んでよかったと思ったのは確かだ」

「作戦を中止してもいいのよ」ダフィーは言った。

わたしは首を横に振った。「クインを見つける機会は逃したくない」

「どうして逮捕に失敗したの？」

わたしはふたたび首を横に振った。

「それについては話すつもりはない」と告げる。

ダフィーは少しのあいだ、黙りこんだ。しかし、無理に聞き出そうとはしなかった。無言で視線をそらし、間をとってから視線を戻すと、状況説明を再開した。静かな声と、簡潔な口調で。

「目標の四つ目はわたしの捜査官を捜し出すこと」ダフィーは言った。「そしてわたしのもとに連れ戻すこと」

わたしはうなずいた。

「五つ目は、ベックを逮捕できるだけの確たる証拠を持ってくること」

「わかった」わたしは言った。

ダフィーはふたたび間をとった。ほんの少しだけ。「六つ目は、クインを見つけて必要な措置をとること。そして七つ目は、脱出すること」

わたしはうなずいた。無言で。

「あなたの尾行はしない」ダフィーは言った。「息子に見つかってしまう恐れがある。そのころには疑心暗鬼に陥っているはず。ニッサン車に追跡装置も取り付けない。あとで発見されてしまうだろうから。現在位置が判明しだい、Eメールで伝えて」

「わかった」わたしは言った。

「問題点は？」ダフィーは尋ねた。

わたしはクインの姿を頭から振り払った。

「気づいた問題点は三つある」と言った。「ふたつは小さなもので、ひとつは大きなものだ。小さなもののひとつ目として、わたしはバンのリアウィンドウを吹き飛ばすわけだが、ガラスの破片の位置がおかしく、フロントガラスに後ろから撃たれた弾痕がないことに、息子だって十分もすれば気づくだろう」

「それならやらなければいい」

「どうしてもやる必要があると思う。ずっとパニック状態にさせておくために」

「わかった、バンの後部に箱を積んでおく。どのみち、配達人なら箱があるのは当然だし。そうすれば息子の視界はさえぎられる。さえぎられなかったら、息子が十分以内に二足す二を計算しないよう祈るしかないわね」

わたしはうなずいた。「ふたつ目として、ベック・シニアはいずれなんらかの形でここの警察に連絡をとるだろう。もしかしたら新聞社にも。裏づけとなる情報を求めて」

「警察には筋書きを教えてそのとおりにしてもらう。マスコミには警察から適当に伝える。警察は必要なだけ協力してくれるはず。大きな問題点は？」

「ボディガードだ」わたしは言った。「いつまで監禁しておける？ 電話に近づけないようにしないと、ベックに連絡するぞ。だから正式に逮捕はできない。収監はできない。完全に違法だが、外部との連絡を遮断して監禁しなければならない。その状態をどれくらい維持できる？」

ダフィーは肩をすくめた。「長くて四、五日ね。それ以降はあなたを守れなくなる。だからとにかく急いで」

「そのつもりだ」わたしは言った。「Eメール通信機のバッテリーはどれくらいもつ？」

「五日くらい」ダフィーは言った。「それまでには脱出しているはずよ。充電器は渡せない。怪しすぎるから。でも、携帯電話の充電器があったらそれが使える」

「わかった」わたしは言った。

ダフィーは無言でわたしを見つめた。これ以上話すことはない。やがてダフィーは体を寄せ、わたしの頰にキスをした。不意打ちで。ダフィーの唇は柔らかかった。ドーナツの砂糖がわずかに肌につく。

「幸運を祈るわね」ダフィーは言った。「見落としは何もないと思う」

しかし、見落としは数多くあった。われわれは明らかな読みちがいをしていて、それがすべてあとで祟ることになる。

3

夜の七時五分前、ボディガードのデュークがふたたびわたしの部屋に来た。夕食までまだずいぶん時間がある。部屋の外から足音が聞こえ、つづいて錠をまわす小さな金属音が聞こえた。わたしはベッドに腰掛けていた。Eメール通信機は靴に入れ直してあり、靴は足に履き直してある。

「ひと眠りしたか、ろくでなし」デュークは訊いた。

「なぜわたしを閉じこめる?」わたしは逆に訊いた。

「おまえは警官殺しだからだ」デュークは言った。

わたしは目をそらした。もしかしたら、民間に転職する前、デューク自身も警官だったのかもしれない。元警官はコンサルタントや私立探偵やボディガードの形で警備業界に収まることが多い。この男が何か底意を持っているのは確かで、それは障害になりうる。しかし、となればリチャード・ベックの話を鵜呑みにしているわけだから、それは好材料だ。デュークは一秒ほど、顔にほとんど表情を浮かべずにわたしを見ていた。それからわたしを連れて部屋を出ると、階段を二階ぶんくだって一階へ行き、暗い廊下を抜けて館の北に面した側へ向かった。潮気と湿ったカーペットのにおいがする。そこら中にラグが敷いてある。二枚重ねている場所もある。その柔らかな色合いが光を帯びている。デュークは一枚のドアの前で足を止め、それを押して開くと、後ろにさがってわたしを通した。中は四角形の広い部屋で、黒っぽいオーク材の鏡板が張ってある。床にはラグが敷き詰められている。壁が深く引っこんだ場所があり、そこには小さな窓が並んでいる。外は暗闇と岩と鉛色の海だ。オーク材のテーブルが一脚ある。その上にわたしのコルト・アナコンダが二挺とも、弾薬を装塡していない状態で置かれている。シリンダーが振り出されている。テーブルの上座に男がひとりいる。背もたれの高いオーク材の肘掛け椅子にすわっている。スーザン・ダフィーが隠し撮りした写真に写っていた男だ。

実物は特徴らしい特徴がない。大柄でも小柄でもない。百八十センチ強、九十キロくらいか。白髪交じりの髪は少なくも多くもなく、短くも長くもない。歳は五十がらみ。流行を追うことなく高価な生地で仕立てた灰色のスーツを着ている。シャツは白で、ネクタイは色と呼べるものがなくてガソリンを思わせる。手や顔は青白い。まるで夜間の地下駐車場が自然生息地で、キャデラックのトランクに入れた何かの見本を売ってまわっているかのように。

「掛けたまえ」男は言った。喉にこもっているかのような、低くて張りのある声だ。わたしはテーブルをはさんで向かい側の席に着いた。

「ザカリー・ベックだ」男は言った。

「ジャック・リーチャー」わたしは言った。

デュークが静かにドアを閉め、その大柄な体を室内側からドアに押しあてた。部屋が静まり返る。海の音が聞こえる。浜辺で聞くような、寄せては返す波音ではない。波が不規則に砕けて岩を洗う音がずっとつづいている。くぼみから水が吸い出され、小石が転がり、白波が爆風さながらに打ち寄せる音だ。回数を数えようとしてみた。七回に一回は大波になると聞いたことがある。

「さて」ベックは言った。正面のテーブルの上に飲み物が置いてある。丈の低い重たげなグラスに琥珀色の液体がつがれている。スコッチやバーボンのようにとろみがある。ベックはデュークに向かってうなずいた。デュークがふたつ目のグラスを手に取る。わたしのためにサイドテーブルの上に用意してあったようだ。同じくとろみのある琥珀色の液体がはいっている。デュークは親指ともう一本の指でグラスの底近くをぎこちなく持った。部屋を横切り、少しかがんでわたしの前に慎重に置く。わたしは笑みを浮かべた。目的がわかったからだ。

「さて」ベックはふたたび言った。

わたしは待った。

「きみの苦境について、息子から説明を受けた」ベックは言った。妻が使ったのと同じ文句を。

「意図せぬ事態はよく起こるものだ」わたしは言った。

「そのせいで困ったことになった」ベックは言った。「わたしは平凡な実業家にすぎず、どこまでが自分の責任になるかを考えている」

わたしは待った。

「もちろん、感謝はしている」ベックは言った。「そこは誤解しないでもらいたい」

「しかし？」

「法的な問題があるだろう？」自分ではどうにもならない複雑なものに苦しめられているかのように、やや苛立たしげに言う。

「ロケット科学でもないだろうに」わたしは言った。「見て見ぬふりをしてくれればいい。せめて当面は。情けは人のためならずというように。あんたの良心がそういうことを受け入れられればの話だが」

部屋がふたたび静まり返る。海の音に耳を澄ました。さまざまな音が聞こえる。もろい海藻が花崗岩の上で引きずられる音や、波が長々と東へ引いていく音が。ザカリー・ベックの視線はあちらこちらへさまよっている。テーブルを見たり、床を見たり、虚空を見たりしている。顔は細面だ。顎は小さい。両目の間隔はかなり狭い。集中しているせいで眉が一直線になっている。唇は薄く、固く結んでいる。頭がかすかに動いている。どれも難題と格闘している平凡な実業家が浮かべそうな表情だ。

「誤って撃ってしまったのか？」ベックは訊いた。

「警官のことか？」わたしは言った。「いま振り返れば、そのとおりだ。あのときは、やるべきことをやろうとしただけだが」

ベックはもう少し時間を使って考えていたが、うなずいた。

「わかった」と言う。「そういう状況なら、きみを助けるのもやぶさかではない。できる範囲でだが。きみは家族のために尽力してくれたのだから」

「金がほしい」わたしは言った。

「なぜ？」

「高飛びしたいからだ」

「いつ？」

「いますぐ」

「それが賢明な対応なのかね？」

「そうでもない」わたしは言った。「ほとぼりが冷めるまで、何日かここで待たせてもらうほうがいい。だが、図々しい真似はしたくない」

「いくらほしい？」

「五千ドルもあれば足りるだろう」

ベックは何も答えない。黙ってまた視線をさまよわせはじめている。今度は目の焦点が少しは合っている。

「きみに訊きたいことがある」ベックは言った。「きみが立ち去る前に。立ち去るとしたらの話だが。きわめて重要な問題がふたつある。第一に、相手は何者だった？」

「知らないのか？」

「わたしには競争相手や敵がおおぜいいる」

「だとしてもやりすぎでは？」

「わたしはラグの輸入業者だ」ベックは言った。「なろうとしたわけではないが、結果としてそうなった。取引相手は百貨店や内装業者くらいのものだと思うかもしれないが、実際には、さまざまな国のあまたの好ましからざる人物とも取引している。子供が奴隷にされ、指に血がにじむまで一日十八時間も働かされるような地獄の住人たちのことだよ。奴隷の主人らはみな、わたしに食い物にされ、文化を踏みにじられていると思いこんでいる。確かにそうなのだろうが、向こうだって大差はない。連中は愉快な仲間ではない。成功したければ、こちらもある程度は冷酷にいかなければならない。重要なのは、それは商売敵も同じだということだ。この仕事はあらゆる点で冷酷なのだよ。だから仕入れ先や商売敵の中に、息子を拉致してわたしへの攻撃材料にしそうなやからは何人もいる。何しろ、五年前にそのうちのだれかが実行したくらいだからな。息子から聞いたと思うが」

わたしは何も言わなかった。

「相手が何者だったのかを知る必要がある」どうしても知りたい様子で、ベックは言った。そこでわたしは間をとってから、一部始終を秒単位で、メートル単位で、キロ単位で語った。トヨタ車に乗っていた長身、金髪のＤＥＡ捜査官ふたりについては、人相を正確かつ詳細に教えた。

「心当たりはないな」ベックは言った。

わたしは答えなかった。

「トヨタ車のナンバープレートは見たか？」ベックは尋ねた。

わたしは思い返して事実を伝えた。

「前面しか見ていない」と言う。「ナンバープレートは付けていなかった」

「なるほど」ベックは言った。「ということは、前面にナンバープレートを付けなくてもかまわない州の車だな。候補を少しは絞りこめるだろう」

わたしは何も言わなかった。しばらくしてベックは首を横に振った。

「情報が甚だしく不足している」と言う。「わたしの友人が現地の警察署にそれとなく探りを入れた。地元の警官がひとり、大学警察の警官がひとり、リンカーン・タウンカーに乗っていた身元不明のよそ者がふたり、トヨタのピックアップトラックに乗っていた身元不明のよそ者がふたり死んでいる。ただひとり生き残った目撃者はもうひとりの大学警察の警官だが、七キロほど離れた地点で車が大破する事故を起こし、意識不明の状態がつづいている。つまり、現時点では、何が起こったかはだれも知らない。なぜ起こったのかもだれも知らない。拉致未遂とはだれも結びつけて考えていない。第三者にわかっているのは、動機不明の大量殺人がおこなわれたことだけだ。

「警察がリンカーンのナンバープレートを調べた結果は？」わたしは尋ねた。

警察はギャングの抗争だと推測しているが」

ベックはためらった。

「あれは会社の名義で登録してある」と言う。「ここには直接結びつかない」

わたしはうなずいた。「わかった。とにかくわたしは、もうひとりの大学警察の警官が意識を取り戻す前に、西海岸へ行きたい。顔をはっきり見られている」

「わたしはだれが一線を越えたのか知りたい」

わたしはテーブルのアナコンダに目をやった。清掃され、軽く油を差してある。空薬莢を捨てておいてよかったと不意に思った。グラスを手に取る。親指とほかの四本の指を巻きつけ、中身のにおいを嗅ぐ。なんなのかはわからない。コーヒーならよかったのに。グラスをテーブルに戻した。

「リチャードは大丈夫か？」わたしは尋ねた。

「大丈夫だ」ベックは言った。「いったいだれがわたしを攻撃しているのか知りたい」

「わたしが見たものはいま話したとおりだ」わたしは言った。「身分証を見せてもらったわけではない。知っている顔でもなかった。わたしはたまたま居合わせただけだ。きわめて重要な問題の第二は？」

また間がある。窓の外で波が砕け、とどろいている。

「わたしは用心深い人間だ」ベックは言った。「きみの気分を害したくはないのだが」

「つまり？」

「つまり、きみの正体が気にかかっている」

「わたしはあんたの息子のもう片方の耳を守った男だ」わたしは言った。

ベックに目で合図されたデュークがすばやく進み出ると、わたしのグラスを取りあげた。先ほどと同じ、親指と人差し指で底をはさむというぎこちない手つきで。

「これでわたしの指紋が採れたな」わたしは言った。「鮮明な指紋が」

慎重に決断をくだそうとしている人物のように、ベックはまたうなずいた。テーブルに置かれた銃を指差す。

「いい銃だ」と言う。

わたしは返事をしなかった。ベックが片手を動かし、指の付け根で一挺を押す。そしてそのままわたしのほうへと天板の上を滑らせた。重い鋼鉄がオーク材にこすれて鈍い音を響かせる。

「薬室のひとつに引っ掻き傷がある理由を教えてくれないかね？」

わたしは海の音に耳を澄ました。

「理由はわからない」と言う。「最初からその状態だった」

「中古品を買ったのか？」

「アリゾナで」わたしは言った。

「銃砲店で？」

「銃器の見本市で」わたしは言った。

「なぜ？」

「身元調査をされたくないからだ」わたしは言った。

「傷については何も訊かなかったのか？」

「ただの目印だと思った」わたしは言った。「どこかの銃マニアが試射をおこなって、最も精度の高い薬室に印を付けたのだと思った。あるいは、最も精度の低い薬室に」

「薬室にちがいがあると？」

「どんなものにもちがいはある」わたしは言った。「製造業には付き物だ」

「八百ドルもするリボルバーでも？」

「どれだけ細部にこだわるかによる。一万分の一ミリ単位まで測定すべきだと思うのなら、万物にちがいは出てくる」

「その程度のちがいが重要なのか？」

「わたしにとっては重要ではない」わたしは言った。「だれかに銃を向けるとき、どの血球を狙っているかなどどうでもいい」

ベックはしばらく黙ってすわっていた。やがてポケットに手を入れ、弾薬を一発取り出した。つややかな真鍮の薬莢に、くすんだ鉛の弾丸。砲弾のミニチュアのように、それを自分の前で垂直に立てた。そして倒し、指とテーブルのあいだで転がす。つづいて慎重に位置を調整してから、指先ではじいてわたしのほうへと転がした。大きく優美な曲線を描いて弾薬が近づいてくる。テーブルの上でゆっくりとした単調な音を立てながら。わたしはそれがテーブルの端から落ちるまで待ってつかみとった。被甲されていない四四口径レミントン・マグナム弾だ。重い。おそらく二十グラム以上ある。強力な弾薬だ。おそらく一ドル近くする。ポケットに入れてあったせいで温かい。

「ロシアン・ルーレットをやったことはあるかね？」ベックは尋ねた。

「盗んだ車を捨ててこなければならない」わたしは言った。

「もう捨てた」ベックは言った。

「どこに？」

「見つからない場所に」

ベックは黙った。わたしは何も言わなかった。ただベックを見つめる。〃平凡な実業家がそんなことまでやるのか？〃と思っているかのように。さらには、ペーパーカンパニーの名義でリムジンを登録していたことや、コルト・アナコンダの小売価格をすぐに思い出したことや、だまし討ちのようにしてウィスキーのタンブラーで客の指紋を採取したことも、不審に思っているかのように。

「ロシアン・ルーレットをやったことはあるかね？」ベックはふたたび尋ねた。

「ない」わたしは言った。「一度も」

「わたしは攻撃を受けている」ベックは言った。「そしてふたりの手下を失ったばかりだ。こんなときは人手を減らすのではなく、増やさなければならない」

わたしは待った。五秒、十秒。真意をはかりかねているふりをしながら。

「わたしを雇いたいと頼んでいるのか？」わたしは言った。「ここにたむろしているわけにはいかないんだが」

「わたしは何も頼んでいない」ベックは言った。「決めているだけだ。きみは役に立つ男に思える。立ち去るのではなく残るのなら、先ほど言っていた五千ドルを払ってもいい。まだわからないが」

わたしは何も言わなかった。

「わたしが望めば、きみはことわれない」ベックは言った。「マサチューセッツ州で警官が死に、わたしはきみの名前を知っていて指紋も採ってある」

「しかし？」

「しかし、わたしはきみの正体を知らない」

「慣れるんだな」わたしは言った。「だれかの正体を知る方法があるのか？」

「いつも突き止めている。テストをおこなうことで。たとえば、わたしがきみに警官をもうひとり殺すよう頼んだら？　誠意の証として」

「ことわるだろうな。ひとり目は不幸な事故だったし、心の底から残念に思っていると繰り返して。そしてこの男はほんとうにただの平凡な実業家なのかと疑いはじめる」

「わたしの仕事はわたしの仕事だ。きみには関係ない」

わたしは何も言わなかった。

「わたしとロシアン・ルーレットをやってもらう」ベックは言った。

「それで何が証明できる？」

「連邦捜査官ならやらない」

「なぜ連邦捜査官ではないかと心配する？」

「それもきみには関係ない」

「わたしは連邦捜査官ではない」わたしは言った。

「それなら証明したまえ。わたしとロシアン・ルーレットをやれ。それに、わたしはもうきみとロシアン・ルーレットをやっているようなものだ。きみの正体も知らずにこの家に招き入れたのだから」

「わたしはあんたの息子を救った」

「それには深く感謝している。こうしてきみと礼儀正しく会話をするほどに。きみに隠れ家と仕事を提供しようとするほどに。やるべきことをやる人間がわたしは好きだからだ」

「仕事は探していない」わたしは言った。「四十八時間ほど身を潜めたら立ち去るつもりだ」

「面倒は見てやる。だれもきみを見つけられない。ここなら確実に安全だ。テストに合格したらの話だが」

「ロシアン・ルーレットがテストなのか？」

「何より信頼できるテストだ」ベックは言った。「わたしの経験では」

わたしは何も言わなかった。部屋は静寂に包まれている。ベックが椅子の上で身を乗り出す。

「きみはわたしの敵になるか、味方になるかのどちらかだ」と言う。「どちらになるにせよ、いまからそれを証明してもらう。賢明な選択をするよう心から望んでいるよ」

デュークがドアをふさいだ。その足もとで床がきしむ。わたしは海の音に耳を澄ました。波しぶきが飛び散り、風が吹きつけ、重たげな泡が宙にゆるやかな弧を描いて落ち、窓ガラスを叩く。ほかよりも大きな七回に一回の波が轟音とともに押し寄せる。目の前のアナコンダを手に取った。わたしがロシアン・ルーレット以外の何かを企んでいる場合に備えて、デュークが上着の下から銃を抜き、こちらに向けた。銃はスタイヤーSPP。サブマシンガンのスタイヤーTMPの拳銃版と言っていい。オーストリアの珍しい銃で、デュークの手の中のそれは大きくて不恰好だ。わたしはスタイヤーから目をそらしてコルトに神経を集中した。弾薬を適当な薬室に親指で押しこみ、シリンダーを戻して勢いよくまわす。回転軸の歯止めの立てるジーという音が静寂に響く。

「やれ」ベックが言う。

もう一度シリンダーをまわしてから、リボルバーを掲げて銃口をこめかみにあてた。鋼鉄が冷たい。ベックの目を見据え、息を止め、引き金をゆっくりと絞る。シリンダーが回転し、撃鉄が起きる。絹と絹をこすり合わせるようになめらかな作動だ。引き金を最後まで引く。撃鉄が落ちる。大きな金属音が鳴る。撃鉄の落ちる振動が鋼鉄越しに側頭部まで伝わる。だが、それだけだ。息を吐いて銃をおろし、手の甲をテーブルに置いて支えた。それから手を裏返し、用心金から指を抜いた。

「あんたの番だ」わたしは言った。

「わたしはきみがやるところを見たかっただけだ」ベックは言った。

わたしは笑みを浮かべた。

「もう一度やるところを見たいか？」と言った。

ベックは何も言わない。わたしは銃をふたたび持ちあげてシリンダーをまわし、回転が自然に遅くなって止まるに任せた。銃口を頭にあてる。銃身がかなり長いので、肘を横に突き出さなければならない。手早く、思いきりよく引き金を引く。静寂に大きな金属音が響く。八百ドルの精密機器が設計どおりに作動する音だ。銃をおろし、シリンダーをみたびまわした。銃を掲げる。引き金を引く。何も起こらない。手早く四度目をおこなう。何も起こらない。もっと手早く五度目をおこなう。何も起こらない。

「いいだろう」ベックは言った。

「オリエンタルラグについて教えてくれ」わたしは言った。

「教えることなどたいしてない」ベックは言った。「床に敷く品だ。買う人はおおぜいいる。

大金を出す客もいる」

わたしは笑みを浮かべた。また銃を掲げる。

「確率は六分の一だ」六度目にシリンダーをまわす。部屋が水を打ったようになる。銃を頭にあてる。引き金を引く。撃鉄が空の薬室を叩く振動が伝わる。それだけだ。

「もういい」ベックは言った。

わたしはコルトをおろし、シリンダーを振り出してテーブルに弾薬を落とした。慎重に位置を調整し、転がしてベックに返す。弾薬が天板の上で低い音を立てる。ベックは手のひらの付け根でそれを受け止めると、二、三分ほど無言ですわっていた。動物園の獣でも見るような目つきでわたしを見ながら。自分とわたしのあいだに鉄格子があればいいのにと思っているかのように。

「リチャードが言うには、きみは元憲兵らしいな」ベックは言った。

「十三年間勤めた」わたしは言った。

「優秀だったのか？」

「あんたがリチャードを迎えにいかせたまぬけたちよりはな」

「リチャードはきみを褒めている」

「当然だろう」わたしは言った。「わたしはリチャードの身を守ったのだから。かなりの代償を払ってまで」

「きみがいなくなったのに気づく人は？」

「いない」

「家族は？」

「いない」

「仕事は？」

「いまさら戻れない」わたしは言った。「そうだろう？」

ベックは弾薬を人差し指の腹で転がしていじくっていた。しばらくしてそれを拾いあげ、手のひらで包む。

「だれに連絡すればいい？」ベックは言った。

「なんのために？」

ベックはサイコロを振るように弾薬を手の中で揺すっている。

「雇っても問題ないと保証してもらうためだ」と言う。「だれかの下で働いていたのだろう？」

見落とし。あとで祟ることになる。

「自営だ」わたしは言った。

ベックは弾薬をテーブルに戻した。

「免許を得たり保険にはいったりしているのか？」と言う。

わたしは間をとった。

「そうとは言えない」

「なぜ？」

「いろいろと理由がある」わたしは言った。

「トラックの登録証はあるのか？」

「なくしたようだ」

ベックは指の腹で弾薬を転がした。わたしを見つめながら。考えている様子だ。頭の中で検討している。情報を処理している。自分の先入観とつじつまを合わせようとしている。前向きになってくれるよう念じた。武装したタフガイで、乗っていた古いパネルバンは本人の所有ではない。しかも車泥棒で、警官殺しだ。ベックは笑みを浮かべた。

「中古のＣＤか」と言う。「あの店は見たことがある」

わたしは何も言わなかった。黙ってベックの目を見つめる。

「あててみせよう」ベックは言った。「きみは盗品のＣＤを売っていたのだな」

ベック好みの人物。わたしは首を横に振った。

「海賊版だ」わたしは言った。「わたしは盗人ではない。どうにか生計を立てようとしている元軍人だ。それにわたしは表現の自由を大切にしている」

「よく言う」ベックは言った。「きみが大切にしているのは金稼ぎだろうに」

ベック好みの人物。

「それもだ」わたしは言った。

「景気はよかったのか？」

「ほどほどだ」

ベックは弾薬をまた手のひらで包み、デュークにほうった。デュークが片手でそれをつかみ、上着のポケットに入れる。

「デュークが警備責任者だ」ベックは言った。「きみにはただちにデュークの下で働いてもらう」

わたしはデュークに視線を向け、またベックに戻した。

「デュークの下では働きたくないと言ったら？」わたしは言った。

「きみに選択権はない。マサチューセッツ州で警官が死に、われわれはきみの名前を知っていて指紋も採ってある。きみの人柄がわかるまでは仮採用になる。だが、明るい面もあるぞ。五千ドルのことを考えろ。海賊版のＣＤなら山ほど売らないと稼げない」

賓客と仮採用の被雇用者とのちがいは、キッチンでほかの雇い人とともに夕食をとる羽目になったことだ。門番小屋の巨人は現れなかったが、デュークとよろず屋の整備工か雑用係らしき男がいっしょだった。メイドと料理人もひとりずついる。五人でモミ材の地味なテーブルのまわりにすわり、家族がダイニングルームで食べているのと同じくらいうまい食事をとった。もっとうまいかもしれない。料理人は家族の食事には唾を入れているかもしれないが、こちらの食事には入れるとは思えないからだ。兵士や下士官とは長い時間を過ごしたので、何をしかねないかは知っている。

会話はたいしてなかった。料理人は六十歳くらいの気難しい女だ。メイドはおどおどしている。ここに来て間がないという印象を受ける。どうふるまっていいかわからないらしい。若く、顔立ちは十人並みだ。コットンのシフトドレスとウールのカーディガンを着ている。ヒールが低い不恰好な靴を履いている。整備工は中年の男で、痩身、白髪交じり、無口だ。デュークも無口だが、それは考え事をしているからだろう。ベックに問題を押しつけられ、対応に困っている。この男は使い物になるのか、信用できるのか、と。デュークは愚かではない。それは明らかだ。あらゆる面に目を配り、多少は時間をかけてでも詳しく調べるつもりでいる。歳はわたしと同年代だ。少し年下かもしれないし、少し年上かもしれない。年齢のわかりにくい酷薄そうな醜い丸顔をしている。体格はわたしと同じくらいだ。おそらくわたしのほうが骨太で、デュークのほうが少し太っている。体重は一キロもちがわないだろう。わたしはその隣で料理を食べながら、ふつうの人間なら訊きそうな質問をする機会を見計らった。

「ラグの商売について教えてくれ」わたしは言った。ベックがまったく別の何かに手を染めているのはお見通しだとにおわす口調で。

「いまはだめだ」デュークは答えた。〝雇い人たちの前ではだめだ〟と言いたげに。だがそこで、〝どのみち、六回連続で自分の頭を撃つという賭けをするほどいかれた男に話していいとは思えない〟とあからさまに言いたげな目つきでわたしを見た。

「あの弾薬は偽物だったのだろう？」わたしは言った。

「なんだって？」

「発射薬がはいっていなかったはずだ」わたしは言った。「おそらく綿を詰めてあるだけで」

「なぜ偽物を使う？」

「ベックを撃とうと思えば撃てたからだ」

「なぜ撃とうとする？」

「撃つつもりはなかったが、ベックは用心深い男だ。危険は冒さないだろう」

「おまえはおれに銃を突きつけられていたんだぞ」

「あんたを先に片づければいい。そしてあんたの銃をベックに使う」

デュークは体を少しこわばらせたが、何も言わなかった。負けず嫌いらしい。あまり好感は持てない。それならそれでかまわない。どうせこの男はそのうち犠牲者になるからだ。

「持っていろ」デュークは言った。

ポケットからあの弾薬を出してわたしに渡す。

「そこで待て」

椅子から立ちあがり、キッチンから出ていく。わたしはベックがそうしたように、自分の前に弾薬を垂直に立てた。食事を済ませる。デザートはない。コーヒーも。デュークがわたしのアナコンダの一挺を人差し指でぶらさげながら戻ってきた。わたしは弾薬のそばを通り過ぎて裏口へ歩き、顎をしゃくってついてこいと合図する。わたしは弾薬を拾いあげて握り締めた。デュークについていく。裏口を抜けるとき、ブザーが鳴った。ここにも金属探知機がある。ドアの枠にきれいに埋めこまれている。しかし、侵入警報装置はない。海と塀と有刺鉄線が防犯を担っているというわけだ。

裏口の先は冷たく湿ったポーチになっていて、がたの来た防風ドアが庭に通じていた。庭と言っても、岩でできた岬の突端にすぎない。幅は百メートルほどで、裏口から半円形に広がっている。暗く、館の明かりが灰色の花崗岩を照らしている。風があり、海で白い波頭が冷たく光っているのが見える。波が砕け、渦を巻いている。月が出て、ちぎれた低い雲が勢いよく流れている。水平線は果てしなく長く、黒い。空気は冷たい。わたしは身をよじってずっと上の自分の部屋の窓を見定めた。

「弾を」デュークは言った。

わたしは向き直って弾薬を渡した。

「見ていろ」デュークは言った。

コルトに弾薬を装塡する。手を振ってシリンダーを戻す。月明かりに照らされた薄闇の中で目を凝らし、装塡された薬室が十時の位置に来るまでシリンダーをまわす。

「見ていろ」デュークはふたたび言った。

片手を伸ばして銃を構え、水平よりわずかに下の、平らな花崗岩が海と接しているあたりを狙う。引き金を引いた。シリンダーが回転して撃鉄が落ち、銃が跳ねて閃光と轟音を発した。同時に岩が火花を散らし、聞きまちがえようのない跳弾の甲高い金属音が鳴る。音はしだいに小さくなって静寂に吞みこまれた。弾丸は百メートルほど跳ねて大西洋に落ちただろう。魚を仕留めたかもしれない。

「偽物じゃなかったな」デュークは言った。「おれの素早さを舐めないほうがいい」

「わかった」わたしは言った。

デュークはシリンダーを振り出し、空薬莢を揺すって落とした。それが足もとの岩にぶつかって軽やかな音を立てる。

「おまえはろくでなしだ」デュークは言った。「警官殺しのろくでなしだ」

「あんたも警官だったのか？」

デュークはうなずいた。「大昔の話だ」

「デュークというのはファーストネームとラストネームのどちらなんだ」

「ラストネームだ」

「なぜラグの輸入業者が武装した警護係を必要とする？」

「ミスター・ベックが言ったように、荒っぽい商売なんだよ。大金がかかっている」

「あんたもわたしがいたほうが助かると思っているのか？」

デュークは肩をすくめた。「まあな。だれかが嗅ぎまわっているのなら、使い捨てにできるやつがいたほうがいい。それは自分よりおまえのほうがいい」

「わたしは息子を救った」

「だから？　おまえを優遇する理由にはならない。おれたちは何度も息子を救っている。あるいはミセス・ベックを。あるいはミスター・ベック本人を」

「手下は何人いる？」

「充分とは言えない」デュークは言った。「攻撃を受けているのなら」

「戦争でもはじまったのか？」

デュークは答えない。黙ってわたしの脇を抜けて館へ向かう。わたしは休むことのない海に背を向け、あとを追った。

キッチンは特に変化はなかった。整備工はいなくなり、料理人とメイドはレストランでも役目を果たせそうなほど大きな食器洗浄機に皿を突っこんでいる。メイドはずいぶん不器用だ。何をどこに入れるかわかっていない。わたしはコーヒーを探した。やはり見当たらない。デュークはだれもいなくなったモミ材のテーブルの席にすわった。何も動きはない。切迫した様子はない。時が刻々と過ぎていくのを感じる。五日は猶予（ゆうよ）があるというスーザン・ダフィーの読みは信用できない。無傷の男ふたりを五日間も秘密裏に監禁するのはむずかしい。ダフィーが三日だと言ったほうがわたしは納得しただろう。その現実感覚に感心しただろう。

「もう寝ろ」デュークは言った。「朝の六時半から仕事だ」

「何をする？」

「おれの言ったことを」

「わたしの部屋のドアは施錠されるのか？」

「安心しろ」デュークは言った。「六時十五分に鍵をあけてやる。六時半までにここにおりてこい」

ベッドに腰掛けて待つうちに、デュークが部屋の前に来てドアを施錠する音が聞こえた。もう少し待ち、デュークが戻ってこないのを確かめた。それから靴を脱いでEメールを確認した。小型機器の電源を入れると、小さな緑色の画面いっぱいに〝メールが届いています！〟という陽気な通知が表示された。届いたのは一通のみだ。送信者はスーザン・ダフィー。〝場所は？〟とひとことだけ問いかけている。わたしは返信ボタンを押し、〝メイン州アボット、沿岸部、ポートランドの三十キロ南、岩でできた長い岬に一軒だけ建つ館〟と打った。これで伝わるだろう。住所や正確なGPS座標はわからない。ダフィーがこの地域の大縮尺地図を少し調べれば突き止められるはずだ。送信ボタンを押した。

画面を見つめる。Eメールの仕組みはよくわからない。電話のように一瞬で通信できるのか。それとも、わたしの返信は途中のどこかで待たされてから届くのか。ダフィーはいまかいまかと待っているはずだ。エリオットと交代しながら二十四時間態勢で詰めているにちがいない。

九十秒後、〝メールが届いています！〟という通知がふたたび画面に表示された。わたしは微笑した。これなら使えそうだ。今度のメッセージは長い。ほんの数行だが、読みとおすためには小さな画面をスクロールしなければならなかった。メッセージはこうだ。〝地図で調べる、ありがとう。監禁中のボディガードふたりの指紋を照合したら、元軍人だった。こちらは万事順調。そちらは？　進展はあった？〟。

わたしは返信ボタンを押し、〝雇われたようだ〟と打った。それから少し考えてクインとテリーザ・ダニエルの顔を思い浮かべ、〝それ以外は進展なし〟と付け加えた。さらに少し考え、〝ボディガードのふたりについて、憲兵のパウエルにわたしからの頼みだと言って、10－29、10－30、10－24、10－36と伝えてくれ〟と打った。送信ボタンを押す。〝メッセージが送信されました〟という通知を見てから窓の外の暗闇に視線を移し、パウエルの世代がいまでもわたしの世代と同じ用語を使っているよう願った。10－29、10－30、10－24、10－36は憲兵の標準的な無線コードで、それ自体はたいした意味を持たない。10－29は〝信号が弱い〟を表す。機器の調子が悪いときにひとまずこれで苦情を言う。10－30は〝緊急ではないが応援を要請する〟を意味する。10－24は〝不審な人物〟だ。10－36は〝自分のメッセージの転送を頼む〟を意味する。10－30は緊急でない呼集なので、その一件はだれの注意も引かないということを意味する。記録され、どこかに保存されるが、あとは永遠に無視される。しかし、組み合わせればいわば秘密の符牒になる。少なくともわたしが軍服を着ていたころはそうだった。〝信号が弱い〟の部分は〝この件は内密に〟を意味する。緊急でない応援要請はこれと重なるもので、〝この件は表沙汰にならないようにしてくれ〟となる。〝不審な人物〟は読んで字のごとし。〝自分のメッセージの転送を頼む〟は〝最新情報を伝えてくれ〟を意味する。したがって、パウエルが有能ならば、すべて合わせると〝この男たちをひそかに調べて情報を教えてくれ〟という意味になると理解してくれる。そしてわたしはパウエルが有能であることを願っている。わたしに借りがあるからだ。とても大きな借りが。パウエルはわたしを売った。だから埋め合わせの機会を探しているはずだ。

小さな画面に視線を戻した。〝メールが届いています！〟とある。ダフィーからで、〝了解、とにかく急いで〟と打ってあった。〝努力している〟と返信して電源を切り、靴のヒールに通信機をもとどおりにはめこんだ。それから窓を調べた。

ありふれたあげさげ窓だ。下の窓を上に滑らせて上の窓の内側に入れる構造になっている。網戸はない。内側のペンキは薄くていねいに塗られている。外側は風雨をしのぐために何度も塗り直してあるせいで厚く、ぞんざいだ。真鍮の掛け金がある。年代物の。最新の防犯対策はされていない。掛け金を滑らせ、窓を押しあげた。ペンキの厚みに引っかかる。それでも動いた。十センチあまりあけると、冷たい潮風が吹きこんできた。かがんで警報装置を探す。何もない。窓を全開にして窓枠全体を調べた。防犯装置らしきものはひとつもない。それもうなずける。窓は岩と海の十五メートル上にある。館そのものも高塀と海に囲まれているので近づきようがない。

窓から身を乗り出し、下を見た。デュークがあの弾を撃ったときに自分の立っていた場所が見える。五分ほど、上半身は窓の外側、下半身は窓の内側という状態で肘を突き、黒い海を眺め、潮のにおいを嗅ぎながら、あの弾薬のことを考えていた。引き金を六回引いた。失敗したらひどいありさまになっていた。頭は四散していただろう。ラグは台無しになり、オーク材の鏡板は砕け散っていただろう。あくびが出た。物思いと潮気で眠くなっている。中に引っこみ、窓をおろしてベッドへ行った。

翌朝の六時十五分にデュークがドアを解錠する前に、起きてシャワーを浴び、服を着た。十二日目の水曜日、エリザベス・ベックの誕生日だ。Eメールはすでに確認してある。新着メッセージはない。一通も。不安は感じなかった。窓際で十分間、静かな時を過ごした。正面の空が白み、灰色の海は油っぽく、穏やかになっている。引き潮だ。岩が水面に顔を出している。あちらこちらで潮溜まりができている。岸辺に鳥がいる。黒っぽいウミバトだ。夏羽が生えつつある。灰色が黒へと変わりかけている。足は鮮やかな赤だ。ウとユリカモメが遠くで旋回している。朝食を探して急降下するセグロカモメもいる。

デュークの足音が遠ざかって下におりるまで待ってからキッチンに行くと、門番小屋の巨人に出くわした。シンクの前に立ち、グラスから水を飲んでいる。ステロイドの錠剤を飲んだところなのだろう。極めつきの大男だ。わたしも身長は百九十五センチあり、標準的な七十五センチの戸口を抜ける際は注意深く中央を進まなければならない。この男はそのわたしより少なくとも背が十五センチは高く、肩幅もおそらく二十五センチは広い。体重は七十キロは重いだろう。もっとかもしれない。自分が小さく思えるほどの大男の隣に立つといつもそうだが、体の芯が震えるのを感じた。世界が少し傾いて見える。

「デュークならジムだ」巨人は言った。

「ジムがあるのか？」わたしは言った。

「地下にある」巨人の声は重みがなく、甲高い。何年もステロイドをキャンディよろしくむさぼり食っているにちがいない。目はよどみ、肌は荒れている。歳は三十代半ば、脂っぽい金髪で、袖なしのTシャツとスウェットパンツを着ている。腕はわたしの脚より太い。アニメに出てきそうな男だ。

「おれたちは朝食の前にトレーニングをやってる」巨人は言った。

「そうか」わたしは言った。「どうぞやってくれ」

「おまえもやるんだ」

「トレーニングはやらない」わたしは言った。

「デュークが待ってる。ここで働くのなら、トレーニングをやれ」

わたしは腕時計に目をやった。朝の六時二十五分。時が刻々と過ぎていく。

「おまえの名前は？」

巨人は答えない。何か企んでいるのかとでも言いたげに、わたしを見つめている。これもステロイドの弊害のひとつだ。服用しすぎると思考回路がおかしくなる。この男の思考回路ははじめからあまり出来がよくなかったようだが。卑しく、愚かに見える。そうとしか言いようがない。そしてその組み合わせはよろしくない。顔に何かの表情が浮かんでいる。好感は持てない。新しい同僚に対する好感に関しては、いまのところ思わしくない。

「むずかしい質問でもないだろうに」わたしは言った。

わたしはうなずいた。「よろしく、ポーリー。わたしはリーチャーだ」

「ポーリーだ」巨人は言った。

「知ってる」巨人は言った。「元軍人だってな」

「何か問題でも？」

「将校は好きじゃねえ」

わたしはうなずいた。ここのだれかが調べたということだ。わたしの階級を知っている。何かつてがあるのだろう。

「なぜ？」わたしは尋ねた。「士官学校の試験にでも落ちたのか？」

巨人は答えない。

「デュークに会いにいこう」わたしは言った。

巨人はグラスを置くと、わたしを連れて裏手の廊下を歩き、ドアを抜けて地下へ通じる木製の階段へ行った。館の下に完全地下の空間があった。硬い岩を爆破して造ったのだろう。壁はむき出しの岩をコンクリートで埋めて均してある。空気は湿り気があってかびくさい。天井近くに裸電球がいくつかぶらさがっていて、針金のガードで囲われている。部屋はいくつもある。そのひとつはかなり広く、全体を白く塗られている。床は白いリノリウムが敷き詰められている。時間が経った汗のにおいがする。エアロバイクとトレッドミルとウェイトマシンが一台ずつある。天井の梁からは重たげなサンドバッグが吊るされている。その近くにはスピードバッグもある。棚の上にはボクシングのグローブも。壁のラックにはダンベルが置かれている。ウェイトマシンのベンチのそばの床に重りのプレートがぞんざいに積まれている。デュークがそのすぐ横に立っている。ダークスーツ姿で。徹夜でもしたのか、疲れた様子だ。シャワーも浴びていない。髪は乱れ、スーツは皺(しわ)が寄り、上着の腰のあたりが特にひどい。

ポーリーはすぐに日課の複雑なストレッチらしきものをはじめた。筋肉が発達しすぎているせいで、脚や腕の関節の可動範囲が狭い。指で肩もさわれない。二頭筋が大きすぎる。わたしはウェイトマシンを見た。ハンドルやらバーやらグリップやらを備えている。黒い丈夫なワイヤーが滑車を介して高々と積まれた鉛のプレートにつながっている。これをすべて動かすには二百二十キロ以上を持ちあげる力が必要だろう。

「あんたもトレーニングか？」わたしはデュークに言った。

「おまえには関係ない」デュークは答えた。

「わたしにも関係ない」

ポーリーが太い首をひねってわたしを一瞥した。それからベンチに仰向けに寝て、スタンドに置かれたバーの下に肩が来るように位置を調整した。バーの左右にはいくつもの重りがはめられている。ポーリーは少しうなってバーを握り締めると、力を奮い起こす下準備をするかのように舌を出し入れした。それから手を上に押し、スタンドからバーを持ちあげた。バーがたわみ、揺れる。あまりにも大きな重みがかかっているので、オリンピックのロシア人重量あげ選手の古い映像のように、バーがしなっている。ポーリーはもう一度うなると、腕が伸びきるまでバーを持ちあげた。一秒ほどその姿勢を保ってから、バーをスタンドに落とす。首をひねり、どうだ、感心しただろうというふうにわたしを見つめる。わたしは感心してもいれば感心してもいなかった。相当重いはずだし、この男は相当筋肉がある。だが、ステロイド製の筋肉は使い物にならない筋肉だ。見た目はとてもいいし、動かないものに対して使うぶんには問題ない。その一方で、この筋肉は遅くて重く、身にまとっているだけで疲れきってしまう。

「百八十キロのベンチプレスができるか？」ポーリーが声を張りあげる。少し息を切らしている。

「試したことはないな」わたしは言った。

「いま試してみるか？」

「いや」わたしは言った。

「おまえみたいな弱虫のちびでも、筋肉がつくぞ」

「わたしは将校だ」わたしは言った。「筋肉は必要ない。百八十キロのベンチプレスをやりたくなったら、ウドの大木の類人猿を捜してきてわたしの代わりにやらせるだけだ」

ポーリーはわたしをにらみつけた。わたしはそれを無視してサンドバッグを見た。ジムの備品としてはありふれたものだ。新しくはない。手のひらでそれを押し、鎖の先でゆっくりと揺らした。わたしを見ていたデュークがポーリーに目をやった。わたしは気づかなかったが、何かを感じとったらしい。もう一度サンドバッグを押した。

昔、格闘戦の訓練でサンドバッグはさんざん使った。外出着代わりに礼装をして、サンドバッグで蹴り方を学んだものだ。ヒールの端でサンドバッグを切り裂き、砂を床にぶちまけたこともある。あれをやってみせればポーリーも感心するはずだ。とはいえ、試す気はない。ヒールの中に隠してあるEメール通信機を壊したくない。ばかばかしいが、左の靴に仕こんでくれたほうがよかったとダフィーに言ってやらなければと心に留めた。いや待て、ダフィーは左利きだ。本人はこうするのが正しいと信じて疑わなかったのかもしれない。

「気に入らねえ」ポーリーが大声で言った。こちらに視線を注いでいるから、わたしに向けて言ったのだろう。ポーリーの目は小さい。肌が光っている。まるで歩く化学的不均衡だ。毛穴から謎の化合物が漏れ出ている。

「腕相撲をやるぞ」ポーリーは言った。

「なんだって？」

「腕相撲をやるぞ」ポーリーは繰り返した。静かな軽い足どりでわたしのすぐそばに来る。見あげるほど大きい。照明をほとんど覆い隠している。汗の酸っぱいにおいが鼻を突く。

「腕相撲はやりたくない」わたしは言った。デュークがわたしを見ている。ポーリーの手を一瞥した。こぶしを作ってはいるが、さほど大きくはない。鍛えないかぎり、人の手にはステロイドの効果がない。そしてほとんどの人は手を鍛えようとは思いもしない。

「腰抜けが」ポーリーは言った。

わたしは何も言わなかった。

「腰抜けが」ポーリーは繰り返した。

「勝ったらどんな得がある？」わたしは訊いた。

「満足できる」ポーリーは言った。

「いいだろう」

「いいだろうとは？」

「いいだろう、やるぞ」わたしは言った。

ポーリーは驚いた顔をしたが、さっそくウェイトマシンのベンチに戻った。わたしは上着を脱ぎ、たたんでエアロバイクに掛けた。右の袖口のボタンをはずし、肩まで腕まくりをする。ポーリーの腕と並べるとわたしの腕はやけに細く見える。しかし、手のほうはわずかに大きい。指も長い。それに、ポーリーに比べれば少ないとはいえ、わたしの筋肉は薬瓶の産物ではなく、純粋に遺伝の産物だ。

ベンチをはさんで向かい合い、膝立ちになって肘を据えた。ポーリーの前腕はわたしより少し長く、手首を曲げることになるので、わたしのほうが有利になる。手のひらを打ち合わせ、握り合った。ポーリーの手は冷たく湿って感じられる。デュークが審判のようにベンチの端に陣どった。

「はじめ」デュークは言った。

わたしはのっけから汚い手を使った。腕相撲の目的は、腕と肩の力を使って手を下に押し、相手の手をマットに着けることだ。それができる見こみはない。この男が相手では。毛ほども見こみはない。自分の手が動かないように保つのがやっとだろう。だから勝とうとはしなかった。ただ握り締めた。百万年におよぶ進化によって、人類はほかの指と向かい合わせにできる親指を得た。つまり親指とほかの四本の指で物をペンチのようにはさむことができる。わたしはポーリーの指の付け根の関節が一直線に並ぶようにして、そこを容赦なく握った。わたしの握力はとても強い。腕を垂直に保つのに集中した。ポーリーの目を見据え、その手を握り締めるうちに、関節が潰れはじめるのを感じた。さらに力をこめる。そしてさらに。ポーリーは降参しない。恐ろしく力が強い。わたしの腕を押しつづけている。負けないようにするだけで、汗が出て息が切れた。そんな状態がまる一分もつづき、われわれは無言で力を振り絞り、腕を震わせた。わたしはなおも強く握った。ポーリーの手の痛みが増していく。顔にそれが出ている。そこでいっそう強く握る。これが肝だ。相手はもうこれ以上ひどくはならないと思っているのに、ひどくなる。そしてさらにひどくなる。苦痛の無限の宇宙が待ち構えていて、それが機械のごとく無慈悲に、一歩また一歩と迫ってくる。相手は自分の苦しみばかりが気にかかるようになる。そして決意のまなざしが揺らぎはじめる。わたしが汚い手を使っていることは相手もわかっているが、何もできないことも知っている。途方に暮れて顔をあげ、〝こいつはおれを痛めつけようとしてる！　ずるいぞ！〟などと言うことはできない。そんなことを言ったらわたしではなく自分が腰抜けになる。それには耐えられない。だから我慢するしかない。我慢しながら、もっとひどくなるのだろうかと心配しはじめる。そしてもっとひどくなる。確実に。まだまだ序の口だ。際限はない。わたしはポーリーの目を見据え、さらに強く握った。汗で肌が滑るおかげで、わたしの手はたやすくポーリーの手を押さえこみ、いっそう強く締めあげていく。擦り傷ができて気がまぎれるようなことはない。痛みは指の付け根の関節に集中している。

「もういい」デュークが大声で言った。「引き分けだ」

わたしは握る力をゆるめない。ポーリーも押す力をゆるめない。その腕は樹木さながらに動かない。

「もういいと言ったんだ」デュークは声を張りあげた。「おまえたちろくでなしには仕事があるだろうが」

わたしは土壇場で不意を突かれないように肘を高くあげた。ポーリーが目をそらし、ベンチから腕をどかす。ふたりとも手を放した。ポーリーの手には鮮やかな赤と白のあとがついている。わたしの親指の付け根は火がついたようだ。ポーリーは膝立ちの姿勢から立ちあがると、部屋からそのまま出ていった。木製の階段をのぼる重い足音が聞こえる。

「ばかな真似をしたな」デュークが言った。「敵を増やしただけだ」

わたしは荒い息をついた。「負ければよかったとでも？」

「そのほうがましだった」

「わたしの流儀ではないな」

「だったらおまえはばかだ」デュークは言った。

「あんたは警備責任者だろうに」わたしは言った。「あいつにもっと大人になれと言うべきだ」

「そう簡単にはいかない」

「だったらあいつをクビにしろ」

「それもそう簡単にはいかない」

わたしはゆっくり立ちあがった。袖をおろし、袖口のボタンを留める。腕時計に目をやった。朝の七時近くだ。時が刻々と過ぎていく。

「きょうは何をする？」わたしは尋ねた。

「トラックの運転だ」デュークは言った。「トラックは運転できるな？」

できないとも言えず、わたしはうなずいた。リチャード・ベックを救出したとき、わたしはトラックを運転していた。

「もう一度シャワーを浴びたい」わたしは言った。「それから、きれいな服がほしい」

「メイドに言え」デュークは言った。やはり疲れている。「おれをボーイか何かだと思っているのか？」

デュークは少しわたしを見つめてから、階段へ向かい、わたしは地下室にひとり残された。立ったまま伸びをしたり、息を整えたり、緊張をほぐすために手の力を抜いて振ったりする。それから上着を回収して、テリーザ・ダニエルを捜しにいった。理論上は、この地下のどこかに監禁されている可能性がある。しかし、見つからなかった。地下室は岩を削ったり爆破したりして造ってあり、部屋が入り組んでいる。その大半は中を捜すまでもなかった。暖房室はうるさくうなるボイラーと配管で空間に余裕がない。洗濯室は大きな洗濯機が木製の台の上に据えられ、膝の高さで壁を突き抜けている配管に重力で排水できるようになっている。物置の区画がある。そして施錠された部屋がふたつ。ドアは頑丈だ。耳をそばだてても、中から物音はしない。軽くノックしてみても、返事はない。

上に戻り、一階の廊下でリチャード・ベックとその母親に会った。リチャードは洗った髪の右耳寄りに分け目を作って横に流し、左側に髪が厚く垂れるようにして欠損した耳を隠している。頭頂部が禿げかかっている事実を隠そうとして老人がやる髪形に似ている。いまも葛藤が顔に表れている。暗く安全な家にいてくつろいでいる様子だが、やや窮屈に感じているのも見てとれる。わたしに会えて喜んでいるようだ。身を守ってもらったからだけではなく、わたしが外の世界の無作為の代表だからかもしれない。

「誕生日おめでとう、ミセス・ベック」わたしは言った。

覚えてもらっていたのがうれしかったのか、エリザベスは微笑した。きのうよりも元気そうだ。わたしよりゆうに十は年上のはずだが、バーやクラブや長い列車の旅で偶然出会ったりしていたら、いくらかは気を引かれたかもしれない。

「しばらくここにとどまるそうね」エリザベスは言った。だがそこで、わたしがしばらくここにとどまる理由に思い至ったらしい。警官を殺したからここに身を潜めていることに。うろたえ顔で目をそらし、廊下を歩いていく。リチャードもついていったが、一度振り返ってわたしを見た。わたしはまたキッチンに行った。ポーリーはいない。代わりにザカリー・ベックがわたしを待っていた。

「どんな武器を持っていた？」ベックは尋ねた。「トヨタ車に乗っていた男たちのことだ」

「ウージーを持っていた」わたしは言った。やり手の詐欺師が決まってそうするように、なるべく事実に合わせる。「それと手榴弾も」

「どのウージーを？」

「マイクロウージーだ」わたしは言った。「小型の」

「弾倉は？」

「短かった。二十発入りだな」

「まちがいないか？」

わたしはうなずいた。

「銃に詳しいのか？」

「ウージーはイスラエル陸軍の中尉が設計した」わたしは言った。「名前はウジエル・ガル。金物の修理屋だったが、チェコの古いサブマシンガンのVz23とVz25にあらゆる改良を加え、まったく新しい銃を開発した。一九四九年のことだ。初期型のウージーは一九五三年に量産が開始され、ベルギーやドイツでもライセンス生産された。何度か実物を見たことがある」

「弾倉の短いマイクロウージーだったということでまちがいないんだな？」

「確かだ」

「わかった」それに何か意味があったかのように、ベックは言った。そしてキッチンから立ち去った。わたしはその場に立ったまま、ベックの執拗な質問とデュークのスーツの皺について考えた。その組み合わせには不安を誘われた。

メイドを見つけ、服がほしいと伝えた。メイドは長い買い物リストを見せ、食料雑貨店に行くところだと答えた。服を買ってきてもらいたいわけではなく、だれかから借りたいだけだと伝えた。メイドは赤くなってうなずき、黙りこんだ。そこへどこからか料理人が戻ってきて、わたしに同情して卵とベーコンを焼いてくれた。コーヒーも淹れてくれたので、一日が少しはましになった。飲み食いしてから階段を二階ぶんのぼって自分の部屋へ行った。メイドがきれいにたたんだ服を廊下の床に置いてくれている。黒のデニムのジーンズと、黒のデニムのシャツだ。黒い靴下と白い下着も。どれも洗濯してていねいにアイロンをかけてある。デュークの服だろう。ベックやリチャードの服では小さすぎるし、ポーリーの服ではテントを着ているみたいに見えてしまう。服を拾いあげ、中へ運んだ。バスルームにはいって施錠し、靴を脱いでEメールを確かめた。新着メッセージが一通ある。スーザン・ダフィーからだ。〝場所を地図で突き止めた。こちらはそこから四十キロ南西のI‐九五号線近くのモーテルに移る。パウエルから、親展、どちらも五年後にDD、10‐2、10‐28との返事。進展はあった？〟。

わたしは笑みを浮かべた。パウエルはいまも同じ用語を使っているようだ。〝どちらも五年後にDD〟は、ふたりとも五年在役したのちに不名誉除隊（ディスオナラブリー・ディスチャージ）したことを意味している。もとから不向きだったり訓練でへまをやったりしたのなら、五年ももたずにとっくに除隊している。そういうものはかなり早いうちに明らかになる。五年も経ってからクビを切られる理由はただひとつ、悪人だからだ。10－2と10－28もそれを完全に裏づけている。10－28は無線の受信状況を確認されたときの標準的な回答で、〝明瞭〟を意味する。10－2は〝救急車緊急要請〟の標準的な無線コードだ。だが、憲兵の隠語としてつなげて読めば、〝救急車緊急要請、明瞭〟は〝この男たちは死ぬべきだ、まちがいなく〟となる。ファイルを読みこんだパウエルは、内容が気に食わなかったのだろう。

返信ボタンを押し、〝まだ進展なし、待機してくれ〟と打った。送信ボタンを押し、通信機を靴に戻す。シャワーに時間はかけなかった。ジムの汗を軽く洗い流しただけで、借り物の服を着た。靴と上着とスーザン・ダフィーがくれたコートはそのまま使った。下へ行くと、ザカリー・ベックとデュークがそろって廊下に立っていた。ふたりともコートを着ている。デュークは車の鍵を手にしている。シャワーはまだ浴びていない。まだ疲れた様子で、不機嫌な顔をしている。自分の服を勝手に着られて気に入らないのだろう。玄関の扉はあけ放たれていて、メイドが埃まみれの古いサーブを走らせて家の買い物に行くのが見えた。誕生日ケーキも買ってくるのかもしれない。

「行こう」やらなければならない仕事があるが、それにあまり時間をかけていられない。

いという口調でベックが言った。ふたりでわたしを連れて玄関の扉を抜ける。金属探知機が二度鳴った。ふたりに対して一度ずつで、わたしに対しては鳴っていない。外の空気は冷たく、すがすがしい。空は明るい。ベックの黒のキャデラックが車まわしに停められている。デュークが後ろのドアをあけ、ベックは後部座席に腰を落ち着けた。デュークは運転席に乗りこむ。わたしは助手席にすわった。そうするのが適切だろう。会話はない。

デュークがエンジンをかけ、セレクトレバーを動かして私道を進みはじめた。ずっと先でメイドのサーブのために門を開くポーリーの姿が見える。スーツ姿に戻っている。キャデラックは立って待っているポーリーの前を通り過ぎ、海とは反対方向の西へ向かった。振り返ると、ポーリーがまた門を閉めるのが見えた。

内陸に二十五キロほど進んでから北に曲がり、ポートランドへ向かうハイウェイに乗った。フロントガラスの向こうを見つめながら、どこへ連れていくつもりなのかと考えた。そして、そこに着いたらわたしに何をさせるつもりなのかと考えた。

連れていかれた先は、ポートランドの街はずれにある港湾施設の端だった。水上に船の上部構造物のてっぺんが見え、そこら中にクレーンがある。雑草の茂った駐車場に、廃棄されたコンテナが積まれている。事務所のはいった横に長い建物がいくつかある。トラックが出入りしている。空の至るところでカモメが飛んでいる。デュークが車を運転して門を抜け、コンクリートがひび割れてアスファルトを継ぎはぎしてある小さな駐車場に進んだ。中央にパネルバンが一台停まっているだけで、ほかには何もない。中型の車両で、ピックアップトラックのフレームに大きな箱形の荷室を載せた構造になっている。荷室は運転台よりも幅が広く、一部がその上にかぶさっている。レンタカーショップに並んでいそうな車だ。借りられるトラックの中ではいちばん小さくもなく、いちばん大きくもない。文字のたぐいは書かれていない。青く塗られた完全に無地のトラックで、ところどころに筋状の錆がある。潮気の中で長年を過ごしてきた古い車だ。

「鍵はドアポケットの中だ」デュークが言った。

ベックが後部座席から身を乗り出し、一枚の紙片を差し出した。道順が書いてある。行き先はコネティカット州ニューロンドンのどこからしい。

「トラックをこの所番地まで運べ」ベックは言った。「ここによく似た駐車場がある。まったく同じトラックが停めてあるはずだ。鍵はドアポケットの中にある。このトラックをそこに置き、停めてあるトラックに乗って戻れ」

「それから、どちらのトラックも荷室の中は見るな」デュークは言った。

「それから、ゆっくり走ることだ」ベックは言った。「法を守れ。注意を引くな」

「なぜ？」わたしは言った。「中に何がある？」

「ラグだ」背後からベックは言った。「わたしはきみの身を案じているだけだ。きみはお尋ね者なのだから。目立たないようにしたほうがいい。だから時間をかけていい。コーヒー休憩でもとれ。ふだんどおりにふるまえ」

話は終わった。わたしはキャデラックからおりた。空気は潮と油とディーゼルエンジンの排気ガスと魚のにおいがする。風が吹いている。四方から何かの産業機械の騒音やカモメの鳴き声が聞こえてくる。青いトラックに歩み寄った。その真後ろを通り過ぎ、巻きあげ式のシャッターの取っ手に小さな鉛の封印がほどこされているのを見てとった。そのまま歩き、運転席のドアをあける。ドアポケットの中に鍵があった。乗りこんでエンジンをかける。シートベルトを締めて楽な姿勢をとり、セレクトレバーを動かして駐車場から車を出した。キャデラックの中からベックとデュークが無表情で見送っている。最初の曲がり角で一時停止し、左に曲がって南へ走りだした。

4

時が刻々と過ぎていく。わたしが意識していたのはそれだ。これは試験かテストのようなもので、完了するには貴重な時間を少なくとも十時間は費やさなければならない。十時間も余裕はないというのに。しかも、このトラックはまるで豚だ。古くて言うことを聞かず、エンジンはやかましくうなりっ放しで、トランスミッションは耳障りな音を立てている。サスペンションはくたびれて柔らかく、車全体が不安定に揺れている。ただし、バックミラーはドアにボルト留めされた大きく頑丈な四角形の鏡で、十メートル以上後方にあるものならなんでもよく見える。I－九五号線を南へ向かったが、道路は閑散としていた。尾行がないのはまずまちがいない。まずまちがいないが、確実というわけではない。

できるだけ速度を落とし、体をくねらせて左足でアクセルペダルを踏みつつ、かがんで右の靴を脱いだ。落としそうになりながらそれを膝の上に載せ、片手でEメール通信機を抜きとった。通信機をハンドルの縁に押しつけて持つのと、運転するのと、

Eメールを打つのをいっぺんにやった。〝緊急だ。I－九五号線の南行き車線の、ケネバンクの出口の先のサービスエリアで会いたい。いますぐ〈ラジオシャック〉か金物店ではんだごてとはんだを買ってきてくれ〟。送信ボタンを押し、通信機を隣の座席にほうる。靴に足を押しこみ、アクセルペダルの上に戻して、背筋を伸ばした。ふたたびバックミラーを確認する。何もない。そこで少し計算した。ケネバンクからニューロンドンまでは三百二十キロほどだろう。もう少しあるかもしれない。時速八十キロで四時間かかる。時速百十キロなら約二時間五十分。このトラックで出せるのは時速百十キロが限度だろう。したがって、必要だと判断したことをするだけの時間の余裕は、最大で一時間十分となる。

運転をつづけた。時速八十キロを保って走行車線を進む。どの車にも抜かされた。後方を走りつづける車はない。尾行はない。それが好材料なのか、悪材料なのかはわからない。尾行があったほうが厄介かもしれない。二十九分後、ケネバンクの出口を通過した。一キロ半先で、サービスエリアの標識が見えた。十一キロ先に食事とガソリンとトイレの用意があると請け合っている。その十一キロを進むのに八分半ほどかかった。ゆるやかな流出ランプが右に曲がりながらくだったのち、坂をのぼって雑木林を抜けている。見通しはよくない。葉は小さくて新しいが、数が多いのでろくに視界を得られない。サービスエリアそのものも見えない。トラックを惰性(だせい)で進ませ、坂をのぼりきってくだると、ごくありふれた州間ハイウェイの施設に出た。広い道路の両側に斜めの駐車スペースが並び、右手に低い煉瓦造りの建物がいくつか固まって建っているだけだ。建物の向こうにはガソリンスタンドがある。トイレの近くに十数台の車が停まっている。その一台はスーザン・ダフィーのトーラスだ。左側の奥寄りに駐車している。隣に本人がエリオットと並んで立っている。

ダフィーの前をゆっくりと通り過ぎながら〝待て〟の手ぶりをし、四つ先のスペースに車を停めた。エンジンを切り、突然訪れた静寂をつかの間ありがたく感じた。Eメール通信機をヒールに戻し、靴紐を結んだ。それから、ふつうの人らしく見えるように努めた。両腕の筋肉を伸ばしてからドアをあけて車をおり、凝った脚をほぐしながら森の新鮮な空気を味わっているかのように、しばらく歩きまわる。何周か体をめぐらせて一帯に目を走らせてから、動きを止めて流出ランプに視線を注いだ。だれもこちらには来ない。ハイウェイをまばらに走る車の音が聞こえる。近いのでそれなりにうるさいが、木立の向こうなのでここだけ切り離されているように感じる。七十秒ほど数えた。時速八十キロで一キロ半進むにはそれくらいかかる。だれも流出ランプからこちらに来ない。一キロ半以上離れて尾行する者はいない。そこでわたしを待っているダフィーとエリオットのもとへ駆け足で直行した。エリオットはくだけた服装で、その恰好だとやや居心地が悪そうだ。ダフィーは穿き古したジーンズと、前に見たことのあるすり切れた革のジャケットを着ている。その恰好でもとびきり美しく見える。ふたりとも挨拶で時間をむだにすることなく、わたしもそれに文句はなかった。

「どこへ向かっている？」エリオットが尋ねた。

「コネティカット州のニューロンドンだ」わたしは言った。

「トラックに何を積んでいる？」

「わからない」

「尾行はない」質問ではなく宣言のようにダフィーが言った。

「電子機器が取り付けてあるかもしれない」わたしは言った。

「どこに？」

「常識で考えれば荷室の中だろう。はんだごては持ってきたか？」

「まだよ」ダフィーは言った。「いまこちらに向かっている。何に使うの？」

「鉛の封印がある」わたしは言った。「もとどおりにできるようにしたい」

ダフィーは落ち着かない様子で流出ランプを見た。「急に言われても、すぐには手にはいらなかったのよ」

「調べられるところだけでも調べておこう」エリオットが言った。「待っているあいだに」

われわれは小走りで青いトラックの後ろへ行った。わたしは地面に伏せ、下側をのぞきこんだ。年代物の灰色の泥で覆い尽くされ、漏れたオイルや何かの液体が筋を作っている。

「ここにはないな」わたしは言った。「金属部分にたどり着くには鑿（のみ）が要りそうだ」

探しはじめてからおよそ十五秒後、エリオットが運転台の中にそれを見つけた。助手席の底部のウレタンフォームに、マジックテープの小片で貼りつけてある。差し渡しは二十五セント硬貨よりやや大きく、厚さは一センチほどの、むき出しの小さな金属の円盤だ。送信アンテナとおぼしき二十センチほどの細いコードがつながっている。エリオットはその一式を握り締めると、運転台から急いで出て、流出ランプの出口を見つめた。

「どうしたの？」ダフィーが尋ねる。

「妙だ」エリオットは言った。「この手の装置は補聴器用の電池くらいしか使えない。出力が弱く、電波の届く範囲が狭い。三キロも離れたら受信できない。それなら、追跡している人物はどこにいる？」

流出ランプの出口に車はない。わたしが最後に通ったきりだ。われわれは冷たい風に目を潤ませ、何を見るでもなく立ち尽くした。木立の向こうから車の走る音が聞こえるが、流出ランプからこちらには一台も来ない。

「ここに来てからどれくらい経つ？」エリオットは尋ねた。

「四分ほどだ」わたしは言った。「五分かもしれない」

「筋が通らないな」エリオットは言った。「だったら、追跡している人物はあんたの六キロから八キロは後ろにいるはずだ。そんなに離れていたら受信できない」

「だれも追跡していないのかもしれない」わたしは言った。「わたしは信用されているのかもしれない」

「それならなぜこんなものを取り付ける？」

「ベックたちが取り付けたのではないのかもしれない。ずっと前からあったのかもしれない。存在を完全に忘れていたのかもしれない」

「〝かもしれない〟ばかりだな」エリオットは言った。

ダフィーがすばやく右を向き、木立に目を凝らした。

「ハイウェイの路肩に車を停めたのかも」と言う。「ちょうどこの向こうに」

エリオットとわたしもすばやく右を向き、目を凝らした。それなら筋が通る。サービスエリアに車を入れて目標のすぐ隣に駐車するのが賢明な監視方法のはずはない。

「確かめにいこう」わたしは言った。

手前に草をきれいに刈りこんだ細長く狭い一角があり、その向こうにはハイウェイ管理事務所が木立のきわに低木を植えたりウッドチップを撒いたりしたやはり狭い一角がある。さらに向こうは木々だけだ。東側はハイウェイを通すために切り倒され、西側はサービスエリアを設置するために均してあるが、あいだにある雑木林は十メートル強の奥行きがあり、太古の昔から茂っていそうだ。そこを通り抜けるのは苦労した。蔓やらとげのあるキイチゴの茂みやら低い枝やらがある。とはいえ、いまは四月だ。七月や八月だったら通り抜けるのは不可能だったかもしれない。

木々がまばらになってあまり成長していないあたりの直前で足を止めた。この先は草で覆われた平坦なハイウェイの路肩になっている。ゆっくりとできるだけ前に出て、左右を見まわした。駐車車両はない。路肩は左右とも見渡すかぎり車が停まっていない。走っている車はかなり少ない。ゆうに五秒間、一台も視界にはいってこない。理解に苦しむかのようにエリオットが肩をすくめ、われわれは引き返して雑木林を抜けた。

「筋が通らない」エリオットはまた言った。

「ベックたちは人手不足だ」わたしは言った。

「ちがう、ルート一号線にいるのよ」ダフィーが言った。「そうにちがいない。ルート一号線は海岸沿いをI－九五号線と平行に走っている。ポートランドからずっと南まで。たぶんほとんどの区間で、三キロも離れていないはず」

われわれはまた東を見た。まるで木立を透かして、はるか遠くを平行に走る道路の路肩でアイドリングしている車を見つけようとするかのように。

「わたしならそうする」ダフィーは言った。

わたしはうなずいた。充分にありうる筋書きだ。技術的な欠点はある。三キロも横に離れていたら、車の流れによってわずかに前後にずれただけで電波が受信範囲内になったり範囲外になったりする。しかし、ベックたちはわたしの大まかな位置さえつかめればいい。

「可能性はあるな」わたしは言った。

「いや、可能性は高い」エリオットは言った。「ダフィーの言うとおりだ。常識で考えればわかる。追跡している人物はなるべくあんたのバックミラーに映りたくないはずだ」

「とにかく、追跡している人物は向こうにいると想定するべきだな。どのあたりまでルート一号線とI‐九五号線は並んで走っている？」

「ずっとよ」ダフィーは言った。「コネティカット州ニューロンドンのはるか先まで。ボストンで分かれるけれど、あとでまた並ぶ」

「わかった」わたしは言った。腕時計を見る。「ここに来て九分ほど経つ。トイレに寄ってコーヒーを一杯飲むには充分な時間だ。そろそろ装置を路上に戻したほうがいい」

エリオットに対し、ポケットに発信機をしまってダフィーのトーラスを時速八十キロの安定した速度で南へ走らせるよう言った。こちらはトラックを走らせてニューロンドンの手前のどこかで追いつくとも言った。あとでどうやって発信機をもとの場所に戻すか、頭を使うことになりそうだ。エリオットが出発し、わたしはダフィーとふたりきりになった。トーラスが南へ走り去るのを見送ってから、北を向いて流出ランプを見張った。残り時間は一時間一分で、はんだごてが要る。時が刻々と過ぎていく。

「現場はどんな状況？」ダフィーは尋ねた。

「悪夢だ」わたしは言った。高さ二メートル半の花崗岩の塀、有刺鉄線、門、扉の金属探知機、室内側に鍵穴のない部屋などについて話した。ポーリーについても。

「わたしの捜査官の手がかりは？」ダフィーは尋ねた。

「まだ潜入したばかりだ」わたしは言った。

「あの館にいるはず」ダフィーは言った。「そう信じないわけにはいかない」

わたしは何も言わなかった。

「どうにか進展させないと」ダフィーは言った。「あの館に長くとどまるほど、あなたにとって状況は厳しくなる。わたしの捜査官にとっても」

「わかっている」わたしは言った。

「ベックはどんな人物？」ダフィーは尋ねた。

「まともな人物ではないな」わたしは言った。グラスの指紋の件と、マキシマの処分の件を伝える。それから、ロシアン・ルーレットの件も。

「やったの？」

「六回やった」流出ランプを見つめながら言った。

ダフィーはわたしを見つめた。「どうかしている。確率は六分の一だから、死んで当然だった」

わたしは微笑した。「きみはやったことがあるのか？」

「やらないわよ。分が悪すぎる」

「たいていの人がそう思う。ベックも同じだった。確率は六分の一だと考えた。だが、実際は六百分の一に近い。あるいは、六千分の一に。あのアナコンダのような、品質が高くて手入れの行き届いた銃に重い銃弾を一発こめた場合、銃弾が上に来るようにシリンダーが止まったら奇跡だ。回転の勢いで銃弾は決まって下に来る。精密な機構と、いくらかの油と、重力のおかげで。わたしは愚かではない。ロシアン・ルーレットは一般に思われているよりもずっと安全なんだよ。雇われるためにはそれくらいの危険を冒す価値はあった」

ダフィーはしばらく無言になった。

「何か感じるものはあった？」と訊いてくる。

「ベックはラグの輸入業者のように見える」わたしは言った。「館のそこら中にラグがある」

「しかし？」

「しかし、実際はちがう」わたしは言った。「恩給を賭けてもいい。わたしがラグについて尋ねても、たいしたことは言わなかった。まるであまり興味がないかのように。たいていの人は自分の仕事についてしゃべりたがるものだ。さえぎる暇もないほどに」

「恩給をもらっているの？」

「いや」わたしは言った。

ちょうどそのとき、ダフィーの車とは色がちがうだけの灰色のトーラスが、流出ランプの坂を猛スピードでのぼって現れた。ドライバーは少しのあいだ、速度を落として周囲に目を走らせてから、こちらへ急加速した。ハンドルを握っているのは、大学の校門近くの側溝に転がる羽目になった年かさの男だ。男は急ブレーキをかけてわたしの青いトラックの横に車を停めると、ドアをあけ、身を起こして外に出た。借り物のカプリスの覆面パトロールカーからおりたときとまったく同じ動作で。手には黒と赤の大きな〈ラジオシャック〉の買い物袋を持っている。中の箱で袋はかさばっている。男はそれを掲げて笑みを浮かべ、進み出てわたしの手を握った。シャツは洗いてだが、スーツは前のままだ。拭いきれなかった血糊の染みが残っている。モーテルのシンクの前に立って、しきりにハンドタオルを使っている姿が目に浮かぶ。あまりうまくはいかなかったようだ。食事中にうっかりケチャップをこぼしたように見える。

「もう使い走りをやらされてるのか？」男は尋ねた。

「何をやらされているかはわからない」わたしは言った。「鉛の封印に邪魔されて」

男はうなずいた。「やっぱりな。こんな買い物を頼んでくるんだから、そうだろうと思ったよ」

「前にもやったことがあるのか？」

「おれは古い人間でね」男は言った。「大昔のことだが、日に十回はやった。そこら中のトラックターミナルで、運転手がスープも注文しないうちに積み荷をのぞかせてもらったものさ」

男はしゃがんで〈ラジオシャック〉の袋の中身を路面に広げた。はんだごてと鈍く光るはんだひと巻きが出てくる。車のシガーソケットから給電するインバーターも。ということはエンジンがまわっていなければならないので、男はエンジンをかけて少しバックし、コードが届くようにした。

封印は引き伸ばした鉛のワイヤーの両端を大きなタグのように成形した構造になっている。タグとタグは押しつけられて加熱工具で溶接され、大きな塊を作っている。年かさの男は溶接された両端には見向きもしなかった。前にもやったことがあるのは明らかだ。はんだごてを電源に接続して加熱し、先端に唾を吐きかけて温度を確かめている。充分だと判断すると、先端をスーツの上着の袖で拭ってから、ワイヤーの細い部分にあてた。ワイヤーが溶けて切れる。小さな手錠をはずすようにその切れ目を広げ、留め具から封印を抜きとった。自分の車に上半身を突っこみ、封印をダッシュボードの上に置く。わたしはシャッターの取っ手を握ってひねった。

「よし」ダフィーが言う。「さて、何が見つかるかしら」

見つかったのはラグだ。シャッターが騒々しい音を立てて上に開き、日光が荷室の中に差しこんだとき、目の前にあったのは二百枚はあろうかというラグで、どれもきれいに巻いて紐で縛り、まっすぐに立てて並べてある。大きさはさまざまで、運転台側には丈の高いものが、シャッター側には丈の低いものが置かれている。大昔の玄武岩の地層か何かのように、手前に向かって徐々に低くなっている。表側を内向きに巻いてあるので、見えるのは目が粗くて色がくすんだ裏側だけだ。縛るのに使っているのは毛羽立った麻紐で、古くて黄ばんでいる。ウールの原毛の強いにおいと、植物染料のかすかなにおいが漂っている。

「調べないと」ダフィーは言った。声に落胆の響きがある。

「時間はどれだけある？」年かさの男は尋ねた。

　わたしは腕時計に目をやった。

「四十分だ」と答える。

「適当に選びとって調べるほうがいいな」男は言った。

　われわれは手前の列から二本を引き抜いた。きつく巻いてある。ボール紙の筒ははいっていない。そのまま巻いて紐で固く縛ってあるだけだ。一方のラグにはフリンジが付いている。古びたかびくさいにおいがする。紐の結び目も古く、潰れている。爪でつまんでみたが、ほどけそうにない。

「紐は切ってしまうんでしょうね」ダフィーは言った。「わたしたちが切ったらまずい」

「ああ」年かさの男は言った。「それはまずい」

　紐はきめが粗く、外国のもののように見える。こういう紐はもうずいぶん見たことがない。何かの天然繊維で作られている。黄麻かインド大麻かもしれない。

「で、どうする？」年かさの男は訊いた。

　わたしは別のラグを引き抜いた。両手で重さをはかる。ラグならこれくらいの重さだろう。握ってみた。わずかにくぼむ。端を下にして路面に立て、中ほどをこぶしで殴ってみた。少しへこんだだけで、いかにもきつく巻いたラグらしい手応えだ。

「ただのラグだな」わたしは言った。

「下に何かない？」ダフィーは訊いた。「奥の丈の高いラグはほんとうは丈が高くないのかもしれない。何か別のものの上に置いてあるのかも」

そこで一本ずつラグを引き抜き、もとに戻す順に路面に並べていった。荷室に不規則なジグザグの通り道ができる。丈の高いラグは見た目のままに丈の高いラグで、きつく巻いて紐で縛り、まっすぐに立ててある。何も隠されていない。われわれは荷室から出て冷気の中に立ち、大量のラグに囲まれて顔を見合わせた。

「この荷は見せかけよ」ダフィーは言った。「あなたがどうにかして荷室の中を見るだろうとベックは考えたのね」

「そうかもしれない」わたしは言った。

「それか、ベックはあなたをとにかく厄介払いしたかった」

「何をするあいだ？」

「あなたのことを調べあげるあいだ」ダフィーは言った。「念には念を入れるために」

わたしは腕時計に目をやった。「そろそろ荷を積み直さないと。どのみち車をひたすら飛ばさなければならないが」

「わたしも同行する」ダフィーは言った。「エリオットに追いつくまで」

わたしはうなずいた。「そうしてもらいたい。話したいことがある」

ラグを荷室に戻し、蹴ったり押したりしてもとどおりにきれいに並べた。それから巻きあげ式のシャッターをおろすと、年かさの男がはんだの作業に取りかかった。破った封印をまた留め具に通し、切った部分を慎重に近づける。はんだごてを熱し、隙間に先端をあてがい、巻かれたはんだを繰り出してそこに押しあてた。大きな銀色の塊が隙間を埋める。色がちがうし、かなり大きすぎる。アニメに出てくる、ウサギを呑みこんだばかりの蛇のように見える。

「心配しなさんな」男は言った。

はんだごての先端を小さな絵筆のように使い、塊をなぞって細くしていく。ときどき先端をはじいて、あまったはんだを落としながら。とても器用だ。三分はかかったが、最後には男が来る前とほとんど同じ見た目になっていた。男ははんだを少し冷ましてから、強く息を吹きかけた。新しい銀色がたちまち灰色に変わる。これほど目立たない修復は見たことがない。わたしが自分でやるより上手なのはまちがいない。

「よし」わたしは言った。「すばらしい。だが、同じ作業をもう一回やってもらうことになる。別のトラックに乗って戻ることになっているからだ。そちらも調べたほうがいい。北行き車線の、ニューハンプシャー州ポーツマスの出口の先のサービスエリアで落ち合おう」

「いつ？」

「いまから五時間後にそこにいてくれ」

ダフィーとわたしは男をその場に残し、古いトラックに出せるかぎりの速度で南へ向かった。時速百十キロがやっとだ。煉瓦のような形をしているせいで、いくらそれ以上出そうとしても風の抵抗に負けてしまう。だが、時速百十キロなら間に合う。何分か余裕がある。

「ベックの事務所は見た？」ダフィーは尋ねた。

「まだだ」わたしは言った。「調べる必要があるな。というより、ベックの輸入事業の全容を調べる必要がある」

「それはこちらで進めている」ダフィーは声を張りあげなければならなかった。時速百十キロのときのエンジンのうなりとトランスミッションの耳障りな音は、時速八十キロのときの二倍はひどい。「幸い、ポートランドはそれほど混沌としていないから。貨物の取扱量はアメリカで四十四番目にすぎない。年間輸入量は約一千四百万トン。つまり週に約二十五万トン。ベックの荷はそのうちの約十トン、コンテナ二個か三個のようね」

「税関はベックの貨物を検査しているのか？」

「ほかの貨物と同じ頻度で検査している。いまの抽出率は二パーセントほど。ベックが年に百五十個のコンテナを輸入しているのなら、三個に検査がはいることになる」

「それならベックはどうやって密輸している？」

「密輸品を、たとえば十個のコンテナのうち一個に絞るという賭けに出ているのかもしれない。その場合、検査で摘発される確率は〇・二パーセントにまで落ちる。そんなふうにすれば何年もつづけられる」

「すでに何年もつづけている。だれかを買収しているにちがいない」

隣でダフィーがうなずく。無言で。

「追加の検査をやらせることはできないのか？」わたしは尋ねた。

「相応の理由がなければできない」ダフィーは言った。「忘れないで、わたしたちは記録上は存在しない捜査をおこなっている。だから確固たる証拠が要る。どのみち、買収の可能性があればこの件全体が地雷原になる。伝えてはいけない役人に伝えてしまうかもしれないから」

運転をつづけた。エンジンがうなり、サスペンションがたわむ。視界にはいった車をつぎつぎに抜かしていく。いまやわたしがバックミラーで捜しているのは尾行者ではなく、警官だ。ダフィーのＤＥＡの身分証があればどんな法的問題もお咎めなしで済むだろうが、ダフィーに弁明させる時間が惜しい。

「ベックの反応はどうだった？」ダフィーは尋ねた。「第一印象は？」

「困惑していた」わたしは言った。「そして少し憤慨していた。それが第一印象だ。リチャード・ベックが校内では護衛されていなかったのに気づいたか？」

「安全な環境だからよ」

「そうでもない。学生を大学から連れ出すのは朝飯前だ。護衛されていなかったのなら、危険はなかったことになる。家に帰る際にボディガードを付けたのは、疑心暗鬼に陥っているあの若者をなだめるためにすぎないと思う。単なる甘やかしだ。ほんとうに必要だとベック・シニアが考えていたわけではないだろう。必要だと考えていたのなら、校内でも安全を確保したはずだ。あるいは、息子をいっさい登校させないようにしたはずだ」

「つまり？」

「つまり、過去のどこかの時点でなんらかの合意が成立したのだと思う。おそらく最初の拉致の結果として。それで一定の平穏が保証されることになった。だから寮にボディガードはいなかった。だからベックは、約束をいきなり反故にされたように思い、憤った」

「それがあなたの考え？」

わたしはハンドルに向かってうなずいた。「ベックは驚き、とまどい、腹を立てていた。頭を占めていたのは、だれがやったのかという疑問だ」

「当然の疑問ね」

「だがこれは、〝よくもこんなことができたな〟というたぐいの疑問だ。そこには怒りが含まれていた。だれかに無礼を働かれたかのように。わたしをただ問いただしたわけではなかった。だれかに対する苛立ちが表れていた」

「ベックに何を話したの？」

「トラックの特徴を伝えた。きみの部下たちの特徴も」

ダフィーは微笑した。「それなら問題ないわね」

わたしは首を横に振った。「ベックの手下にデュークという男がいる。ファーストネームはわからない。元警官だ。警備責任者を務めている。けさもそのデュークに会ったんだが、徹夜していた。疲れた様子で、シャワーも浴びていなかった。スーツの上着は腰のあたりまで皺だらけだった」

「つまり？」

「ひと晩中車を運転していたということだ。現場へトヨタ車を調べにいったのだと思う。後部のナンバープレートを確かめるために。トヨタ車はどこに隠した？」

「州警察に押収させた。もっともらしい展開にするために。DEAの車庫に戻すわけにはいかなかった。だからどこかの保管場所にあるはず」

「ナンバープレートの登録地は？」

「コネティカット州ハートフォード」ダフィーは言った。「三流どころのエクスタシー密売組織を検挙したのよ」

「いつ？」

「先週」

わたしは運転をつづけた。ハイウェイがしだいに混んできている。

「われわれの第一の失策だな」わたしは言った。「ベックはトヨタ車のことを調べあげるだろう。そして、コネティカット州の三流どころのエクスタシー密売組織が、なぜ自分の息子をさらおうとするのかと考える。さらに、コネティカット州の三流どころのエクスタシー密売組織が、檻に入れられた翌週に、息子をさらおうとすることがいったい、いったい、どうしてできるのかと考える」

「まずいわね」ダフィーは言った。

「それだけではない」わたしは言った。「デュークはリンカーンも調べたはずだ。車の前部は潰れ、窓ガラスはすべてなくなっているが、弾痕はひとつもない。車内で本物の手榴弾が爆発したようにも見えない。あのリンカーンはこの件が何もかも茶番だったことの動かぬ証拠だ」

「それはない」ダフィーは言った。「あのリンカーンは隠してある。トヨタ車と同じところにはない」

「確かなのか？」というのも、ベックはけさ真っ先にウージーについて根掘り葉掘り訊いてきたからだ。まるでわたしがぼろを出すのを期待しているかのようだった。マイクロウージーが二挺、弾倉は二十発入り、四十発撃って一発も車にあたらないことがあるのか、と言いたげだった。

「それはない」ダフィーは繰り返した。「絶対に。あのリンカーンは隠してある」

「どこに？」

「ボストンに。DEAの車庫に置いてあるけれど、書類上は郡の死体安置所に置いてある。あの車は犯行現場だったことになっているから。ボディガードたちは肉片になって車内に飛び散っていることになっている。わたしたちはもっともらしい展開を追求した。この件は熟慮した」

「トヨタ車のナンバープレートのことは抜けていたがな」

ダフィーは落ちこんだ様子だ。「でも、リンカーンは問題ない。トヨタ車からは百何十キロも離れている。そのデュークという男はひと晩中車を走らせなければそこまで行けない」

「デュークはひと晩中車を走らせたはずだぞ。それに、ベックはなぜウージーにそこまでこだわった？」

ダフィーは黙りこんだ。

「作戦は中止せざるをえないわね」と言う。「トヨタ車が原因で。リンカーンではなく。リンカーンは問題ない」

わたしは腕時計に目をやった。つづいて前方の道路に。トラックは轟音をあげながら走りつづけている。そろそろエリオットに追いつきそうだ。時間と距離を計算する。

「作戦は中止せざるをえない」ダフィーは繰り返した。

「きみの捜査官はどうするんだ」

「あなたを死なせてしまったら元も子もない」

わたしはクインのことを考えた。

「それについてはあとで話し合おう」と言う。「いまは作戦を継続する」

八分後、エリオットを追い抜いた。トーラスは時速八十キロという控えめな速度を保って、頑(かたく)なに内側の車線を走りつづけている。その前にトラックを入れて速度を合わせると、エリオットは後ろについた。ボストンを大まわりし、街の南で最初に目についたサービスエリアにはいった。ここまで来ると車がずいぶん多くなっている。隣のダフィーとともにそのますわりつづけ、流出ランプを見張っていると、七十秒ほどのあいだに四台の車があとからサービスエリアにはいってきた。どのドライバーもわたしにはまったく注意を向けない。うちふたりには同乗者がいる。みな、あけたドアのそばに立ってあくびをし、周囲を見まわしてからトイレやファストフード店へ向かうというサービスエリアではありふれた行動をしている。

「つぎのトラックはどこにあるの？」ダフィーは尋ねた。

「ニューロンドンの駐車場だ」わたしは言った。

「鍵は？」

「車内にある」

「それなら、人もいるはず。鍵を車内に置いたままトラックから離れる人はいない。きっとあなたを待ち受けている連中がいる。何を命じられているのかはわからない。作戦の中止を検討すべきよ」

「罠にはまったりはしないさ」わたしは言った。「それはわたしの流儀ではない。それに、つぎのトラックはもっとましなものを積んでいるかもしれない」

「わかった」ダフィーは言った。「ニューハンプシャーで調べましょう。あなたがそこまでたどり着けたらの話だけれど」

「きみのグロックを貸してくれ」

ダフィーは手を伸ばして腋の下のグロックに触れた。「いつまで？」

「必要なだけ」

「コルトはどうしたの？」

「取りあげられた」

「無理よ」ダフィーは言った。「支給された武器を手放すわけにはいかない」

「すでにきみは独断専行している」

　ダフィーはためらった。

「ああもう」と言い、グロックをホルスターから抜いてわたしに渡した。ダフィーの体温で温かい。グロックを握って感触を確かめた。ダフィーがハンドバッグに手を突っこみ、予備の弾倉を二本取り出す。わたしは弾倉と銃を別々のポケットにしまった。

「助かる」と伝える。

「ニューハンプシャーで会いましょう」ダフィーは言った。「トラックを調べる。そのうえで決断をくだす」

「わかった」とは言ったものの、わたしはもう決断をくだしていた。エリオットが歩み寄り、ポケットから発信機を取り出す。ダフィーがどくと、エリオットは助手席の下にそれをまた貼りつけた。そしてふたりは政府所有のトーラスへと向かった。わたしは適当な時間だけ待ってから、路上に戻った。

ニューロンドンは難なく見つかった。雑然とした古い町だ。これまで訪れたことはない。訪れる理由もなかった。海軍の町で、潜水艦をここで造っているはずだ。あるいは近くのどこかで。グロトンとかで。ベックの教えた道順にしたがい、ハイウェイを早めにおりて廃れた工業地区を抜けた。湿って煤煙で汚れ、崩れかけた古い煉瓦が目につく。駐車場があるとおぼしき場所の一キロ半手前で、トラックを路肩に寄せた。それから右折し、さらに左折して、遠まわりで近づこうとした。壊れたパーキングメーターのそばにトラックを停め、ダフィーの銃を確認する。グロック19だ。製造されて一年ほどだろう。弾薬は全弾装塡してある。予備の弾倉も全弾装塡済みだ。トラックをおりた。彼方のロングアイランド湾から長い霧笛の音が聞こえる。フェリーが入港しようとしている。風が路上のごみを吹き散らしている。娼婦が戸口から出てきて、わたしに笑みを向けた。いかにも海軍の町らしい。ほかの町の商売仲間とはちがい、陸軍の憲兵を見分けられないのだろう。

角を曲がると、行き先の駐車場の一角がかなりよく見えた。海に向かって土地がくだっていて、ここは少し高い。用意されたトラックが見える。ここまで乗ってきたトラックと瓜ふたつだ。古さも同じ、型式も同じ、色も同じ。一台きりで停まっている。砕けた煉瓦と雑草ばかりの何もない駐車場のちょうど真ん中に。二十年前に古い建物がブルドーザーで壊されてから、何も新しく建てられていないようだ。

待ち受けている者はどこにも見当たらない。とはいえ、視界内に汚れた窓が千はあるから、そのすべてに見張りが詰めている可能性もなくはない。だが、わたしは何も感じなかった。何かを感じるのは何かを知っているよりずっとあてにならないが、あてにせざるをえないときもある。動かずに立っているうちに体が冷えてきたので、歩いてトラックに戻った。トラックをまわりこませて駐車場に入れ、瓜ふたつの片割れと向き合うように停めた。鍵を抜き、ドアポケットに落とす。最後にもう一度周囲に視線を走らせてから、トラックをおりた。ポケットに片手を突っこみ、ダフィーの銃を握る。耳をそばだてる。砂塵の舞う音と、寂れた町がどうにか一日を乗りきろうとする遠い音しか聞こえない。大丈夫だ。ただし、何者かが長射程のライフルによる狙撃でわたしを射殺するつもりでいるのなら話は別だ。ポケットの中でグロック19を握り締めていたところで、それは防ぎようがない。

新しいトラックは冷たく静まり返っている。ドアは施錠されてなく、鍵は言われたとおりにドアポケットにあった。座席を後ろにさげ、ミラーを調整する。手が滑ったふりをして鍵を床に落とし、座席の下を見た。発信機はない。ガムの包み紙が何枚かと綿埃が落ちているだけだ。エンジンをかけた。おりたばかりのトラックからバックで離れ、新しいトラックで駐車場をひとめぐりしてから、ハイウェイをめざした。人けはない。追ってくる者はだれもいない。

新しいトラックは古いトラックより走りが少しはましだ。少しだけ静かだし、少しだけ速い。一度くらいは整備されているのかもしれない。快調に進み、北へ帰っていく。わたしはフロントガラスの向こうを見つめながら、岩でできた岬に一軒だけ建つあの館が、一分ごとに大きくなってくるように感じた。館はわたしを引きつけると同時に遠ざけてもいて、そのふたつが等しい力で働いている。だからわたしは身じろぎせずにすわり、片手をハンドルに乗せ、目をしっかりと開いていた。ロードアイランド州は静かだ。州を抜けるあいだ、後ろをついてくる車は一台もなかった。マサチューセッツ州はボストンを大まわりするだけでほぼ終わり、あとはローウェルのようなごみごみした街を左に、ニューベリーポートやアン岬やグロスターのような美しい土地をはるか右に見ながら、出っ張った北東部を抜けるだけだった。尾行はない。ニューハンプシャー州にはいった。I‐九五号線を三十キロほど進むと、この州の最後の出口のポーツマスがある。そこを走り過ぎ、サービスエリアの標識を探した。メイン州との境を越えてすぐのところにあった。十三キロ先でダフィーとエリオットと染みのついたスーツを着た年かさの男が待っていると、その標識は教えている。

ダフィーとエリオットと年かさの男だけではなかった。DEAの探知犬チームがともにいる。政府の人間に考える時間を充分に与えたら、意外な何かを思いつくことはままあるものだ。ケネバンクのそれとまったく同じと言っていいサービスエリアにトラックを入れた。駐車車両の端に二台のトーラスが停まっていて、ルーフに換気扇を装備した地味なバンと並んでいる。わたしはそこから四つ離れたスペースに駐車し、しばらく見張るという用心の手順を繰り返したが、あとを追ってサービスエリアに来る車はなかった。ハイウェイの路肩は気にしなくていい。木立にさえぎられてハイウェイからは見えない。至るところに木が立っている。メイン州が木だらけであるのは確かだ。

トラックをおりると、年かさの男が自分のトーラスを寄せ、はんだごての作業をさっそくはじめた。ダフィーがわたしの肘を引いて脇に連れていく。

「何本か電話をかけた」これが証拠だとでも言いたげに、ダフィーはノキアの携帯電話を掲げた。「いい知らせと悪い知らせがある」

「いい知らせから頼む」わたしは言った。「元気づけてくれ」

「トヨタ車の件は問題ないかもしれない」

「かもしれない？」

「複雑なのよ。税関からベックの配船表を入手した。ベックの貨物はすべて、オデッサから発送されている。ウクライナの黒海沿岸にある港よ」

「場所は知っている」

「ラグがここから発送されるのはおかしくない。ラグは各地からトルコ経由で北に集められているから。でも、わたしたちの立場から言えば、オデッサはヘロインの輸出港でもある。アメリカに密輸されるヘロインは、コロンビアから直接運びこまれるものを除けば、すべてアフガニスタンやトルクメニスタンからカスピ海やコーカサス地方を通って送り出される。だから、もしオデッサを使っているのなら、ベックはヘロインの密輸人ということになり、ヘロインの密輸人なら、エクスタシーの密売人を知っているはずがないということになる。コネティカット州だろうと、どこだろうと。付き合いがあるわけがない。それは絶対にない。あるわけないでしょう？　まったくちがう商売なんだから。だからベックは何かを調べるにしても、一からやることになる。つまり、トヨタ車のナンバープレートから名前と住所がわかるのは確かだけれど、その情報だけではなんの意味も持たないのよ。ベックが所有者の正体を突き止めて、足どりを明らかにするまでには数日かかる」

「それがいい知らせなのか？」

「充分にいい知らせよ。大丈夫、両者はちがう世界にいる。それに、どのみちあなたには数日しかない。あのボディガードたちをいつまでも拘束はできない」

「悪い知らせのほうは？」

ダフィーは間を置いた。「だれかがあのリンカーンを盗み見することは不可能だったとは言いきれない」

「何があった？」

「特に何かあったわけじゃないの。ただ、車庫の警備に手落ちがあって」

「つまり？」

「つまり、何かまずいことが起こらなかったとは断言できない」

トラックの巻きあげ式のシャッターが開く騒々しい音が聞こえた。シャッターがストッパーにあたつて止まった一秒後、エリオットが緊迫した声で呼んだ。われわれは何かましなものがあるのを期待して歩み寄った。見つかったのは別の発信機だ。同じく小さな金属の円盤で、同じく二十センチほどの細いアンテナがつながっている。荷室のシャッターの近くの、頭くらいの高さの板金の内側に貼りつけてある。

「やれやれ」ダフィーは言った。

荷室は前のトラックとまったく同じで、ラグを満載している。同じトラックと言われてもわからないくらいだ。ラグは固く巻かれてきめの粗い紐で縛られ、手前が低くなるように立てて詰めこまれている。

「調べるか？」年かさの男が訊いた。

「時間がない」わたしは言った。「その発信機で追跡している者がいたら、わたしがここにとどまってもおかしくない時間はせいぜい十分程度だと考えるだろう」

「犬を入れて」ダフィーは言った。

新たに来た男がDEAのバンのリアドアをあけ、リードにつないだビーグル犬を外に出した。体高の低い太った小型犬で、使役犬用のハーネスを装着している。耳は長く、やる気に満ちた表情をしている。犬は好きだ。飼おうと思ったこともある。飼えば連れができる。この犬はわたしに見向きもしなかった。調教師に導かれて青いトラックに歩み寄ると、指示を待っている。調教師が犬をかかえあげて荷室の中に入れ、階段状のラグの上に置いた。つづいて指を鳴らして何かの指示を言い、リードをはずした。犬が上下左右に動きまわる。脚が短いので、段々をのぼりおりするのに苦労している。それでも隅から隅まで調べてから、もとの場所に戻って立った。目を輝かせて尻尾を振り、口をあけて〝ご褒美はどこです？〟とでも言いたげな間の抜けたよだれ付きの笑みを浮かべている。

「何もありません」調教師が言った。

「合法の積み荷だ」エリオットが言った。

ダフィーはうなずいた。「でも、どうして北に戻すのかしら。オデッサにラグを輸出するわけがないのに。なぜこんなことを？」

「テストだ」わたしは言った。「わたしに対しての。ベックたちはわたしが中を見る可能性も見ない可能性もあると考えた」

「封印をもとどおりにして」ダフィーは言った。

調教師がビーグル犬を引っ張っていき、エリオットが背を伸ばしてシャッターを引きおろした。年かさの男がはんだごてを取りあげ、ダフィーはまたわたしを脇に連れていった。

「どうするの？」と訊く。

「きみならどうする？」

「中止する」ダフィーは言った。「リンカーンの件は先が読めない。あなたの命取りになりかねない」

わたしはダフィーの肩の向こうに目をやり、年かさの男の手際を眺めた。早くもはんだを細くする作業に取りかかっている。

「ベックたちは話を信じた」わたしは言った。「信じないわけにはいかなかった。よくできた話だったからだ」

「リンカーンを見られてしまったかもしれない」

「見たがるとは考えにくい」

年かさの男が作業を終えようとしている。かがんでいまにもつなぎ目に息を吹きかけ、鈍い灰色に変えようとしている。ダフィーはわたしの腕に手をあてた。

「どうしてベックはウージーの話をしたの？」と訊く。

「わからない」

「終わったぞ」一年かさの男が呼びかける。

「どうするの？」ダフィーは言った。

わたしはクインのことを考えた。わたしの顔を一瞥したとも凝視したとも言えないその視線のことを。額の左側に目がもうふたつあるかのような、二二口径の銃で撃たれた傷跡のことを。

「戻る」わたしは言った。「まだ安全だと思う。少しでも疑われていたら、けさのうちに襲われたはずだ」

ダフィーは何も言わない。反論しない。黙って腕から手を放し、わたしを行かせた。

ダフィーはわたしを行かせたが、銃を返すようには言わなかった。潜在意識のなせるわざかもしれない。銃を持たせたかったのかもしれない。わたしはグロックをズボンの腰に差しこんだ。大型のコルトよりも収まりがいい。予備の弾倉は靴下の中に隠した。それからトラックを走らせ、ポートランドの埠頭近くの駐車場を出てからちょうど十時間後に、そこに戻った。迎えはいない。黒のキャデラックもない。そのまま駐車場にトラックを入れて停めた。鍵をドアポケットに落とし、外に出る。疲れていたし、八百キロもハイウェイを走ったせいで耳が少し遠くなっていた。

5

時刻は夜の六時で、太陽はとうに左手の街の向こうに沈んでいる。空気は冷たく、海から湿気が吹きこんでいる。コートのボタンを留め、見張られている場合に備えてしばらく立ち尽くした。それから歩きはじめた。あてもないように。だが、実際はおおむね北をめざしていて、前方に並ぶ建物を入念に観察した。何軒かの低層の事務所がこの駐車場に接している。車輪のないトレーラーのように見える。安あがりに建てられ、ろくに手入れをされていない。それぞれが散らかった小さな駐車場を備えている。駐車場には中級車が所狭しと並んでいる。この一帯は地に足の着いた仕事に励んでいるように見える。現実の商売がここでおこなわれている。それは明らかだ。派手な本社ビルや大理石や彫像はなく、ブラインドが壊れた薄汚い窓の向こうで、ふつうの人たちが金を稼ぐために懸命に働いている。

事務所のいくつかは、小さな倉庫の側面に増築されている。倉庫は近代的な鉄鋼系のプレハブ建築だ。腰の高さのコンクリート製の荷捌き場を備えている。コンクリートの太い柱で区切られた駐車場は狭い。柱にはありとあらゆる色の車の塗料がこすりつけられている。

五分ほどのち、ベックの黒のキャデラックを見つけた。一棟の倉庫の側面側、事務所のドアの近くに、ひび割れたアスファルトを四角く区切ったスペースが斜めに設けられていて、そこに駐車されている。ドアは郊外の家のそれに似ている。コロニアル様式で、使われているのは硬材だ。一度もペンキを塗ったことのない灰色のドアで、潮風でざらついている。色褪せた看板がネジ留めされ、〝ビザー・バザー〟と記されている。文字は手書きで、ヒッピー文化の中心地だった六〇年代のヘイト・アッシュベリーを連想させる。まるでフィルモア・ウェストでのコンサートを宣伝していて、ビザー・バザーはジェファーソン・エアプレインやグレイトフル・デッドの前座を務める一発屋であるかのように。

車の近づく音が聞こえたので、隣の建物の後ろに身を隠して待った。大型の車両が低速で進んでくる。太い軟らかなタイヤが水溜まりに踏みこむ音が聞こえる。現れたのは黒光りするリンカーン・タウンカーで、校門の前で廃車同然にされた車と瓜ふたつだ。同じ製造ラインから相次いで出てきたのであってもおかしくない。リンカーンはベックのキャデラックの脇をゆっくりと通り過ぎ、角を曲がって倉庫の裏手に停まった。見覚えのない男が運転席から出てくる。男は伸びをしてあくびをした。わたしと同じく、ハイウェイを八百キロも旅してきたばかりのように。中背で肉付きがよく、黒い髪を短く刈りこんでいる。顔は細く、肌は荒れている。不満を募らせているかのようなしかめ面だ。危険な人物に見える。だが、下っ端らしい雰囲気がある。下積みの生活を送っているのかもしれない。それゆえなおさら危険かもしれない。男は車内に上半身を入れ、携帯用の無線受信機を取り出した。クロムめっきの施されたアンテナとネットの張られたスピーカーを備えている。追跡している発信機が二、三キロ以内にあると耳障りな音を発するのだろう。

男は角をまわり、ペンキの塗られていないドアを押して中にはいった。わたしはその場にとどまった。この十時間の一部始終を頭の中で再現する。無線による監視中、三度駐車した。どの駐車も短時間で、不自然には思われないはずだ。肉眼による監視までされていたのなら、話はまったく変わってくる。しかし、視界に黒のリンカーンがはいってきたことは一度もないと断言できる。ダフィーの言うとおりだったのだろう。この男は無線受信機を携えてルート一号線にいたということだ。

わたしは一分ほどそのまま立っていた。それから隠れ場所を出て、ドアに歩み寄った。ドアを押し開く。はいってすぐのところで廊下が九十度左に曲がっている。その先は小さなオープンスペースがあり、机や書類整理棚が並んでいる。人はいない。机はだれも使っていない。しかし、つい先ほどまでは使われていた。それは明らかだ。つまり事務所も使われている。机は三脚あり、終業時に従業員が残していきそうな品で天板が覆われている。やりかけの書類、すすいだコーヒーカップ、自分へのメモ、鉛筆でいっぱいの土産物のマグ、ティッシュペーパーの箱。壁際に電気ストーブがあり、室内は暑いほどで、かすかに香水のにおいが漂っている。

オープンスペースの奥に閉じられたドアがあり、その向こうから低い声が漏れている。ベックとデュークの声は聞きとれた。三人目の男と話している。追跡装置を持っていた男だろう。内容までは聞きとれない。声音も。ただし、どこか切迫した様子だ。言い争っているようにも聞こえる。声を荒らげてはいないが、会社のピクニックについて話し合っているわけではない。

机上の品や壁に視線を走らせた。掲示板に二枚の地図が画鋲で張られている。一枚は世界地図だ。黒海がおおむね中央にある。オデッサはそこに突き出たクリミア半島の左側に位置している。地図には何も記されていないが、小型の不定期貨物船がたどる航路は想像できる。ボスフォラス海峡、エーゲ海、地中海を順々に抜け、ジブラルタル海峡を過ぎたら全速力で大西洋を横断して、メイン州のポートランドへ向かう。おそらく二週間の航海だろう。三週間かもしれない。たいていの船はかなり遅い。

もう一枚はアメリカ合衆国の地図だ。古い脂染みで肝心のポートランドは消えかけている。指先をここにあてて手を広げ、時間と距離を計算することを繰り返したからだろう。小柄な人の手をいっぱいに伸ばせば、一日に進む距離になるのかもしれない。だとすると、ポートランドは配送拠点として最適な場所とは言えない。ほかのどこからも遠く離れている。

机の上の書類はわたしには理解できなかった。読みとれたのは、日にちや積み荷の詳細が記されていることくらいだ。何かの価格が一覧にされている。高価な品もあれば、安価な品もある。価格の反対側には略号が記されている。ラグを表しているのかもしれない。ほかの何かを表しているのかもしれない。しかし、うわべを見たかぎりでは、ここはなんらやましいところのない貿易事務所のようにしか思えない。テリー・ザ・ダニエルもここで働いていたのだろうか。

声にもう少し耳を傾けた。いまや怒りと不安が混じっている。廊下に戻り、グロックをズボンの腰から抜いてポケットに入れ、用心金の内側に指を差しこんだ。グロックに通常の安全装置はない。引き金にトリガー・セイフティと呼ばれるもうひとつの小さな引き金が組みこまれた構造になっている。引き金を引く際、このトリガー・セイフティも押しこまないと撃てない。そこに力を少し加えた。押しこまれる手ごたえがある。いつでも撃てるようにしておきたい。まずはデュークを撃つ。つぎに無線受信機を持っていた男を。それからベックだ。ベックは最も鈍重なはずだし、最も鈍重な相手は最後にまわすと決まっている。

もう片方の手もポケットに入れた。片手だけポケットに入れた男は武装した危険な人物のように見える。両手ともポケットに入れた男は気を抜いた無精者のように見える。脅威にならないということだ。息を吸い、わざと騒々しく部屋に戻った。

「だれかいるか？」と呼びかける。

奥の事務室のドアがすぐさま開いた。三人が寄り集まってこちらを見ている。ベック、デューク、新顔の男。銃は持っていない。

「どうやってはいった？」デュークが訊いた。疲れた様子だ。

「ドアがあいていた」わたしは言った。

「このドアだとどうしてわかった？」ベックが訊いた。

わたしは両手をポケットに入れたままにした。看板を見たとは言えない。会社の名前を教えてくれたのはダフィーであって、ベックではない。

「あんたの車が外に停められていた」わたしは言った。

ベックはうなずいた。

「そうか」と言う。

きょうの首尾については訊いてこない。無線受信機を持っていた新顔の男がすでに説明したにちがいない。その当人は無言でそこに立ち、わたしをねめつけている。ベックより若い。デュークよりも。わたしよりも。三十五歳前後だろう。やはり危険な人物に見える。頬骨が出てなく、目はよどんでいる。軍にいたころに逮捕した百人もの悪党と似ている。

「ドライブは楽しめたか？」わたしは尋ねた。

男は答えない。

「ここに無線受信機を持ちこむところを見かけたんだよ」わたしは言った。「ひとつ目の発信機は見つけた。座席の下にあった」

「なぜ調べた？」男は尋ねた。

「癖だ」わたしは言った。「ふたつ目はどこにあった？」

「荷室の中だ」男は言った。「昼食休憩はとらなかったようだな」

「金がなかった」わたしは言った。「まだだれも恵んでくれないんでね」

男はにこりともしない。

「メイン州にようこそ」と言う。「ここではだれも金を恵んでくれない。自分で稼げ」

「なるほど」わたしは言った。

「おれはエンジェル・ドールだ」男は〝天使の人形〟というその名前に感心されるのを予期した口ぶりで言った。だが、わたしは別に感心しなかった。

「ジャック・リーチャーだ」と言う。

「警官殺しだな」含みのある声で、男は言った。

長々とわたしを見据えてから、目をそらす。この男がどういう立場なのか、判然としない。ベックはボスで、デュークは警備責任者なのに、この下っ端はふたりの頭越しに話すことにまるで頓着していないように見える。

「会議中だ」ベックが言った。「車のそばで待っていてくれ」

ほかのふたりを部屋に戻し、わたしの眼前でドアを閉める。その行為自体が、この事務員用のオープンスペースに探すだけの価値のあるものはないと物語っている。そこでわたしは外へ向かったが、その途中で防犯設備を入念に観察した。かなり初歩的だが、効果的な設備だ。ドアとすべての窓に開閉センサーが取り付けられている。センサーは小さな長方形で、太さも色もスパゲッティそのままのコードが幅木に沿って伸びている。コードはひとまとめにされ、雑然とした掲示板の隣の、壁に固定された金属の箱に差しこまれている。掲示板は黄ばんだ紙で覆い尽くされている。雇用保険やら消火器やら避難場所やらについてのありとあらゆる書類だ。警報表示盤はキーパッドと二個の小さなライトを備えている。赤いライトには〝作動〟の、緑のライトには〝解除〟のラベルが貼られている。エリア分けはされていない。人感センサーもない。粗雑な外周防衛線が張られているだけだ。

車のそばで待つことにはしなかった。少し歩きまわって、周囲の様子を把握することにした。この地区には同じような事業をおこなっている事務所が集まっている。トラック用の曲がりくねった連絡道路が走っているが、おそらく一方通行で使われている。コンテナは北の埠頭からおろされ、ここの倉庫に荷が運ばれる。そして今度は配送トラックに荷が積まれ、南へ送り出される。ベックの倉庫そのものは人目から隠されているわけではない。五棟並んだ倉庫の中央にある。ただし、外に荷捌き場がない。腰の高さの台がない。代わりに巻きあげ式のシャッターを備えている。いまはエンジジエル・ドールのリンカーンがそこをふさいでいるが、トラックが通り抜けられるほど大きい。これなら秘密を保てるだろう。

全体を外部から守る設備はない。海軍の造船所とはちがう。鉄条網もないし、門もないし、守衛のいる詰所もない。四十ヘクタールほどの雑然とした広大な土地の至るところに、不ぞろいの建物や水溜まりや暗い一角があるだけだ。四六時中、何かの作業がおこなわれていることだろう。どれだけおこなわれているかはわからない。しかし、秘密裏に何かが出入りするのをごまかすには充分なはずだ。

キャデラックのそばに戻ってフェンダーに寄りかかっていると、三人が出てきた。ベックとデュークが先を歩き、ドールは戸口に残っている。わたしは両手をまだポケットに入れたままにしている。いつでもデュークを真っ先に撃てるようにしたままだ。しかし、三人の動作には攻撃的な態度が見られない。警戒もしていない。ベックとデュークはそのまま車に向かって歩いてくる。ふたりとも疲労し、上の空の様子だ。ドールはまるで自分の事務所であるかのように、戸口にとどまっている。

「行くぞ」ベックが言った。

「いや、待ってくれ」ドールが呼びかけた。「その前にリーチャーと話がある」

ベックは足を止めた。振り返りはしない。

「五分で済む」ドールは言った。「それだけでいい。終わったら戸締まりはしておく」

ベックは何も言わない。デュークも。苛立たしげだが、文句を言うつもりもないようだ。わたしはポケットに両手を入れたまま、事務所に戻った。ドールが向きを変え、事務員用のオープンスペースを通って奥の事務室へと連れていく。さらに先のドアを抜けると、倉庫の内部に設けられたガラス張りの小部屋に出た。倉庫の床の上にフォークリフトが一台あり、ラグを積んだ鋼鉄製の棚が並んでいる。棚の高さは軽く六メートルを超え、ラグはどれもきつく巻かれて紐で縛ってある。小部屋には外に面した通用口があり、金属製の机の上にパソコンが置かれている。机の椅子はすり切れている。縫い目という縫い目から汚れた黄色いウレタンフォームがのぞいている。ドールはそこにすわってわたしを見あげ、口もとに笑みらしきものを浮かべた。わたしは机の端で横を向いて立ち、ドールを見おろした。

「なんだ」と言う。

「ここにパソコンがあるだろ?」ドールは言った。「こいつからアメリカ中の陸運局のデータベースに侵入できるんだよ」

「だから?」

「だから、おれはナンバープレートを調べられるのさ」

わたしは何も言わなかった。ドールがポケットから拳銃を出す。流れるような、すばやくむだのない動作で。もっとも、出てきたのはポケットに入れておきやすい銃だ。ソヴィエト連邦時代に開発された小型オートマチック拳銃のPSMで、可能なかぎり薄く、凹凸がないように作られているから、服に引っかからない。使う弾薬はソ連製の珍しい品で、入手しにくい。安全装置はスライドの後部にある。ドールのそれは前に倒されている。その位置が〝安全〟なのか〝発射〟なのかは思い出せない。

「何が言いたい？」わたしは訊いた。

「おまえに確認しておこうと思ってな」ドールは言った。「このことをばらして、おれが出世の階段をひとつかふたつのぼる前に」

沈黙が流れる。

「何をする気だ」わたしは訊いた。

「あのふたりがまだ知らないちょっとした新情報を明かすのさ」ドールは言った。

「たんまりボーナスをもらえるかもしれないな。たとえば、おまえのためにとってある五千ドルとかを」

わたしはポケットの中でグロックのトリガー・セイフティを押しこんだ。左を一瞥する。奥の事務室の窓まで見通せる。ベックとデュークはキャデラックのそばに立っている。こちらに背を向けて。距離は十二メートルほど。近すぎる。

「おれがおまえのためにマキシマを捨ててきたんだよ」ドールは言った。

「どこに？」

「それはどうでもいい」ドールは言った。そしてふたたび笑みを浮かべた。

「なんだ」わたしはふたたび言った。

「あの車は盗んだんだって？　ショッピングモールで行き当たりばったりに」

「だから？」

「マサチューセッツ州のナンバープレートだったよな」ドールは言った。「あれは偽造品だ。あの番号は発行されてない」

見落とし。あとで祟ることになる。わたしは何も言わなかった。

「だからVINを調べた」ドールは言った。「車両識別番号(ヴィークル・アイデンティフィケーション・ナンバー)のことだ。どの車にもそれがある。ダッシュパネルの上の小さな金属板に刻まれてる」

「知っている」わたしは言った。

「調べたらマキシマの番号だった」ドールは言った。「ここまでは問題ない。だがな、ニューヨーク州で登録されてたんだよ。所有者は五週間前に逮捕されたチンピラだった。逮捕したのは連邦政府だ」

わたしは何も言わなかった。

「弁明する気はあるか?」ドールは言った。

わたしは答えなかった。

「おれがおまえの始末を任されるかもしれないな」ドールは言った。「楽しみだ」

「そうか?」

「これまでに何人も始末したことがある」何かを証明するかのように、ドールは言った。

「何人だ」わたしは言った。

奥の事務室の窓の向こうを一瞥する。グロックから手を放し、何も持たずに両手をポケットから出した。

「ニューヨーク州の陸運局のデータベースは最新ではないようだな」わたしは言った。「あのマキシマは古かった。一年前に州外に売られたのかもしれない。証明コードを確認したのか？」

「どこにある？」

「画面の右上だ。最新のデータなら、正しい番号が記されているはずだ。わたしは憲兵だった。ニューヨーク州の陸運局のデータベースを調べたことはおまえより多い」

「憲兵は嫌いだ」ドールは言った。

わたしはドールの銃を見つめた。

「おまえが何を嫌いだろうとどうでもいい」と言った。「ああいうシステムの仕組みをわたしは知っていると言いたいだけだ。同じ勘ちがいをしたことだってある。何度も」

ドールはしばらく黙りこんだ。

「でたらめだ」と言う。

今度はわたしが笑みを浮かべた。

「たくさんさ」

「だったら好きにしろ」と言う。「恥をかきたいのならどうぞ。わたしは痛くもかゆくもない」

ドールは長いこと身じろぎせずにすわっていた。やがて銃を右手から左手に持ち替えると、マウスを忙しく動かした。片目をわたしから離すまいとしながら、クリックしたりスクロールしたりしている。わたしは画面に興味を引かれたかのように、少し移動した。ニューヨーク州陸運局の検索ページが表示される。さらに少し移動して、ドールの背後にまわった。ドールはマキシマの本物のナンバーを覚えているらしく、それを入力した。検索ボタンを押す。画面が更新される。わたしはドールの勘ちがいを証明する準備が整ったかのように、また移動した。

「どこにある？」ドールは訊いた。

「そこだ」わたしは言い、画面を指差そうとした。だが、伸ばしたのは両手の十本の指で、画面に触れることはなかった。右手がドールの首をつかむ。左手がドールの左手から銃を奪いとる。銃が床に落ち、いかにも半キロの鋼鉄がリノリウムを敷いた合板に落ちたときらしい音を立てる。視線は事務室の窓からそらさない。ベックとデュークはまだこちらに背を向けている。両手をドールの首に巻きつけ、絞めあげた。ドールが暴れる。抵抗する。手の位置をずらした。ドールの下で椅子が倒れる。さらに強く絞める。窓を見つめながら。ベックとデュークはそのまま立っている。こちらに背を向けて。体の前に吐かれた息が白い。ドールがわたしの手首を掻きむしりはじめる。わたしはいっそう力をこめた。ドールが口から舌を垂らす。そこで賢明な対応に出て、わたしの手首にはもうかまわず、手を後ろに伸ばしてわたしの目を狙った。わたしは首をそらし、一方の手でドールの顎をつかみ、もう一方の手を開いて側頭部に押しつけた。そして顎を右に激しくねじり、頭を左下に叩きつけて首の骨を折った。

椅子をもとどおりに起こし、机の下にていねいに押しこんだ。ドールの銃を拾いあげ、弾倉を抜く。全弾装塡してある。五・四五ミリのボトルネック形のソ連製拳銃弾が八発。二二口径の弾薬とおおむね同じ大きさで、弾速は遅いが、高い貫通力があるとされる。ソ連の治安部隊はこの銃を歓迎したという。薬室を確かめた。一発給弾されている。動作を確かめた。安全装置は〝発射〟になっている。弾倉を入れ直し、薬室に給弾したまま安全装置をかけた。左のポケットにしまう。

それから服を調べた。ありがちな所持品ばかりだ。財布、携帯電話、中身があまり多くないマネークリップ、大きな鍵束。どれもその場に残した。外に面した裏の通用口のドアをあけ、周囲に視線を走らせる。ここからだとベックとデュークは建物の陰に隠れている。こちらからも見えないし、あちらからも見えない。ほかに人けはない。ドールのリンカーンに歩み寄り、運転席のドアをあけた。トランクのリリースレバーを手探りする。蓋が静かにあき、二、三センチほど浮く。室内に戻り、死体の襟もとをつかんで引きずった。トランクを全開にして死体を中に入れる。蓋を静かに閉め、運転席のドアも閉める。腕時計に目をやった。もう五分経っている。この生ごみの処分はあとまわしにしなければならない。ガラス張りの小部屋、奥の事務室、事務員用のオープンスペース、正面入口のドアを順々に抜け、外に出た。ベックとデュークが音を聞きつけて振り返る。ベックは寒そうで、待たされて苛ついている様子だ。デュークだったらなぜわざわざ待つのか、と思った。デュークは少し震えていて、目が潤み、あくびをしている。三十六時間眠っていない男そのものだ。おかげで三つも利点がある、と思った。

「わたしが運転しよう」わたしは言った。「よければ」

デュークはためらった。何も言わない。

「運転できるのは知っているだろうに」わたしは言った。「何せ、わたしに一日中運転させたばかりだ。あんたの指図どおりにしたぞ。ドールからすべて聞いたはずだ」

デュークは何も言わない。

「これもテストだったのか？」わたしは訊いた。

「おまえは発信機を見つけた」デュークは言った。

「見つけないとでも思っていたのか？」

「発信機を見つけていなかったら、ちがう行動をとったかもしれない」

「なぜそんなことをする？　わたしはとにかくここに早く、無事に戻りたかった。十時間も人目にさらされたんだぞ。気が休まる暇もなかった。あんたたちが何に手を染めているかは知らないが、失うものはわたしのほうが大きい」

デュークはそれに対しても何も言わない。

「好きにすればいいさ」どうでもいいかのように、わたしは言った。

デュークはもう少しだけためらってから、ため息をついて鍵束を渡した。ひとつ目の利点だ。鍵束を渡すことには象徴的な意味合いがある。信頼と仲間意識の表れとなる。輪の中心に近づける。部外者という色合いが薄まる。おまけに、渡されたのは大きな鍵束だ。車の鍵だけではなく、館の鍵と事務所の鍵もある。全部で十本以上あるかもしれない。金属の大きな塊であり、大きな象徴だ。ベックはやりとりをずっと見ていたが、何も言わなかった。黙って背を向け、車の後部座席に腰を落ち着ける。デュークは助手席に身を沈めた。わたしは運転席に乗りこむと、エンジンをかけた。ポケットの中の二挺の銃が膝の上に来るようにコートを整える。携帯電話が鳴ったら即座に銃を抜いて使えるように。つぎにふたりに電話がかかってきたら、五分五分でドールの死体を発見しただれかが連絡してきた可能性がある。だからつぎの電話はふたりにとって最後の電話になる。六百分の一や六千分の一なら喜んで賭けるが、五分五分では少し分が悪すぎる。

しかし、館に着くまで電話は鳴らなかった。わたしは順調に運転をつづけ、道にも迷わなかった。東に曲がって大西洋へ向かう。このあたりはもう真っ暗だ。手のひらの形をした岬をのぼり、指に似た突出部を進んで、館へ直行した。塀のてっぺんに沿ってまばゆいライトが灯っている。有刺鉄線がきらめいている。ポーリーが待っていて、門を開いた。門を抜けるわたしをにらみつけている。わたしはそれを無視して私道を突き進み、車まわしの玄関前に車を停めた。ベックがすぐに車をおりる。デュークは首を振って目を覚ますと、ベックについていった。

「車はどこに置けばいい？」わたしは尋ねた。

「車庫だ、ろくでなし」デュークは言った。「館の脇にまわれ」

ふたつ目の利点だ。これで五分はひとりになれる。

車まわしを引き返して、館の南側へ向かった。車庫は独立した建物になっていて、低い塀で囲まれた中庭にある。館が建てられたころには厩舎として使われていたのだろう。前には花崗岩の丸石が敷かれ、においを逃がすための通気口が丸屋根に設けられている。馬房の仕切りがぶち抜かれ、四台ぶんの車庫になっている。干し草を置く屋根裏は住居に改装済みだ。あの無口な整備工はここに住んでいるのだろう。

左端の車庫の戸があけたままで、中は空だ。キャデラックをそこに入れ、エンジンを切った。ここは薄暗い。棚がいくつかあり、車庫に溜まりがちながらくたが詰まっている。油差し、バケツ、ワックスの古い容器。タイヤの電動空気入れやぼろ切れの束もある。鍵をポケットにしまい、運転席からおりた。館から電話の音が聞こえないかと耳を澄ます。何も聞こえない。特にあてもないように歩き、ぼろ切れを調べた。ハンドタオル大の一枚を手に取る。埃と土と油で黒ずんでいる。キャデラックのフロントフェンダーの汚れをそれで拭くふりをした。四方に目を走らせる。だれもいない。ドールのＰＳＭとダフィーのグロックとグロックの予備の弾倉二本をぼろ切れで包んだ。まとめてコートの下に入れる。銃を館の中に持ちこむのは可能かもしれない。もしかしたら。裏口を通り、金属探知機を敢えて鳴らせておき、一瞬とまどった顔をしてから、大きな鍵束を出せばいい。そしてこれですべて説明できるとでも言いたげに鍵束を掲げる。典型的なミスディレクションだ。うまくいくかもしれない。もしかしたら。どれだけ疑われているかしだいだろう。だがいずれにしろ、館から銃を持ち出すのはきわめて困難だ。パニックに陥った電話が近いうちにかかってこなければ、わたしはベックやデュークとふつうに外出することになるだろうが、そのときまた鍵を持っている保証はない。だから選ばなければならない。賭けに出るか、安全策をとるか。安全策をとり、火器は館の外に置いておこうと決めた。

　車庫のある中庭から出て、館の裏手へと歩いた。中庭の塀の角で足を止める。少し立ち尽くしてから、海を見たくなったかのように、直角に曲がって塀沿いを岩場へ向かって歩いた。海は穏やかなままだ。南東から油の浮いた長大なうねりが寄せている。水は黒く、底なしに見える。しばらくそれを見つめてからかがみこみ、包んだ銃を塀際の小さなくぼみに押しこんだ。そのあたりには瘦せた雑草が生えている。包みにつまずきでもしないかぎり、見つからないはずだ。

コートの中の背中をまるめ、思慮深い男が穏やかなひとときに浸っているように装いながら、引き返した。静かだ。海鳥もいなくなっている。暗すぎるからだろう。ねぐらにいるほうが安全だ。向きを変え、裏口へ向かった。ポーチを抜け、キッチンに歩み入る。金属探知機が鳴った。デュークと整備工と料理人がいっせいにこちらを向く。わたしは一拍置いてから、鍵を取り出して掲げた。三人ともよそを向く。中へ進み、テーブルのデュークの前に鍵を置いた。デュークは鍵をほうっておいた。

デュークが疲労困憊してくれたことの三つ目の利点は、夕食が進むにつれて明らかになった。デュークは起きているのがやっとで、ひと言もことばを発しない。キッチンは暖かくて湯気が立ちこめ、われわれは食べたらだれでも眠くなりそうな食事をとった。濃いスープ、ステーキ、ポテト。量も多い。皿が積みあげられている。料理人は製造ラインのような働きぶりだ。すべての料理を盛った皿が一枚よけいにあり、カウンターの上に手つかずで置かれている。もしかしたらだれかは二回食べる習慣があるのかもしれない。

わたしは一気に食べながら、電話の音に耳を澄ましていた。一度目の呼び出し音が鳴り終える前に、車の鍵をつかんで外に出られるはずだ。二度目が鳴り終える前に、キャデラックに乗っている。三度目が鳴り終える前に、私道を半ばまで進んでいる。そして門を突き破る。ポーリーは轢く。だが、電話は鳴らなかった。咀嚼音以外、館は物音ひとつしない。コーヒーは出されなかった。文句のひとつも言いたくなってくる。わたしはコーヒーが好物だからだ。代わりに水を飲んだ。シンクの蛇口から注いだそれは塩素の味がする。二杯目を飲み干す前に、家族のダイニングルームからメイドが戻ってきた。不恰好な靴を履き、ぎこちない動作でわたしの席に歩み寄る。びくついている。アイルランド人だろうか。不毛なコネマラからはるばるボストンまで来たのに、そこでは仕事が見つからなかったように見える。

「ミスター・ベックがお呼びです」メイドは言った。

声を聞くのはこれでようやく二度目だ。訛りも少しアイルランド人らしく聞こえる。カーディガンをしっかりと体に巻きつけている。

「いま？」わたしは訊いた。

「そうだと思います」メイドは言った。

ベックはオーク材のダイニングテーブルがある四角い部屋でわたしを待っていた。ロシアン・ルーレットをやった部屋だ。

「トヨタ車の登録地はコネティカット州のハートフォードだった」ベックは言った。

「けさ、エンジェル・ドールがナンバープレートを調べた」

「コネティカット州では車の前面にナンバープレートを付けなくてもかまわない」わたしは言った。何か言わなければならないと思ったからだ。

「所有者は知り合いだ」ベックは言った。

沈黙が流れる。わたしはベックをまっすぐに見つめた。理解するのに何分の一秒かかかった。

「どういう知り合いなんだ」わたしは尋ねた。

「取引相手だ」

「ラグの？」

「取引の中身はきみには関係ない」

「何者だ」

「それもきみには関係ない」ベックは言った。

わたしは何も言わなかった。

「しかし、問題がひとつある」ベックは言った。「きみが人相を教えた男たちと、そのピックアップトラックの所有者は別人だ」

「確かなのか？」

　ベックはうなずいた。「長身で金髪だったときみは言っていたな。ピックアップトラックの所有者はヒスパニックの連中だ。小柄で黒髪の」

「だったら、わたしが見た男たちは何者だったんだ」わたしは尋ねた。何か尋ねなければならないと思ったからだ。

「可能性はふたつある」ベックは言った。「ひとつ目は、何者かがピックアップトラックを盗んだというもの」

「あるいは？」

「ふたつ目は、ヒスパニックの連中が人手を増やしたというもの」

「どちらもありうるな」わたしは言った。

　ベックは首を横に振った。「ひとつ目はありえない。向こうに電話を入れてみたが、だれも出なかった。だから訊いてまわった。姿を消したそうだ。何者かにトラックを盗まれただけで、姿を消さなければならなくなるとは考えられない」

「それなら人手を増やしたのだろう」

　ベックはうなずいた。「そして恩を仇で返すことに決めた」

　わたしは何も言わなかった。

「連中がウージーを使っていたのは確かか?」ベックは尋ねた。

「見たところはそうだった」

「MP5Kではなく?」

「ああ」わたしは言い、目をそらした。両者はまったくちがう。似ても似つかない。MP5Kは、ヘックラー&コッホが一九七〇年代はじめに開発したコンパクトモデルのサブマシンガンだ。高価な樹脂を成形した大きく太いグリップをふたつ備えている。とても未来的な見てくれだ。映画の小道具のように。それに比べれば、ウージーは地下室で目をつぶってハンマーで打ち合わせたように見える。

「まちがいない」わたしは言った。

「拉致の対象が無差別だった可能性は?」ベックは訊いた。

「ない」わたしは言った。「百万にひとつも」

ベックはふたたびうなずいた。

「つまり、連中は宣戦布告をしたわけだ」と言う。「そして行方をくらました。どこかに身を潜めているのだろう」

「なぜそんなことを?」

「見当もつかない」

沈黙が流れる。海の音は聞こえない。波が音もなく寄せては引いている。

「連中を捜し出すつもりなのか？」わたしは尋ねた。

「むろんだ」

デュークがキッチンでわたしを待っていた。苛立ち、しびれを切らしている。さっさとわたしを上に連れていってひと晩中閉じこめたいからだ。わたしは逆らわなかった。室内側に鍵穴のない施錠されたドアは、絶好のアリバイになる。

「あすも六時半からだ」ベックは言った。「仕事があるぞ」

耳を澄ますうちに施錠される音が聞こえたので、足音が遠ざかるのを待った。それから急いで靴を脱いだ。メッセージが一通届いている。ダフィーからだ。〝無事に戻れた？〟。返信ボタンを押し、こう打った。〝車を一台、館の一キロ半手前に届けてくれ。鍵は座席の上に置け。静かに近づき、ライトはつけるな〟。

送信ボタンを押す。短い間がある。ダフィーはノートパソコンを使っているはずだ。モーテルの部屋で、プラグを差して電源を入れたままにしている。それが電子音を鳴らし、〝メールが届いています！〟と表示する。

ダフィーから――〝どうして？　いつ？〟。

わたしから――〝質問はあとだ。夜の十二時に〟。

長い間がある。そしてダフィーから――〝わかった〟。

わたしから――〝車は午前六時にひそかに回収してくれ〟。
ダフィーから――〝わかった〟。
わたしから――〝ベックはトヨタ車の所有者と知り合いだ〟。
気詰まりな九十秒間ののち、ダフィーから――〝どういう知り合い？〟。
わたしから――〝取引相手だそうだ〟。
ダフィーから――〝具体的には？〟。
わたしから――〝聞かされていない〟。
ダフィーから一語で――〝まずいわね〟。
わたしは待った。それ以上ダフィーはEメールを送ってこない。エリオットと相談しているのだろう。早口で話し合い、互いの顔は見ず、決断をくだそうとしているさまが目に浮かぶ。わたしは質問を送った。〝ハートフォードで逮捕したのは何人だ〟。
ダフィーは返した。〝全員。つまり三人よ〟。わたしは尋ねた。〝口を割ったのか？〟。
ダフィーは返した。〝だんまりを決めこんでいる〟。わたしは尋ねた。〝弁護士は？〟。
ダフィーは返した。〝弁護士は付いていない〟。
やりとりがとにかくまだるっこい。しかし、おかげで考える時間がたくさんとれる。弁護士が付いていたら致命的だった。ベックはたやすく弁護士に連絡をとれただろう。取引相手が逮捕されたかどうかを確認しようといずれは思いついただろう。

わたしから――〝その連中が外部と連絡をとらないようにできるか？〟。
ダフィーから――〝できる。二、三日なら〟。
わたしから――〝そうしてくれ〟。
長い間がある。そしてダフィーから――〝ベックはどう考えている？〟。
わたしから――〝その連中が宣戦布告をしたうえで行方をくらましたと考えている〟。
ダフィーから――〝あなたはどうするつもり？〟。
わたしから――〝わからない〟。
ダフィーから――〝車は用意するけれど、脱出するのに使うべきよ〟。
わたしから――〝そうかもしれない〟。
また長い間がある。やがてダフィーがEメールを送ってきた。〝電源を切って、バッテリーを節約して〟。笑みが漏れた。ダフィーはまさに実務型だ。
服をすべて着たまま三時間ベッドに横たわり、電話が鳴らないかと耳をそばだてていた。一度も鳴らなかった。十二時前に起きると、オリエンタルラグをまるめて端に寄せ、床に伏せてオーク材の床板に頭を押しつけながら耳を澄ました。建物内の小さな音を拾うにはこれがいちばんだ。暖房装置の運転音が聞こえる。館に吹きつける風の音も。風はかすかにうなっている。海は静かだ。館は深閑としている。堅牢な石造りの建物だから、きしんだりがたついたりはしていない。人が活動している気配はない。話し声も、動きまわる物音もしない。デュークは死んだように眠っていることだろう。疲労困憊してくれたことの三つ目の利点だ。警戒すべき相手はデュークしかいない。プロフェッショナルはあの男しかいないのだから。

靴紐を固く結び、コートを脱いだ。下はメイドが用意してくれた黒のデニムの上下のままだ。窓を全開にし、室内側を向いて窓枠に腰掛けた。ドアを見つめる。体をひねって外を眺める。細い銀色の月が出ている。星明かりがいくらか差している。風は弱い。不ぞろいの銀色の雲が浮かんでいる。空気は冷たく、潮気がある。海はゆっくりと一定の調子で動いている。

脚を振って夜気の中に出し、横に移動した。体を裏返して腹を下にし、つま先を壁にあてながらおろしていく。石を彫ってファサードのアクセントラインにしてあるところに足がかりを見つけた。両足を踏ん張り、両手で窓枠を握りながら、体を外に吊りさげた。片手で窓を引きおろし、五センチほどあけておく。慎重に横へ動いて、雨樋から下へ伸びる排水管を手探りした。一メートルほど先にあった。差し渡し十五センチほどの、太い鋳鉄製の管だ。右の手のひらを押しあてる。強度はある。しかし、距離もある。わたしは身軽ではない。オリンピックに出るとしたらレスリングかボクシングか重量あげの選手としてだろう。体操ではない。

右手を戻し、つま先立ちでできるかぎり右へ移動した。左手を窓枠に沿って一気に動かし、角をしっかりとつかむ。右手をいっぱいに伸ばして、排水管の向こう側に引っかけた。ペンキの塗られた鉄管は冷たく、夜露で少し滑る。親指を表側、ほかの四本の指を裏側にあてた。握り具合を確かめる。もう少し体を外へ出した。両手足を広げて壁に貼りついている恰好だ。両手に力が均等にかかるようにしながら、壁に体を寄せた。足がかりを蹴って足を横へ大きく動かし、排水管の左右に持ってくる。また壁に体を寄せ、窓枠から左手を放して、右手と合流させた。これで排水管を両手でつかめた。手は鉄管をしっかりと握っている。足の裏は壁に押しつけている。尻は岩場の十五メートル上に突き出ている。風が髪をなぶった。冷たい風だ。

体操ではなくボクシングの選手。自分ならひと晩中でもしがみついていられる。それは問題ない。しかし、おり方については自信がない。腕に力を入れ、壁に体を寄せた。そうしながら、十五センチほど手を下にずらした。同じ長さだけ足もずらす。つづいて腰を落とした。これでうまくいきそうだ。同じ動作を繰り返した。一度に十五センチずつ、小刻みにおりていく。夜露で不覚をとらないよう、左右の手のひらを順々に拭いながら。寒いのに汗が噴き出ている。ポーリーとやり合った右手が痛む。まだ地上まで十三メートル半はある。少しずつくだるうちに、二階と同じ高さにまで来た。時間はかかるが、安全だ。数秒ごとに古い鉄管に百十キロあまりの衝撃を加えていることを除けば。鉄管は作られてから百年は経っている。そして鉄は錆びて朽ちる。

鉄管が少し動いた。震え、揺れているのが伝わってくる。おまけに鉄管は滑りやすい。しっかりと握るためには指を裏側にまで巻きつけなければならない。そのせいで指の関節が石ですりむけている。それでも一度に十五センチずつ、小刻みにおりていった。リズムができてきた。壁に体を寄せ、腰を落として手を下にずらしたら、腕をゆっくりと伸ばして衝撃を和らげる。肩で衝撃を吸収するということだ。それからもっと深く腰を曲げて足を十五センチおろし、またはじめから繰り返す。一階の窓までおりた。このあたりの鉄管は強度が増しているように感じる。コンクリートの基礎に固定してあるのかもしれない。おりる速度が速くなる。ようやく地上に着いた。硬い岩を踏む感触があり、安堵の息をついて壁から離れた。ズボンで両手を拭い、静かに立って耳を澄ます。館の外に出られて気分がいい。空気はビロードのように感じられる。何も聞こえない。窓に明かりはひとつも映っていない。歯に冷気がしみ、笑みを浮かべているのに気づいた。月を見あげる。身震いしてから忍び足で歩き、銃の回収に向かった。

銃は置いたときのまま、雑草の奥のくぼみでぼろ切れに包まれていた。ドールのP

SMはその場に残した。グロックのほうが好みだ。包みを広げ、癖で入念に確認する。銃本体に十七発、予備の弾倉にも十七発ずつ装塡してある。九ミリ・パラベラム弾が五十一発。一発でも撃ったら弾が尽きるまで撃つことになるだろう。そのときには勝敗は決している。弾倉はポケットに入れ、銃本体はズボンの腰に差し、遠くからあらかじめ塀を観察しておくために独立車庫の向こう側にまわった。塀は煌々と照らし出されたままだ。ライトはまばゆく、青みがかり、剣呑で、スタジアムを連想させる。門番小屋がその光に包まれている。有刺鉄線がきらめいている。一直線に連なる光の帯は奥行きが三十メートルほどあり、昼間のように明るいが、その向こうは漆黒の闇だ。門は閉じられ、鎖で縛ってある。全体の様子は十九世紀の刑務所の外周を思わせる。あるいは収容所を。

突破する方法を思いつくまでそこを見つめてから、丸石の敷かれた中庭へ行った。車庫の上の住居は暗く静まり返っている。車庫の戸はすべて閉じられているが、どれも錠は備えていない。時代がかった木製の大きな戸だ。車を盗むことなどだれも思いもしなかった時代に取り付けられたのだろう。戸が四つに、車庫が四つ。左端にはキャデラックが収められている。そこにはもう行った。だからほかの車庫をゆっくりと静かに調べた。二番目の車庫にはまた別の黒のリンカーン・タウンカーがある。エンジェル・ドールやボディガードたちが使っていた車と同じだ。ワックスでつやめき、ドアは施錠されている。

三番目の車庫は空だ。中には何ひとつない。片づけて掃いてある。床の埃っぽい油染みに箒のあとが残っている。ところどころにカーペットの繊維が少し落ちている。箒で掃除しただれかが見落としたようだ。繊維は短く、硬い。暗いので色まではわからない。灰色に見える。ラグの裏地の黄麻布から抜け落ちたように見える。何を意味するかはわからない。だからつぎに移った。

四番目の車庫で目当てのものを見つけた。戸を大きく開き、中がどうにか見える程度に月光を入れる。メイドが買い物に使った埃まみれの古いサーブが前向きに駐車され、そのそばに作業台が置かれている。作業台の向こうには煤けた窓がある。外では灰色の月光が海に映りこんでいる。作業台は万力がネジ留めされ、工具で埋もれている。工具は古い。木製の柄が歳月と油で黒ずんでいる。錐（きり）を見つけた。柄になまくらの鋼鉄の切っ先を固定しただけの代物だ。柄はオーク材で、まるみを帯びている。切っ先の長さは五センチほど。その先端から五ミリほどのところを万力ではさみ、しっかりと締めた。柄を引っ張って切っ先を直角に曲げる。万力をゆるめて出来栄えを確かめてから、シャツのポケットにしまった。

鑿（のみ）も見つけた。木工用の道具だ。一センチあまりの刃と、上質のトネリコの柄を備えている。作られてから七十年は経っていそうだ。近くをあさって、カーボランダムの砥石と研磨液の錆びついた缶を見つけた。研磨液を砥石に少し塗りつけてから、鑿の刃で伸ばす。そして鑿の刃が輝くまで前後に動かした。わたしはいくつもの高校にかよったが、そのひとつはグアムの古風な学校で、そこでは工具を研ぐといった単純作業の出来で工作の評価が決まった。われわれはみな高評価を得た。そういう技能にはみな興味があった。授業でナイフも作ったが、あれほどの逸品はいまでも見たことがない。鑿をひっくり返して裏も研いた。四角く水平な刃先ができる。上質なピッツバーグの鉄鋼製品のように見える。ズボンで拭う。親指で切れ味を試すことはしなかった。血を流すまでもない。見ただけで剃刀並みの鋭さであるのはわかる。

中庭に出て、塀の角にしゃがみこみ、ポケットに戦利品を入れた。静かにやらなければならないときには鑿があるし、音を立ててもかまわないときにはグロックがある。それから優先順位を検討した。館が先だ、と決めた。調べる機会が二度とめぐってこない可能性が高いからだ。

キッチンに接するポーチの防風ドアは施錠されていたが、お粗末な錠だった。レバータンブラーが三つあるだけの、形ばかりの代物だ。鍵代わりに錐の曲げた切っ先を差しこみ、タンブラーを探った。大きいのですぐにわかる。一分足らずで中にはいれた。また足を止め、耳を澄ます。料理人に出くわしたくない。遅くまで起きて、特製のパイでも焼いているかもしれない。あるいは、アイルランド人のメイドがキッチンで何かしているかもしれない。だが、あたりは静寂に包まれている。ポーチを突っ切り、内側のドアの前に膝を突いた。同じくお粗末な錠だ。同じく短時間で済んだ。一歩さがってドアをあける。キッチンのにおいが鼻に届く。また耳を澄ました。部屋は寒く、人けはない。錐を目の前の床に置いた。鑿をその隣に置く。グロックと予備の弾倉も。金属探知機が鳴るのだけは避けたい。夜のしじまの中では、サイレン並みに響き渡るだろう。錐を床板に押しつけながら、向こうへ滑らせた。戸口からキッチンの中へと押しやる。鑿も同じようにした。床に押しつけながら、中まで転がす。民間向けの金属探知機はほぼ決まって底部に死角がある。男性用のドレスシューズはソールの土踏まずの部分に鉄板がはいっているからだ。しなやかで丈夫な構造にするために。金属探知機は靴を無視するように設計されている。さもないと上等の靴を履いた男が通るたびにブザーが鳴ってしまうので、これは理にかなっている。

グロックにその死角をくぐらせ、予備の弾倉も一本ずつ同じようにした。すべての装備を手の届くかぎり中へ入れる。それから立ちあがって戸口を抜けた。中から静かにドアを閉める。装備を拾いあげ、ポケットに入れ直す。靴を脱ぐべきか思案した。靴下のほうが足音を殺しやすい。しかし、いざというときに靴は強力な武器になる。靴を履いて蹴れば、相手を無力化できる。靴を履かずに蹴れば、自分のつま先が折れる。それに、履き直すのにも時間がかかる。急いで脱出しなければならなくなったら、岩の上を靴下で走りまわるのは避けたい。塀をよじのぼるのも。靴は脱がずに注意深く足を運ぶことに決めた。館は堅牢な造りだ。危険を冒す価値はある。仕事にとりかかった。

まずはキッチンで懐中電灯を探した。見つからない。電線の長い支線の末端にある家のほとんどはときどき停電に見舞われるので、住民はたいてい何かを手近に置いておく。しかし、ベック家はちがうらしい。かろうじて見つかったのはキッチンマッチの箱だ。マッチを三本ポケットに入れ、一本を箱で擦った。揺らめく光を頼りに、夕食の前にテーブルの上に置いた大きな鍵束を探す。あの鍵束があればずいぶん楽になるはずだが、見当たらない。テーブルの上にも、ドアの近くのフックにも、どこにもない。さして意外ではなかった。見つかったら話がうますぎる。

マッチを吹き消し、暗闇の中、地下室の階段のおり口を見つけた。忍び足で階段をおり、下に着いてからマッチを親指で擦った。天井のもつれた配線をたどり、ブレーカーボックスへ行く。そのすぐ隣の棚に懐中電灯があった。懐中電灯の保管場所としてはありがちだが、愚かでもある。ブレーカーが落ちたら、このボックスは目的地であって出発地ではないというのに。

懐中電灯は黒い大きなマグライトで、警棒並みの長さがある。中には単一乾電池が六本はいっている。軍でもよく使った。壊れないのが売りだが、それは何をどれだけ強く殴るかによる。懐中電灯を点灯し、マッチを吹き消した。燃えさしは唾で濡らしてポケットにしまった。懐中電灯を使ってブレーカーボックスを調べた。金属製の灰色の戸の内側に、遮断器が二十個収められている。〝門番小屋〟というラベルの貼られた遮断器はない。別系統になっているにちがいないが、それは納得できる。館まで電気を引いてから、一部をあの小屋まで戻す意味はない。電線を引きこむ途中で小屋専用に分岐させたほうがいい。だから意外ではなかったが、なんとなく残念に思った。塀のライトを消す手段があれば文句なしだったからだ。肩をすくめてボックスの戸を閉じ、振り返ると、けさ見つけたふたつの施錠されたドアを見にいった。

どちらももう施錠されていなかった。錠を破ろうとする前に必ずおこなわなければならないのは、はじめから解錠されていないか確かめることだ。鍵のかけられていない錠をピッキングするほどまぬけなことはない。錠はふたつとも鍵がかけられていない。どちらのドアも取っ手をまわすだけで簡単に開いた。

ひとつ目の部屋は完全に空だった。一辺が二メートル半ほどの、おおむね立方体の形をしている。懐中電灯で隅々まで照らした。壁は岩、床はコンクリートでできている。窓はない。物置を思わせる。汚れひとつなく、何も落ちていない。とにかく何も。カーペットの繊維も。ごみや埃も。おそらくきょうの日中に、掃いて掃除機をかけてある。中は少し湿っている。いかにも石造りの地下室らしく。掃除機のパックの埃っぽいにおいがはっきりと感じられる。そしてそこに、ほかのにおいがわずかに混じっている。かろうじて嗅ぎとれる程度の、じれったくなるようなかすかなにおいが。なんとなく覚えがある。強烈でありながら、弱々しい。知っているにおいのはずだ。中に歩み入って懐中電灯を消した。目を閉じ、漆黒の闇の中に立って集中する。においは消えている。まるでわたしの動きが空気の分子を乱し、わたしが興味を引かれた十億個につき一個だけの分子がまわりの湿っぽい地下の花崗岩の中に散らばってしまったかのように。いくら嗅ぎとろうとしても、嗅ぎとれない。だからあきらめた。記憶のようなものだ。追いかければ消えてしまう。それに、時間をむだにはできない。

ふたたび懐中電灯をつけ、地下室の廊下に出てドアを静かに閉めた。身じろぎせずに立ち、耳を澄ます。ボイラーの音が聞こえる。ほかには何も聞こえない。つぎの部屋を試した。同じく空だ。ただしそれは、いまはだれもいないという意味にすぎない。中にはいろいろなものがある。寝室だ。

隣の物置よりは少し広い。三メートル半×三メートルほどだろう。壁は岩、床はコンクリートで、窓のないことが懐中電灯の光でわかる。床に薄いマットレスが置かれている。皺の寄ったシーツが敷かれ、その上に古びた毛布が掛けられている。枕はない。室内は寒い。饐えた食べ物と饐えた香水と寝汗のにおいがする。恐怖のにおいも。

部屋全体を念入りに調べた。汚れている。たいしたものは見つからなかったが、それもマットレスをどかすまでだった。マットレスの下、床のコンクリートに、一語が刻まれている――〝正義(ジャスティス)〟と。細長い大文字で記されている。文字は不ぞろいで粉っぽい。だが見まがいようがない。輪郭もはっきりしている。文字の下には数字が並んでいる。全部で六つあり、ふたつずつ三組になっている。月、日、年だ。きのうの日付。文字も数字も、針や爪やはさみの刃先で刻んだ字よりも深く、太い。フォークの先で刻んだのだろう。マットレスをもとに戻し、ドアを調べた。オーク材の一枚板でできている。分厚く、重い。内側に鍵穴はない。ここは寝室ではない。独房だ。

廊下に出てドアを閉め、また身じろぎせずに立って耳を澄ました。何も聞こえない。地下室のほかの場所を十五分かけて調べた。期待していたわけではないが、やはり何も見つからない。何かめぼしいものがあるのなら、けさわたしがここにひとり残ってうろつくことが許されたはずがない。だから懐中電灯を消し、暗闇の中、階段を忍び足でのぼった。キッチンに戻って調べるうちに、大きな黒いごみ袋を見つけた。あとはタオルが要る。見つかったものの中でいちばんましなのは、皿を拭くための古びたリネンの布巾だ。どちらもていねいにたたんでポケットにしまった。それから廊下に戻り、館のまだ見ていない場所を調べにいった。

　選択肢は多い。この館は迷宮のようになっている。きのう、足をはじめて踏み入れた玄関から手をつけた。大きなオーク材の扉は閉めきられている。金属探知機の感度がどれだけ高いかわからないので、そこからは充分な距離をとった。三十センチ離れていても鳴るときがある。床は堅固なオーク材の厚板で、ラグが敷かれている。慎重に足を運んだが、足音はあまり心配しなかった。ラグとカーテンと鏡板が音を吸収してくれるはずだ。

　一階をすべて見てまわった。注意を引かれたのは一ヵ所だけだ。北側の、ベックに呼び出された部屋の隣に、施錠されたドアがもうひとつあった。広い廊下をはさんで、家族のダイニングルームと向かい合っている。一階ではこのドアだけが施錠されている。だからこの部屋だけに興味が湧いた。大きな錠は真鍮製で、物作りが誇りと自信によっておこなわれていた時代の製品らしい。木にネジ留めされている縁の部分に、さまざまな凝った金線細工が施されている。ネジの頭も百五十年かけて磨かれ、すり減ってなめらかになっている。館が建てられたときからありそうだ。十九世紀のポートランドの年季のはいった職人が、船具を作る合間に手作りでこしらえたのだろう。一秒半で解錠できた。

　中は小部屋だ。仕事部屋でも、書斎でも、娯楽室でもない。隅々まで懐中電灯で照らした。テレビはない。机も、パソコンもない。ただの部屋で、地味で古風なしつらえになっている。窓は重たげなビロードのカーテンが閉じられている。大きな肘掛け椅子があり、クッション入りの赤い革が鋲で留められている。前面がガラス張りのコレクションケースがある。そしてラグも。床に三枚重ねて敷かれている。腕時計に目をやった。もうすぐ一時だ。自室を忍び出てから一時間近くになる。中に歩み入ってドアを静かに閉めた。

コレクションケースは高さが一・八メートル近くある。ケースと同じ幅の抽斗が底部にふたつあり、その上のガラス戸は施錠されている。ガラスの向こうには、トンプソン・サブマシンガンが五挺飾られている。一九二〇年代にギャングが使った有名なドラム形弾倉の銃で、アル・カポネの兵隊たちを写した粒子の粗いモノクロ写真によく写っている。それが交互に左右を向くように陳列され、あつらえの硬材の木釘で完全な水平を保つように置かれている。五挺ともまったく同じだ。そして五挺とも新品に見える。一度も発砲したことがないかのように。一度も触れられたことさえないかのように。肘掛け椅子はそのケースに向き合うように置かれている。室内はほかにこれといったものはない。椅子に腰をおろし、だれがどういう理由で五挺の年代物のサブマシンガンをゆっくり眺めたがるのだろうかと思った。

そのとき、足音が聞こえた。軽い足どりで、上階のちょうど真上を歩いている。三歩、四歩、五歩。足早に、静かに。夜中だから遠慮しているという程度ではない。まさに隠密行動を試みている。わたしは椅子から身を起こした。そのまま立ち尽くす。懐中電灯を消し、左手でそれを持った。鑿を右手で握る。ドアが静かに閉じられる音が聞こえた。その後は静寂に包まれる。耳をそばだてた。かすかな音のひとつひとつに集中する。どこからか聞こえる暖房装置の作動音が大きくなって耳に鳴り響く。自分の息遣いが耳を聾するほどだ。上からは何も聞こえない。が、足音がふたたびはじまった。

足音は階段へ向かっている。わたしは部屋に立てこもった。ドアの手前に膝を突き、タンブラーをひとつふたつと動かして施錠すると、階段がきしむ音に耳を傾けた。おりてくるのはリチャードではない。歩き方が二十歳ではない。慎重だし、用心している。動きに硬さがある。下へ近づくにつれ、歩みはいっそう遅く、いっそう静かになっていく。廊下で足音は完全に消えた。カーテンと鏡板に囲まれて分厚いラグの上に立ち、周囲に目を走らせながら耳を澄ましている何者かの姿が目に浮かぶ。こちらへ向かってくるかもしれない。懐中電灯と鑿をふたたび手に取った。グロックはズボンの腰だ。戦って館から脱出する自信はある。それは確実にできる。しかし、ポーリーが行く手で警戒しているのに、開けた土地を百メートルも走ってスタジアム並みの照明の下を突っ切るのはむずかしい。それに、銃撃戦になればこの作戦は終止符を打たれる。クインはふたたび姿を消すだろう。

廊下から物音は聞こえない。何ひとつ。押し潰されそうな沈黙があるだけだ。そのとき、玄関の扉の開く音が聞こえた。鎖がこすれる音と、錠がはずれる音と、ラッチが引っこむ音と、隙間をふさぐための銅板が扉の縁から離れる音が耳に届く。一秒後、扉はふたたび閉まった。重いオーク材が扉の枠にあたって、館がかすかに振動する。金属探知機は鳴らなかった。だれが通ったのであれ、武器は持っていない。あるいは、車の鍵さえも。

待った。デュークはきっと熟睡している。それに、あの男は高をくくる性格ではない。夜に銃も持たずに歩きまわることはするまい。ベックも同じだ。だがそのふたりとも、廊下に立ったまま扉を開閉し、玄関から出ていったように装えるくらいには頭が切れそうだ。実際は出ていっていない。実際はそこに残り、銃を抜いて薄闇に目を凝らし、わたしが出てくるのを待っている。

赤い革の椅子に横向きに腰掛けた。ズボンからグロックを抜き、左手でドアを狙う。九ミリよりも大きくドアがあけられた瞬間に撃つ。それまでは待つ。待つのは得意だ。こちらが出てくるまで待とうと思っているのなら、向こうは相手をまちがえている。

しかしながら、まる一時間が経っても、廊下は静まり返ったままだった。まったく物音がしない。振動も感じない。廊下にはだれもいない。デュークがいないのは確かだ。デュークならいまごろ睡魔に負けて床に倒れこんでいる。ベックもいない。ベックは素人だからだ。一時間もまったく身じろぎせずに静かにしているのは途方もない技量を要する。つまりドアの開閉はトリックではない。何者かが武装せずに夜空の下に出ていったということだ。

膝を突き、また錐でタンブラーを動かした。床に伏せ、手を伸ばしてドアを引く。用心のためだ。ドアが開くのを待ち受けている者は、頭の高さに視線を固定している。こうすれば見つかる前に見つけられる。だが、だれも待ち受けていなかった。廊下は無人だ。立ちあがって部屋から出ると、ドアを施錠した。地下室への階段を静かにおりて、懐中電灯をもとの場所に戻す。手探りで階段をのぼる。キッチンに忍び入って金物をすべて床の上に滑らせ、ドアを抜けてポーチに出た。ドアを施錠し、しゃがんで装備を拾いあげると、裏口から見えるものを確かめた。月が岩と海を照らす殺風景な灰色の世界が広がっているだけだ。

ポーチから出てドアを施錠し、館の側壁に貼りつくようにして進んだ。身をかがめて漆黒の影の中を抜け、中庭の塀に戻る。岩場のくぼみを見つけ、鑿と錐をぼろ切れで包んでそこに残した。持っていくわけにはいかない。ごみ袋が裂けてしまう。塀沿いを海のほうへ向かった。南側の、独立車庫のすぐ後ろの岩場におりるつもりだった。そこなら館からまったく見えない。

半ばまで行った。そこで凍りついた。

エリザベス・ベックが岩場に腰掛けている。白いネグリジェの上に白いバスローブをまとった姿で。幽霊か天使のようだ。彫像よろしく肘を膝に突き、東を向いて闇を見つめている。

わたしは微動だにしなかった。距離は十メートル弱。黒ずくめの恰好をしているとはいえ、エリザベスが左を一瞥したら水平線を背にして姿が浮かびあがってしまうはずだ。急に動いたら目を引く。だからその場で立ち尽くした。波が静かに、ゆるやかに寄せては引いている。心が落ち着く音であり、眠りを誘われる動きだ。エリザベスはその海を見つめている。寒いにちがいない。微風が吹いていて、エリザベスの髪の揺れでそれとわかる。

岩に溶けこもうとするかのように、少しずつ姿勢を低くした。膝を曲げ、指を広げて、ゆっくりとうずくまる。エリザベスが身動きした。ふと何かに気づいたかのように、いぶかしげに首をまわしただけだ。こちらをまっすぐに見ている。驚いている様子はない。そのまま何分も視線を動かさない。長い指が組み合わされている。波打つ水面に反射した月光で青白い顔が照らし出されている。目は開いているが、何も見ていないのは明らかだ。さもなければ、空を背にしたわたしの姿勢が低いので、岩か影だと思いこんでいるのかもしれない。

エリザベスはわたしのほうを見つめたまま、十分以上もそんなふうにすわっていた。寒さでその体が震えはじめている。やがて踏んぎりがついたかのように、また首をまわし、わたしから右手の海へと視線を動かした。組んでいた指をほどき、手を動かして髪を後ろに撫でつける。空を見あげる。ゆっくりと立ちあがる。足は何も履いていない。寒さのせいか、悲しみのせいか、身を震わせている。綱渡り芸人のように両手を横に伸ばし、こちらへ歩いてくる。地面を踏む足が痛いにちがいない。それは明らかだ。両手でバランスをとり、一歩ごとに足もとを確かめている。わたしから一メートルも離れていないところに来た。そのまま通り過ぎ、館へ戻っていく。わたしはそれを見送った。風がローブを揺らしている。ネグリジェが体のまわりではためいている。エリザベスは中庭の塀の向こうに消えた。しばらくして玄関の扉を開く音が聞こえた。わずかな間があってから、扉を閉める小さな音も聞こえた。わたしは地面に寝そべって仰向けになり、星々を見つめた。

時間の許すかぎりそうして横たわったのち、立ちあがって最後の十五メートルを歩き、海辺へ行った。ごみ袋を振って広げ、服を脱いでその中にていねいに詰めこむ。

グロックは予備の弾倉とともにシャツでくるんだ。靴下を中に押しこんだ靴を上に入れ、さらに小さなリネンの布巾を入れる。それから袋をきつく縛り、首に引っ掛けた。静かに水中にはいり、袋を曳く。

海は冷たい。冷たいだろうとは思っていた。何せ四月のメイン州の海だ。だが、これはほんとうに冷たい。水のように。体が震え、感覚がなくなってくる。息が詰まる。一秒も経たずに骨まで冷えきっている。岸から五メートル離れただけで歯が鳴り、まだまともに泳いでいないのに塩分が目にしみた。

水を蹴って岸から十メートル離れると塀が見えた。ライトで煌々と輝いている。あれを通り抜けることはできない。乗り越えることも。ならば迂回しなければならない。それしかない。自分をこう説得した。四百メートルは泳がなければならない。自分は力強いが身軽ではないし、袋も曳いているので十分はかかる。最長で十五分。それ以上はかからない。水に十五分浸かったくらいではだれも死なない。だれも。少なくとも自分は。少なくとも今夜は。

冷たさや波と戦いながら、横泳ぎのリズムをつかんだ。水を十回蹴るあいだ、左手で袋を曳く。それから右手に持ち替えてまた水を蹴る。わずかに潮流がある。潮が満ちつつある。そのおかげで進みやすい。だが、そのせいで凍えかけてもいる。潮流ははるかグランドバンクが源だ。北極に近い。肌が痺れ、滑る。息が荒い。心臓の鼓動が激しい。低体温症が気になりはじめた。前に読んだタイタニック号についての本を思い出した。救命艇に乗れなかった人たちは一時間ももたずに死んだという。

しかし、自分は一時間も水に浸かっているわけではない。近くに氷山もない。それに、リズムにうまく乗れている。塀のほぼ真横まで来た。海に落ちるライトの光もここまでは届かない。裸だし、冬を経た肌は白いが、透明人間になったように感じる。塀を通過した。あと半分だ。水を蹴る。小刻みに進んでいく。手首を水面の上に出して時刻を確かめた。泳ぎはじめてから六分が経っている。

さらに六分泳いだ。立ち泳ぎをしながら空気を求めてあえぎ、袋を前に押しやって後ろを向いた。塀からは充分に離れている。方向を変え、岸をめざした。苔が生えて滑りやすい岩場を抜け、小石だらけの岸にあがった。袋を前に投げ、膝立ちで這いながら水から出る。ゆうに一分間、両手と両膝を突いてあえぎながら震えていた。歯の根が合わない。袋の紐をほどいた。布巾を見つける。体を猛然と拭いた。腕が青ざめている。肌に服が引っかかった。靴を履き、グロックをしまった。袋と布巾をたたみ、濡れたままポケットに入れる。それから走った。体を温める必要があったからだ。

十分近く走って、車を見つけた。年かさの男のトーラスが月光で灰色に照らし出されている。準備万全で、遅刻することもなく、館から遠ざかる方向を向いて停められている。ダフィーが実務型なのは確かだ。また笑みが漏れた。鍵は座席の上にあった。エンジンをかけ、ゆっくりと車を出した。ライトは消したまま、ブレーキペダルも踏まないようにして、手のひらの形をした岬を離れ、内陸への道路の最初のカーブを曲がる。それからヘッドライトをつけ、ヒーターを入れると、アクセルペダルを強く踏みこんだ。

十五分後、ポートランドの埠頭近くに着いた。ベックの倉庫の一キロ半手前で、閑散とした通りにトーラスを停めた。残りは歩く。ここからが正念場だ。ドールの死体が発見されていたら現場は大騒ぎになっているだろうから、わたしは立ち去って姿を消すことになる。発見されていなかったら、まだ望みはある。

徒歩では二十分近くかかった。人けはない。警官も、救急車も、警察のバリケードテープも、監察医も見当たらない。リンカーン・タウンカーに乗った不審な男たちも。距離をとってベックの倉庫を一周した。倉庫は建物の隙間や路地の向こうに見え隠れしている。事務所の窓にはすべて明かりがついている。ただし、帰るときに照明はつけっ放しにした。ドールの車は巻きあげ式のシャッターのそばに置かれたままだ。位置は帰るときとまったく変わっていない。

いったん倉庫から離れ、別の角度、つまり窓のない死角からまた近づいた。グロックを抜き、脚の横に垂らして隠す。ドールの車はこちらに正面を向けている。その先の左側に、倉庫内の小部屋に通じる通用口がある。さらにその先に、奥の事務室がある。車と通用口の前を通り過ぎ、姿勢を低くして窓の下に忍び寄った。首を伸ばして中をのぞく。だれもいない。事務員用のオープンスペースも無人だ。倉庫は静寂に包まれている。息をつき、銃をしまった。ドールの車まで引き返す。運転席のドアを開き、トランクをあけた。ドールの死体はまだそこにある。どこにも運び去られていない。ドールのポケットから鍵束を抜きとった。トランクの蓋をまた閉め、鍵束を持って通用口を抜ける。正しい鍵を見つけて中から施錠した。

十五分くらいなら危険を冒しても大丈夫だろう。倉庫の小部屋、奥の事務室、事務員用のオープンスペースに五分ずつ使った。触れたところをすべてリネンの布巾で拭い、指紋が残らないようにした。テリーザ・ダニエルのこれといった痕跡は見つからない。クインの痕跡も。ただし、ここでは名前がいっさい使われていない。人も商品もすべて略号が使われている。判明した事実はひとつだけだ。ビザー・バザーは毎年数百人の顧客に数万トンの商品を売り、取引の総額は数千万ドルにおよぶ。商品がなんなのか、顧客がだれなのかの手がかりはない。価格帯は三つに分かれている。ひとつ目は五十ドル前後、ふたつ目は千ドル前後、三つ目はずっと高額だ。配送記録はまったく残されていない。フェデックスも、ＵＰＳも、郵便局も利用していない。配送が内々におこなわれているのは確かだ。それなのに、見つけた保険関係の書類によれば、この会社は配送用トラックを二台しか所有していない。

倉庫内の小部屋に戻ってパソコンの電源を落とした。入口側の廊下へと引き返しながら、照明をすべて消し、散らかしたものを全部きれいに整えていく。正面入口のドアにドールの鍵を試して合うものを見つけ、それを握り締めた。そして警報表示盤のところへ戻った。

ドールが施錠を任されていたのは確かで、それなら防犯装置を作動させる方法も知っていたことになる。デュークもときどきは自分で作動させているにちがいない。もちろんベックも。おそらく事務員のひとりかふたりも。つまり人数が多い。ひとりくらいは記憶力が悪いはずだ。警報表示盤の隣の掲示板を眺めた。三枚重ねて画鋲で留めてあるメモ用紙をめくる。市の新しい駐車規制に関する二年前のメモの下部に、四桁の暗証番号が書かれている。それをキーパッドに打ちこんだ。赤いライトが点滅しはじめ、警報表示盤が電子音を鳴らしはじめる。笑みが漏れた。この読みがはずれたことはない。パソコンのパスワードや、電話帳に載っていない番号や、防犯装置の暗証番号を書き留める者は必ずいるものだ。

正面入口から出て、ドアを閉めた。電子音が止まる。施錠し、角をまわりこんでドールのリンカーンに乗りこんだ。エンジンをかけ、車を出す。ダウンタウンの屋内駐車場で乗り捨てた。スーザン・ダフィーが写真を撮った駐車場かもしれない。手が触れたところをすべて拭い、施錠して鍵はポケットに入れた。火を放つことも考えた。燃料タンクにはガソリンが残っているし、乾いたキッチンマッチをまだ二本持っている。車を燃やすのは楽しい。それに、燃やせばベックはいよいよ不安を募らせるだろう。だが結局はそのまま立ち去った。正しい決断のはずだ。ここに停めたままの車にだれかが気づくまで一日近くかかる。どうにかしようと決めるまでにもう一日近くかかる。警察が対応するまでにさらにもう一日はかかる。警察はナンバープレートを調べ、ベックのペーパーカンパニーのひとつに行き着くだろう。そこで車をレッカー移動し、詳しく調べようとする。テロリストの爆弾を警戒したり、においに気づいたりして、トランクをこじあけるのはまちがいない。だがそのころにはもろもろの期限を迎えているので、わたしはとうに姿を消している。

トーラスのところへ歩いて戻り、館の一キロ半手前まで車を走らせた。ダフィーの厚意に報いるべく、こちらも車をUターンさせて回収しやすい方向に向けておく。それから先ほどの手順を逆から繰り返した。小石だらけの岸で服を脱ぎ、ごみ袋に詰めこむ。海にはいる。気は進まなかった。同じくらい冷たい。しかし、潮流が変わっている。わたしの進行方向に流れている。海も味方してくれているようだ。同じく十二分泳いだ。塀の端を迂回し、独立車庫の裏手で岸にあがった。また寒さで体が震え、歯が鳴っている。それでも気分はよかった。湿ったリネンの布巾でできるかぎり体を拭き、凍える前に急いで服を着た。PSMや鑿や錐とともにグロックと予備の弾倉とドールの鍵束を隠した。ごみ袋と布巾をたたんで、一メートル離れた岩の下に押しこむ。それから排水管へ向かった。体はまだ震えている。

のぼるのはおりるのより楽だ。鉄管に沿って手を、壁に沿って足を上に動かしていく。自室の窓の高さまでたどり着くと、窓枠を左手でつかんだ。横に飛んで石の出っ張りに足を乗せる。右手を伸ばして窓を押しあけた。なるべく静かに体を引きあげて中にはいった。

室内は冷えきっている。窓を何時間もあけたままにしたからだ。窓をしっかりと閉め、また裸になった。服は湿っている。放熱器の上に服を広げて置き、バスルームに行った。熱いシャワーを長々と浴びる。それから靴を持ちこんでドアを施錠した。時刻は朝の六時ちょうどだ。いまごろトーラスは回収されているだろう。おそらくエリオットと年かさの男がその役目を引き受けている。ダフィーは基地で待機しているはずだ。Eメール通信機を取り出し、〝ダフィー？〟と送った。九十秒後、ダフィーから返事があった。〝いるわよ。無事？〟。わたしはこう送った。〝元気だ。あらゆるデータベースでつぎの名前を調べてくれ。憲兵のパウエルにもあたれ。まずエンジェル・ドール。それからポーリーも共犯の可能性あり。どちらも元軍人の可能性あり〞。

ダフィーから――〝了解〞。

つづいてわたしは五時間半前から頭に引っかかっている疑問を送った。〝テリーザ・ダニエルの本名は？〞。

例によって九十秒の遅延があってから、ダフィーは返した。〝テリーザ・ジャスティス〞と。

6

いまさらベッドに行っても仕方がないので、窓際に立って日の出を眺めた。空はすぐに白みはじめた。太陽が海の上にのぼる。空気は爽やかで澄んでいる。視程は八十キロはありそうだ。キョクアジサシが一羽、北から低空を飛んで近づいている。岩をかすめるようにして舞いながら。巣作りの場所を探しているのだろう。背後の太陽が低いせいで、ハゲワシ並みに大きな影が落ちている。やがてキョクアジサシは安全な場所を探すのはあきらめ、宙返りして向きを変えると、急降下して水面に突っこんだ。しばらくして海から飛び出し、凍てつく水が銀色のしずくとなってそのあとを追う。くちばしには何もくわえていない。それでも満足そうに飛んでいる。わたしよりもうまく順応しているようだ。

その後はたいして見るものもなかった。遠くにセグロカモメが何羽かいる。陽光に目を細めながら、クジラかイルカはいないかと探してみたが、何も見つからない。流れ藻が回流に乗って漂っている。六時十五分になると、廊下を歩くデュークの足音とドアを解錠する音が聞こえた。デュークは中まではいってこない。そのまま去っていく。わたしは振り返ってドアのほうを向き、深く息を吸った。十三日目、木曜日。十三日目が金曜日になるよりはましかもしれない。なんとも言えないが。ともあれ、やるしかない。もう一度息を吸い、部屋を出て階段をおりた。

きのうの朝とはまるでちがう。デュークは元気で、わたしは疲労している。地下のジムに行ったが、だれもいない。デュークは朝食を食べにきていない。どこかへ行っている。リチャード・ベックが食事をしにキッチンに来た。テーブルの席に着いたのはリチャードとわたしだけだ。整備工もいない。料理人はガスレンジの前で忙しそうにしている。アイルランド人の女はダイニングルームとキッチンのあいだを行き来している。急ぎ足で。雰囲気がざわついている。何かが起こっている。

「まとまった船荷が届くんだよ」リチャード・ベックが言った。「いつもこんな感じになる。金を稼げるからみんなそわそわしてるんだ」

「大学には戻るのか？」わたしは尋ねた。

「日曜にね」リチャードは言った。それについてはあまり心配していないらしい。しかし、わたしは心配している。日曜日は三日後だ。わたしがここに来てから、その日でまる五日になる。最終期限。何が起こるにせよ、そのころには決着がついている。

この若者はそれからずっと、後ろ指を指されることになるだろう。

「平気なのか?」わたしは尋ねた。

「大学に戻ること?」

わたしはうなずいた。「あんな目に遭ったのに」

「だれの仕業かわかったからね」リチャードは言った。「コネティカット州のならず者だって。二度とあんな目には遭わないよ」

「そこまで断言できるのか?」

リチャードは愚か者を見る目でわたしを見た。「父さんはこういう件をしょっちゅう扱ってる。日曜までに片づかなかったら、片づくまでここに残るだけさ」

「おまえの父親はこの仕事をひとりで切り盛りしているのか? それともパートナーがいるのか?」

「ひとりで切り盛りしてる」リチャードは言った。あの葛藤は消えている。安全で快適な家にいて満足し、父親を誇らしく思っている。リチャードの世界は、波打つ海と有刺鉄線付きの高い石塀に囲まれた、二千平方メートルほどの不毛な花崗岩の僻地へと縮小している。

「あんたはほんとうはあの警官を殺してないと思う」リチャードは言った。

キッチンが静まり返る。わたしはリチャードを見つめた。

「負傷させただけだと思う」リチャードは言った。「少なくとも、ぼくはそう願ってる。いまごろは回復しつつあるかもしれない。どこかの病院で。ぼくはそう思ってる。あんたも同じようにするべきだよ。前向きに考えるんだ。そのほうがいい。そうすれば人生はいいことずくめになる」

「どうだろうな」わたしは言った。

「だったら真似だけでもいい」リチャードは言った。「ポジティブ・シンキングを活用するんだよ。いいことをしたし、害はなかったと自分に言い聞かせるんだ」

「おまえの父親は地元の警察に確認をとった」わたしは言った。「あの警官が死んだことに疑いの余地はないと思うが」

「だったら真似だけでもいい」リチャードは繰り返した。「ぼくはそうしてる。わざわざ思い出さなければ、悪いこともなかったことにできる」

食べるのを止め、左手を頭の左側に持ってきている。明るく笑っているが、潜在意識が悪いことをいまもこの場で思い出している。それは明らかだ。まざまざと思い出している。

「わかった」わたしは言った。「あの警官は軽い傷しか負わなかった」

「弾は抜けた」リチャードは言った。「きれいに」

わたしは何も言わなかった。

「間一髪でどの臓器にもあたらなかった」リチャードは言った。「奇跡が起きて」

わたしはうなずいた。もしそうだったら確かに奇跡だ。それはまちがいない。四四口径マグナムのソフトポイント弾で胸を撃ったら、ロードアイランド州並みの穴が空く。たいていは即死だ。心臓が即座に止まる。心臓がもはや存在しないというのがもっぱらの理由で。この若者はだれかが撃たれる場面を見たことがないのだろう。いや、あるのかもしれない。あっても受け入れたくないのかもしれない。

「ポジティブ・シンキングだよ」リチャードは言った。「それが鍵だ。とにかく信じればいい。あの警官は暖かくて快適なところにいて、傷は完治するって」

「船荷の中身は？」わたしは尋ねた。

「たぶん偽造品だね」リチャードは言った。「パキスタンからの。二百年物のペルシャ絨毯をそこで作らせてるんだ。世の中はだまされやすい人ばかりだから」

「そうか？」

リチャードはわたしを見てうなずいた。「自分の見たいものしか見ないんだよ」

「そうか？」

「いつだってそうさ」

わたしは目をそらした。コーヒーは出されない。カフェインに依存性があることには、あとから気づかされる。おかげで苛々する。疲れてもいる。

「きょうは何をするの？」リチャードはわたしに尋ねた。

「わからない」わたしは言った。

「ぼくは読書でもするつもり」リチャードは言った。「散歩もするかも。岸辺を歩いて、夜のあいだに打ちあげられたものを探すんだ」

「何かが打ちあげられたりするのか？」

「ときどきね。船から落ちたものとか」

わたしはリチャードを見た。何かほのめかしているのだろうか。梱包したマリファナを海に流し、人けのない岸辺に届けるという密輸の手口を聞いたことがある。ヘロインでも同じ方法が使えるはずだ。リチャードは何かほのめかしているのだろうか。それとも警告しているのだろうか。わたしが包んで隠した装備のことを知っているのか。そもそも、撃たれた警官についての話はどういうつもりだったのか。心理学のご託か。あるいは、駆け引きでもしているのか。

「でも、そういうことがあるのはたいてい夏なんだ」リチャードは言った。「いまは船を出すには寒すぎるから。だからぼくも家にこもってると思う。絵でも描こうかな」

「絵を描くのか？」

「ぼくは芸術科の学生なんだよ」リチャードは言った。「話したはずだけど」

わたしはうなずいた。料理人の後頭部を凝視する。コーヒーを淹れるようテレパシーで促せるかのように。そのとき、デュークがキッチンにはいってきた。わたしの席に歩み寄り、片方の手を椅子の背に、もう片方の手をテーブルに置く。そして内密の話があるかのように、顔を寄せた。

「きょうはついてるぞ、ろくでなし」デュークは言った。

わたしは何も言わなかった。

「ミセス・ベックの運転手をやれ」デュークは言った。「買い物に行きたいそうだ」

「どこまで？」

「どこだろうと行け」デュークは言った。

「一日中？」

「そのほうが身のためだ」

わたしはうなずいた。荷揚げの日によそ者は信用しないということだ。

「キャデラックを使え」デュークは言い、テーブルに鍵を置いた。「ミセス・ベックがすぐに戻ることがないようにしろ」

あるいは、荷揚げの日にミセス・ベックは信用しないということか。

「わかった」わたしは言った。

「なかなかおもしろい体験ができるぞ」デュークは言った。「特に最初は。まあ、毎回たまらない気分になるがな」

どういう意味か見当もつかなかったので、憶測で時間をむだにはしなかった。黙って空のコーヒーポットを見つめるうちにデュークは出ていき、ほどなく玄関の扉を開閉する音が聞こえた。金属探知機が二回鳴る。デュークとベック、銃と鍵だ。リチャードも席を立ってどこかへ行き、わたしは料理人とふたりきりになった。

「コーヒーはあるかい」訊いてみた。

「ないね」料理人は答えた。

そのまましばらくすわっていたが、忠実なおかかえ運転手ならそろそろ準備を整えて待っているべきだと思ったので、裏口から出た。金属探知機が鍵に反応して控えめに鳴った。潮が満ち、空気は冷たくすがすがしい。潮気と海藻のにおいがする。海は静かにうねるのをやめ、波の砕ける音が響いている。独立車庫へと歩き、キャデラックのエンジンをかけてバックで出した。車まわしを進み、ヒーターをつけておくためにエンジンをかけたまま待つ。ポートランドに入港する船やそこから出港する船が水平線に小さく見える。空と海の境界線のわずかに向こうで見え隠れしながら、果てしなくゆっくりと進んでいる。ベックの船はあのうちの一隻だろうか。あるいはすでに入港し、係留されて荷揚げの準備をしているのだろうか。手の切れそうな新しい札束をポケットにねじこんだ税関の職員が、その船には一瞥もくれずに素通りし、つぎの船へ向かっているのだろうか。

十分後、エリザベス・ベックが館から出てきた。膝丈の格子縞のスカートと薄手の白いセーターの上に、ウールのコートを着ている。脚はむき出しだ。パンティーストッキングは穿いていない。髪はゴムバンドで後ろにまとめている。寒そうだ。昂然としながらも、あきらめと恐れをいだいているように見える。ギロチンへと歩む貴婦人さながらに。デュークに運転させるのに慣れているからだろう。警官殺しと同じ車に乗るのは少々抵抗があるわけだ。わたしは車をおり、後部座席のドアをあけようとした。が、エリザベスはそのまま先へ歩いた。

「前に乗るわ」と言う。

そして助手席に腰を落ち着けた。わたしはその隣に乗りこんだ。

「どこまで？」礼儀正しく尋ねる。

エリザベスは窓の外を見つめている。

「それについては門を抜けてから話しましょう」と言った。

門は閉じられ、ポーリーがその真ん前に立っている。巨人の肩と腕はまるでスーツの内側にバスケットボールを詰めこんだかのようだ。顔は寒さで赤らんでいる。しばらく前から待っていたらしい。二メートル手前で車を停めた。ポーリーは門のほうへ行こうともしない。わたしはその顔を見据えたが、ポーリーはそれを無視してエリザベス・ベックの側の窓に歩み寄った。笑みを浮かべ、指の関節で窓ガラスを叩き、手動で窓をあける身ぶりをする。エリザベスはフロントガラスの向こうに視線を固定している。相手を無視しようとしている。ポーリーがふたたび窓ガラスを叩く。エリザベスはそちらに顔を向けた。ポーリーが眉を吊りあげ、ふたたび手動で窓をあける身ぶりをする。エリザベスは身震いした。サスペンションの上の車体が揺れるほど、体が激しく震えている。エリザベスは一本の指の先を凝視してから、それを窓の開閉ボタンの上に置いて押しこんだ。窓ガラスがさがる。ポーリーはドアフレームに右腕を置いてかがみこんだ。

「おはよう」と言う。

そして身を乗り出して人差し指の背でエリザベスの頰に触れた。エリザベス・ベックは身じろぎしない。前方に視線を固定している。ポーリーはそのおくれ毛を耳に掛けた。

「ゆうべは楽しませてもらったぞ」と言う。

エリザベスはまた身震いした。死ぬほど寒いかのように。ポーリーが手を動かす。胸へと。乳房を手のひらで包む。指を食いこませる。それでもエリザベスは身じろぎしない。わたしは運転席側のボタンを操作した。助手席の窓ガラスがあがる。そしてポーリーの巨大な腕にぶつかり、安全装置が働いてまたさがっていく。わたしは運転席のドアをあけ、外に出た。ボンネット側からまわりこむ。ポーリーはまだかがんでいる。まだ手を車内に突っこんでいる。その位置が少しさがっている。

「引っこんでろ」ポーリーはエリザベスを見つめたまま、わたしに言った。

斧もチェーンソーも持たずにセコイアの大木と対峙している木こりの気分だ。どこから手をつけるべきか。腎臓に蹴りを入れた。アメリカンフットボールならこの蹴りでスタジアムから駐車場までボールが飛んでいる。電柱ならひびがはいっている。たいていの相手ならこの一発だけで病院送りになっている。何人かは死んでいる。ポーリーに対しては、肩を軽く叩いた程度の効果しかなかった。声すら出さない。巨人はドアフレームに両手を置き、ゆっくり身を起こすと、わたしのほうに向き直った。

「落ち着けよ、少佐」と言う。「このご婦人におれなりの朝の挨拶をしただけだ」

そして車を離れ、わたしの脇を抜けて門の錠をはずした。わたしはその様子を観察した。やけに落ち着いている。なんら反応していない。まるでわたしが指一本触れていないかのように。わたしはそのまま立ち、アドレナリンが退いていくに任せた。それから車に目をやった。トランクと、ボンネットに。トランク側からまわりこむのは〝おまえを恐れている〟と認めるも同然だ。だからボンネット側からまわりこんだ。ただし、ポーリーの手が届かない距離を慎重に保って。どこかの外科医に顔の骨を半年かけて再建してもらうのはごめんだ。最も接近したときの距離は一メートル半。ポーリーはわたしに対してなんの行動も起こさない。クランクをまわして門を全開にすると、その場に立ち、門をふたたび閉めるのを辛抱強く待っている。

「いまの蹴りについてはあとで話がある。いいな？」大声で言う。

わたしは返事をしなかった。

「それから、誤解するなよ、少佐」ポーリーは言った。「ご婦人のほうも喜んでるんだぜ」

わたしは車内に戻った。エリザベス・ベックは窓をもう閉めている。青白い顔で黙って前方に視線を固定し、屈辱に苛まれている。車を出し、門を抜けた。西へ向かう。バックミラーでポーリーを観察した。門を閉じ、小屋に戻ろうとしている。じきにその姿は見えなくなった。

「見苦しいものを見せてしまったわね」エリザベスは静かに言った。

わたしは何も言わなかった。

「それから、割ってはいってくれたことには感謝している」エリザベスは言った。

「でも、何も変わらないでしょうね。あなたもひどく面倒なことになるはず。気づいているだろうけれど、ただでさえあの男はあなたを嫌っているから。道理の通じる相手でもない」

わたしは何も言わなかった。

「もちろん、上下関係というものがあるのよ」エリザベスは言った。自分に言い聞かせるかのように。わたしに話しているのではないかのように。「あれは力を誇示しているの。それだけ。セックスまでしているわけではないのよ。あの男には無理。ステロイドの飲みすぎなのでしょうね。ただ撫でまわすだけ」

わたしは何も言わなかった。

「わたしを裸にして」エリザベスは言った。「自分のまわりを歩かせて、撫でまわす。セックスはしない。不能だから」

わたしは何も言わなかった。控えめな速度を保って、沿岸のカーブを抜けていく。

「いつも一時間くらいつづく」エリザベスは言った。

「夫には話したのか？」わたしは尋ねた。

「あ、あの人に何かできるとでも？」

「あいつをクビにできる」

「それは無理ね」エリザベスは言った。

「なぜ？」

「ポーリーは夫の手下ではないからよ」

わたしはエリザベスを横目で見た。デュークに〝だったらあいつをクビにしろ〟と言ったことを思い出す。デュークは〝そう簡単にはいかない〟と答えていた。

「それならだれの手下なんだ」わたしは言った。

「別の人物よ」

「だれなんだ」

エリザベスは首を横に振った。名前は言えないかのように。

「上下関係というものがあるのよ」ふたたび言う。「わたしは何をされても逆らえない。夫が何をされても逆らえないのと同じで。だれも逆らえない。見てのとおり、どんなことをされても。そこが重要なの。あなただって何をされても逆らえるはずがない。もちろん、デュークは逆らおうと思いすらしない。あの男も獣だから」

わたしは何も言わなかった。

「子供が男の子でよかったと思うしかない」エリザベスは言った。「女の子ではなくて」

わたしは何も言わなかった。

「ゆうべはとりわけひどかった」エリザベスは言った。「そろそろわたしには食指が動かなくなると期待していたのに。もう歳だから」

わたしはふたたびエリザベスを横目で見た。言うべき台詞を思いつかずに。

「きのうはわたしの誕生日だった」エリザベスは言った。「ゆうべのことはポーリーからのプレゼントというわけ」

わたしは何も言わなかった。

「もう五十になったのに」エリザベスは言った。「五十女が裸で歩きまわるところなんて、想像したくもないでしょうね」

わたしは何を言うべきかわからなかった。

「でも、体形は保っているの」エリザベスは言った。「だれもいないときにジムを利用しているから」

わたしは何も言わなかった。

「ポケットベルで呼び出されるのよ」エリザベスは言った。「だからポケットベルはいつも持ち歩かないといけない。ゆうべは真夜中に鳴った。すぐに行かなければならなかった。待たせるとずっとひどいことになるから」

わたしは何も言わなかった。

「戻る途中、あなたを見かけた」エリザベスは言った。「あの岩場で」

路肩に車を寄せた。ゆるやかにブレーキペダルを踏み、車を停める。セレクトレバーをパーキングレンジに入れた。

「わたしの想像だと、あなたは政府のために働いている」エリザベスは言った。

わたしは首を横に振った。

「勘ちがいだ」と言う。「わたしは一般人にすぎない」

「それならがっかりね」

「わたしは一般人にすぎない」繰り返した。

エリザベスは何も言わない。

「そういうことは言いふらさないでくれ」わたしは言った。「厄介事はもう充分なんだ」

「そうね」エリザベスは言った。「言いふらしたら、あいつらはあなたを殺す」

「殺そうとはするだろうな」わたしは言い、間をとった。「あんたの想像をあいつらにもう話したのか？」

「いいえ」エリザベスは言った。

「だったら話さないでくれ。どのみち、あんたは勘ちがいしている」

エリザベスは何も言わない。

「話せば修羅場になる」わたしは言った。「あいつらはわたしに襲いかかるだろうし、わたしもおとなしくやられるつもりはない。おおぜいが傷つくだろう。もしかしたらリチャードも」

エリザベスはわたしをにらんだ。「わたしと駆け引きしているの？」

わたしはふたたび首を横に振った。

「警告しているだけだ」と言う。「わたしは場数を踏んでいる」

エリザベスは冷たい笑みを浮かべた。

「何もわかっていないのね」と言う。「あなたが何者だろうと、太刀打ちできるわけがない。さっさと逃げたほうがいいわよ」

「わたしは一般人にすぎない」わたしは言った。「隠し事は何もない」

風が車を揺らした。見えるものは花崗岩と木ばかりだ。数キロ圏内に人っ子ひとりいない。

「夫は犯罪者よ」エリザベスは言った。

「それは見当がついている」わたしは言った。

「性格は冷酷」エリザベスは言った。「暴力も辞さないし、いつだって容赦がない」

「だが、ボスではない」わたしは言った。

「ええ」エリザベスは言った。「ボスではないわ。冷酷なくせに、ほんとうのボスの前では文字どおり震えおののく」

わたしは何も言わなかった。

「こんな言い方もできる」エリザベスは言った。「どうして善人なのに災いが降りかかるのかと嘆くわよね？　でも夫の場合、悪人だからこそ災いが降りかかっているのよ。皮肉だこと。そしてあれはまさしく災いにほかならない」

「デュークのボスはだれなんだ」

「夫よ。でも、デュークはデュークで、ポーリーに負けず劣らずたちが悪い。どちらかを選ぶ気も起きないくらい。あくどい警官で、あくどい連邦捜査官で、人殺しだった。刑務所にいたのよ」

「手下はデュークだけか？」

「夫が給料を払っているという意味で？　ボディガードがふたりいた。あのふたりは夫の手下だった。少なくとも、夫に貸し与えられていた。でも、言うまでもなく、ふたりとも殺された。リチャードの大学の前で。コネティカット州の男たちに襲われて。だからあなたの言うとおり、いまは手下はデュークだけ。もちろん、あの整備工を除けばの話だけれど。とはいえ、あれはただの技術屋だから」

「ほんとうのボスには手下が何人いる？」

「わからない。入れ替わりがあるようだから」

「実際は何を輸入している？」

エリザベスは目をそらした。「政府の人間でないのなら、興味はないはずよ」

わたしはその視線を追い、遠くの木立を見つめた。考えろ、リーチャー。これはわたしの正体を暴くための周到な策略かもしれない。全員がぐるかもしれない。重要な情報を得るために門番に妻の胸をさわらせるというのは、ベックにとってはささやかな対価だ。そして、周到な策略はしばしば実際におこなわれる。そう考えないわけにはいかない。何せ、自分もその一部なのだから。

「わたしは政府の人間ではない」わたしは言った。

「それならがっかりね」エリザベスはふたたび言った。

わたしはセレクトレバーをドライブレンジに入れた。ブレーキペダルを踏んだまま訊く。

「どこまで?」

「行きたいところがあると思う?」

「コーヒーでも飲まないか」

「コーヒー?」エリザベスは言った。「いいわ。南へ行って。きょうはポートランドには近づかないでおきましょう」

I-九五号線の一キロ半ほど手前で南に曲がり、ルート一号線に乗った。昔からある道らしい、古きよき道だ。オールド・オーチャード・ビーチという場所を通り過ぎた。きれいな煉瓦の歩道とヴィクトリア様式の街灯を備えている。標識が左にビーチがあると教えている。色褪せたフランス国旗が掲げられている。フロリダやカリブ海に飛行機で安く行けるようになって人気が出る前、ケベックのカナダ人たちがここで休暇を過ごしていたのだろう。

「ゆうべ、どうして外にいたのかしら」エリザベス・ベックは尋ねた。

わたしは何も言わなかった。

「否定してもむだよ」エリザベスは言った。「見つかっていないとでも思ったの？」

「あんたは反応していなかった」わたしは言った。

「ポーリー用の自分に切り替えていたから」エリザベスは言った。「反応しないように自分を訓練したのよ」

わたしは何も言わなかった。

「あなたの部屋は鍵がかけられていたはず」エリザベスは言った。

「窓から出た」わたしは言った。「閉じこめられるのは好きじゃない」

「何をしていたの？」

「ぶらぶらしていただけだ。あんたもそうだと思っていたんだが」

「それから壁をのぼって戻ったの？」

わたしはうなずいた。無言で。

「あの塀はあなたにとって大きな障害になる」エリザベスは言った。「ライトと有刺鉄線はもちろんのこと、地面にセンサーまで埋めこまれている。三十メートル手前からでもポーリーに察知される」

「わたしは風にあたっていただけだ」わたしは言った。

「私道にセンサーは埋めこまれていない」エリザベスは言った。「アスファルトの下では役に立たないから。でも、門番小屋にはカメラがある。門そのものにもモーションセンサー付きの警報器が設置されている。NSVがなんのことかわかる?」

「戦車に搭載されるソ連製の重機関銃だ」

「ポーリーはそれを一挺持っている」エリザベスは言った。「通用口のそばに置いている。モーションセンサー付きの警報器が鳴ったら使えと指示されている」

わたしは息を吸って吐いた。NSVは全長一・五メートル、重量二十五キロにおよび、一二・七×一〇八ミリ弾を用いる。発射速度は毎秒十二発。安全装置はない。ポーリーとこのNSVの組み合わせはうれしくない。

「もっとも、あなたは泳いだのだと思う」エリザベスは言った。「シャツから潮のにおいがする。ごくかすかに。戻ったときに体をくまなく拭かなかったのね」

サコという町への標識の前を通り過ぎた。また路肩に車を寄せて停める。何台もの車が風を切って追い抜いていく。

「あなたはとても運がよかったのよ」エリザベスは言った。「岬の突端には離岸流が発生している。強い戻り流れのこと。でも、あなたは車庫の裏手から海にはいったはず。おかげであと三メートルのところで巻きこまれずに済んだ」

「わたしは政府のために働いてはいない」わたしは言った。

「そうかしら」

「あんたは自分が危ない橋を渡っているとは思わないのか?」わたしは言った。「わたしが正体を偽っているとしてみよう。仮定の話として。たとえば、わたしが敵対組織の一員だとしてみよう。自分が危険を冒しているのがわからないのか? 生きてあの館に戻れると思うのか? こんな話をしたあとで」

エリザベスは目をそらした。

「それならこれは判定材料になるでしょうね」と言う。「もしあなたが政府の人間なら、わたしを殺さない。政府の人間でないのなら、わたしを殺す」

「わたしは一般人にすぎない」わたしは言った。「あんたが言いふらしたら、わたしは困ったことになる」

「コーヒーを飲めるところを探しましょう」エリザベスは言った。「サコはすてきな町よ。昔は大きな工場の所有者がそろってここに住んでいたの」

サコ川の中州へ行った。かつては巨大な工場だった煉瓦の建物がある。現在はもっとあか抜けていて、何百もの会社や店舗がはいっている。〈カフェ・カフェ〉というガラスとクロムめっきで装飾されたコーヒーショップを見つけた。フランス語のしゃれのつもりだろう。とはいえ、香りだけでも来た甲斐はあった。ラテやらフレーバーやらフォーミーやらは無視し、レギュラーコーヒーのホット、ブラックをLサイズで頼んだ。それから振り返ったが、エリザベス・ベックは首を横に振った。

「あなたは残って」エリザベスは言った。「わたしは買い物に行くから。ひとりで。四時間後にここで会いましょう」

わたしは何も言わなかった。

「あなたの許可は必要ない」エリザベスは言った。「ただの運転手にすぎないのだから」

「持ち合わせがないんだが」わたしは言った。

エリザベスはハンドバッグから二十ドルを出した。わたしはコーヒーの代金を払ってテーブルに運んだ。エリザベスがついてきて、わたしがすわるのを見届ける。

「四時間後よ」エリザベスは言った。「もう少し長くなるかもしれないけれど、短くはならないようにする。あなたには何かやることがあるかもしれないから」

「やることなどないさ」わたしは言った。「ただの運転手にすぎないのだから」

エリザベスはわたしを見た。ハンドバッグのファスナーを閉める。テーブルの周囲は空間に余裕がない。エリザベスはハンドバッグのストラップを肩に掛け直すために少し身をよじった。その際、テーブルにぶつかってコーヒーをこぼしてしまわないように、わずかに腰を引いた。プラスチックが床を打ったときのようなカツンという音が聞こえた。わたしは下を見た。スカートの中から何かが落ちたようだ。それを見つめるエリザベスの顔がゆっくりと深紅に染まっていく。エリザベスはかがんでそれを拾いあげ、握り締めると、ふらつきながらわたしの向かいの席に腰をおろした。まるで力がすべて抜けてしまったかのように。まるで羞恥に苛まれているかのように。手に持っているのはポケットベルだ。角張った黒いプラスチック製品で、わたしのEメール通信機よりやや小さい。エリザベスはそれを凝視している。首筋をセーターの下まで真っ赤にして。そして沈んだ低い小声で話しはじめた。

「身につけていろとあいつに命じられているのよ」エリザベスは言った。「下着の中に入れておけと。振動したときに適切な効果とやらがあるようにしておきたいらしいわ。門を抜けるときに必ず、これがそこにあるかを確認してくる。ふだんはあとで下着の中から出してバッグにしまっておくの。でも、今回はあなたの目があるから、そんなことはしたくなかった」

わたしは何も言わなかった。エリザベスは立ちあがって目を二度しばたたくと、息を吸って呑みこんだ。

「四時間後よ」と言う。「あなたには何かやることがあるかもしれないから」

そして去っていった。わたしはそれを見送った。エリザベスは店外に出ると左に曲がって見えなくなった。これも周到な策略なのだろうか。いまの話が罠だという可能性はある。話の裏づけとするためにポケットベルを下着の中に入れておいた可能性はある。頃合いを見計らい、ポケットベルを揺すって落とした可能性はある。どれも可能性はある。しかし、絶好の瞬間にみずからの意思で赤面したという可能性は皆無だ。そんな真似ができる者はいない。実力の絶頂期にある世界最高の女優でも無理だろう。つまり、エリザベス・ベックは本気だ。

念には念を入れることを怠りはしなかった。怠りたくてもその習慣は深く根づいてしまっている。世間のどこにでもいるなんらやましいところのない人のようにコーヒーを飲み終えた。それからショッピングモール内の歩道をぶらつき、でたらめに左右に曲がって、尾行がないのを確かめた。コーヒーショップに戻り、二杯目を注文する。トイレの鍵を借り、中にはいって施錠した。便器の蓋に腰掛けて靴を脱ぐ。ダフィーからメッセージが一通届いている。〝どうしてテリーザ・ダニエルの本名が気になったの？〟。その問いは無視し、〝どこのモーテルにいる？〟と送った。九十秒後、返事が来た。〝ボストンで会った日、朝食に何を食べた？〟。笑みが漏れた。ダフィーは実務型だ。わたしのEメール通信機が悪用されている可能性を懸念したのだろう。それで安全のために質問している。〝卵を上に載せた二枚重ねのパンケーキとコーヒー、チップは三ドル、食べたのは確かだ〟と送った。ほかの答を返したら、ダフィーは車に飛び乗るはずだ。九十秒後、返事が来た。〝ルート一号線の西側、ケネバンク川の百メートル南〟。ここから十五キロほどだろう。〝十分で行く〟と送った。

車に戻り、サコを抜けるまでに十五分はかかった。ルート一号線が車線減少で渋滞していたからだ。道中はずっと片目でバックミラーを見ていたが、気になるものは何もなかった。川を渡り、右手にモーテルを見つけた。明るい雰囲気の鮮やかな灰色の建物で、ニューイングランドの昔ながらの塩入れ形住宅が連なっているように見せかけている。四月だから繁忙期ではない。ボストンを離れるときに助手席に乗せてもらったトーラスが端の部屋の隣に停まっている。平凡なセダンはそれ以外に見当たらない。三十メートル離れた、大きなプロパンガスのタンクを隠している木造の小屋の後ろにキャデラックを停めた。ルート一号線からまる見えの場所に駐車するのは賢明ではない。

歩いて戻り、一度ノックすると、スーザン・ダフィーがすぐにドアをあけ、われわれは抱き合った。なんのためらいもなく。それはわたしにとってはひどく驚きだったし、ダフィーにとっても驚きだったと思う。考える時間があったらたぶん抱き合ってはいなかっただろう。だが、ダフィーは心配していたし、わたしはストレスにさらされていたので、自然とそうしたのだと思う。それに、抱き合うのはとても心地がよかった。ダフィーは長身だが痩せ型だ。手のひらを広げればダフィーの背中の端から端まで届くほどで、そのあばらのあたりが少ししなったように感じた。爽やかで清らかなにおいがする。香水はつけていない。シャワーを浴びてからまもない肌の香りだ。

「テリーザのことで何かわかった?」ダフィーは尋ねた。

「きみしかいないのか?」わたしは尋ねた。

ダフィーはうなずいた。「ほかの捜査官はポートランドにいる。税関の話だと、ベックの船がきょう入港するらしくて」

われわれは体を離した。室内に移動する。

「ほかの捜査官は何をするつもりだ」わたしは尋ねた。

「監視するだけよ」ダフィーは言った。「心配しないで。監視は得意だから。見つかるようなへまはしない」

中はモーテルではごくありふれた部屋だ。クイーンサイズのベッド、椅子、机、テレビ、窓、壁埋めこみ式のエアコンがある。ほかの何十万ものモーテルの部屋とちがうのは、青と灰色の色合いが使われ、壁に羅針盤や錨の絵が描かれていることだけだ。それがいかにもニューイングランドの沿岸部らしい趣を添えている。

「テリーザのことで何かわかった?」ダフィーはふたたび尋ねた。

地下室の床に刻みこまれていた名前のことを話した。日付のことも。ダフィーはわたしを見つめた。それから目を閉じた。

「生きているのね」と言う。「ありがとう」

「少なくとも、きのうまでは生きていた」わたしは言った。

ダフィーは目をあけた。「きょうも生きていると思う？」

わたしはうなずいた。「その可能性はかなり高い。何か使い道があるのだろう。九週間も生かしておいたのに、いまさら殺すわけがない」

ダフィーは何も言わない。

「どこかに移したのだと思う」わたしは言った。「移しただけだ。そう推測するのが最も妥当だろう。朝はドアが施錠されていて、夜にはいなくなっていたのだから」

「まともな扱いを受けていると思う？」

ポーリーがエリザベス・ベックに何をさせているかは言わなかった。ダフィーをこれ以上心配させたくない。

「テリーザは名前をフォークで刻んだようだ」わたしは言った。「ゆうべはステーキとポテトを盛った皿が一枚よけいに置かれていた。急いでテリーザを連れ出したせいで、料理人に伝え忘れたのだろう。ということは、食事は与えられていたはずだ。ひとことで言うなら、テリーザは捕虜だな」

「どこに移したのかしら」

「クインに引き渡されたのだと思う」わたしは言った。

「どうして？」

「この事件では、ひとつの組織がもうひとつの組織と重なり合っているように見えるからだ。ベックが悪党であるのは確かだが、輪をかけた悪党に牛耳られている」

「企業でよくあるように？」

「そのとおり」わたしは言った。「敵対的買収のようなものだ。クインはベックの事業に自分の手下を送りこんでいる。そうやって寄生虫のように操っている」

「だとしても、どうしてテリーザを移すの？」

「用心のためだ」わたしは言った。

「あなたに対する？　どれくらい警戒しているのかしら」

「少しだけだ」わたしは言った。「いろいろ移したり隠したりしているのだと思う」

「でも、まだあなたを問い詰めてはいない」

わたしはうなずいた。「わたしの正体に確信がないからだ」

「それなら、どうしてあなたを仲間に引き入れるという危険を冒すの？」

「わたしが息子の命を救ったからだ」

ダフィーはうなずき、黙りこんだ。少し疲れている様子だ。車を真夜中に届けるようわたしが頼んでから、一睡もしていないのかもしれない。服装はジーンズに男物のオックスフォードシャツ。シャツは純白で、裾をズボンの中にたくしこんでいる。ボタンは上からふたつ目まではずされている。靴は素足にデッキシューズだ。部屋の暖房の設定温度は高い。机の上にノートパソコンが置かれ、その隣に固定電話がある。電話は短縮ダイヤルのボタンだらけのビジネスフォンだ。電話番号を確認して記憶した。ノートパソコンは複雑なアダプターを介して電話機の基部のデータポートにつながれている。画面はスクリーンセイバーに切り替わっている。動きまわっているのは司法省の紋章だ。古くさいテニスのビデオゲームよろしく、画面の端に着くたびに無作為の方向へと跳ね返っている。音は流れていない。

「クインにはもう会えたの？」ダフィーは尋ねた。

わたしは首を横に振った。

「クインがどこから仕切っているかはわかった？」

わたしはふたたび首を横に振った。「たいしたことはつかめていない。帳簿が略号で記されていて、売りさばいているはずの量に比べて配送トラックが少なすぎるということくらいしか。顧客のほうから取りにくるのかもしれない」

「それは論外よ」ダフィーは言った。「顧客に事業の拠点を見せるわけがない。実際、見せていないことはわかっている。思い出して、ベックはロサンゼルスの密売人と屋内駐車場で会っているのよ」

「だったらどこかの中立地帯で落ち合っているのかもしれない。実際の取引をおこなうために。北東部の近場とかで」

ダフィーはうなずいた。「どうやって帳簿を見たの？」

「ゆうべ、ベックの事務所に行った。車を頼んだのもそれが理由だ」

ダフィーは机に歩み寄り、椅子に腰をおろしてノートパソコンのタッチパッドに触れた。スクリーンセイバーが消える。わたしが最後に送ったEメールがその下から現れた。〝十分で行く〟。ダフィーは削除済みアイテムのフォルダを開き、わたしを売った憲兵ことパウエルからのメッセージをクリックした。

「あなたに頼まれた名前を調べた」と言う。「エンジェル・ドールは性的暴行の罪により、レヴンワース軍事刑務所で八年服役している。強姦と殺人で終身刑になって当然だったのに、検察側がへまをやった。通信特技兵だったけれど、女性の中佐をレイプし、内出血で死に至らしめた。好感の持てる人間ではないわね」

「もう死んだ人間だ」わたしは言った。

ダフィーは無言でわたしを見つめた。

「ドールはマキシマのナンバープレートを調べた」わたしは言った。「そしてわたしを問い詰めた。大きな過ちだ。それで犠牲者の第一号になった」

「殺したの？」

わたしはうなずいた。「首を折った」

ダフィーは何も言わない。

「自業自得だ」わたしは言った。「ドールのせいでこの作戦は失敗するところだった」

ダフィーは青ざめている。

「大丈夫か？」わたしは訊いた。

ダフィーは目をそらした。「犠牲者が出るとは思っていなかったのよ」

「もっと出るかもしれない。受け入れろ」

ダフィーはわたしに視線を戻した。息を吸う。うなずく。

「わかった」と言い、間をとった。「ナンバープレートの件は謝る。迂闊（うかつ）だった」

「ポーリーについては何かわかったか？」

ダフィーは画面をスクロールした。「ドールはレヴンワースで相棒がいた。名前はポール・マッセレラ、ボディビルダーで、将校に対する暴行の罪によって八年服役している。弁護人はステロイドによる怒りの発作が原因だとして減刑を求めた。マッセレラのステロイド摂取を監督しなかった軍の責任にしようとしたのね」

「いまでも摂取しまくっているぞ」

「同一人物だと思う？」

「まちがいない。将校は好きじゃないと言っていた。腎臓に蹴りを入れてやった。きみやエリオットなら死んでいただろう。あいつは気にも留めなかった」

「何か仕返しをされるのでは？」

「考えたくもないな」

「戻って大丈夫なの？」

「ベックの妻はわたしが正体を偽っていると知っている」

ダフィーはわたしを凝視した。「どうして？」

わたしは肩をすくめた。「知っているわけではないのかもしれない。そう望んでいるだけなのかもしれない。信じこもうとしているのかもしれない」

「その話を言いふらしているの？」

「まだ言いふらしてはいない。ゆうべ、館の外にいるところを見られた」

「戻ったらだめよ」

「わたしはあきらめが悪いんだ」

「でも頭は悪くない。もう状況は手に負えなくなってきている」

わたしはうなずいた。「だが、決めるのはわたしだ」

ダフィーは首を横に振った。「決めるのはわたしたち全員よ。あなたはわたしたちの支援に頼っているんだから」

「テリーザをあそこから連れ出さなければならない。なんとしてもだ、ダフィー。テリーザは絶体絶命の危機にいる」

「SWATチームを救出に送りこむこともできる。テリーザが生きていることをあなたが確認してくれたから」

「いまテリーザがどこにいるかはわからないんだぞ」

「テリーザのことはわたしに責任がある」

「そしてクインのことはわたしに責任がある」

ダフィーは何も言わない。

「SWATチームを送りこむのは無理だ」わたしは言った。「きみたちは独断専行している。SWATチームを送るよう頼むのはクビにしてくれと頼むのと同じだ」

「いざとなればクビにされる覚悟はできている」

「きみだけの問題ではない」わたしは言った。「ほかの六人もまとめてクビにされる」

ダフィーは何も言わない。

「どのみち、わたしは戻る」わたしは言った。「クインはわたしの獲物だからだ。きみたちと組もうが組むまいが。だからわたしを利用したほうがいい」

「クインはいったいあなたに何をしたの？」

わたしは何も言わなかった。ダフィーは長いこと黙っていた。

「ミセス・ベックに証言を頼めない？」と言う。

「頼みたくない」わたしは言った。「それを頼むのはミセス・ベックの疑いを裏づけるのと同じだ。どんな結果になるかは読めない」

「戻ったらどうするつもり？」

「地位をあげる」わたしは言った。「それが鍵だ。昇進してデュークの仕事を任される必要がある。そうすればわたしはベックの組織の最高幹部になる。そうすればクインの組織と堂々と接触できる。それを実現しなければならない。さもなければやみくもに動くだけになってしまう」

「どうにか進展させないと」ダフィーは言った。「証拠が要る」

「わかっている」わたしは言った。

「どうやって地位をあげるの？」

「地位をあげる人がやりそうなことをやる」わたしは言った。

ダフィーはそれに対しては何も言わなかった。Eメールの画面を受信ボックスに戻すと、立ちあがって窓際へ行き、外を眺めている。わたしはその姿を眺めた。外から差しこむ光でシャツが透けている。髪は後ろに流され、数センチほどが襟にかかっている。五百ドルはかけてありそうな髪形に見えるが、DEAの給料を考えれば、おそらく自分で整えたのだろう。あるいは、女友達にやってもらったのか。自分の見た目ぶ。

は気になるけれども、高級美容院で大枚をはたくほど気になるわけではないから、だれかのキッチンの真ん中で古いタオルを首に巻いて椅子にすわっている姿が目に浮かぶ。

ジーンズに包まれた腰つきは見事だ。後ろのラベルが見える。ウェスト二十四、股下三十二。股下はわたしより十五センチ短いが、それは納得できる。しかし、ウェストがわたしより三十センチも細いというのはとんでもない話だ。わたしは体脂肪がほとんどない。腹部には重要な器官が隙間なく詰まっているだけだ。ダフィーの器官は何まわりも小さいにちがいない。こんなウェストを見たら両手を広げて包みこみ、ひたすら愛でたくなる。少し上に顔をうずめるのもいい。ダフィーがこちらを向いてくれなければどんな感触かは確かめられない。それでも、顔をうずめたらすこぶる心地よさそうだ。

「いまの危険度は？」ダフィーは訊いた。「現実的に評価して」

「わからない」わたしは言った。「不確定要素が多すぎる。ミセス・ベックは直感にしたがっているにすぎない。願望も少し混じっているかもしれない。確たる証拠があるわけではない。確たる証拠という意味では、わたしはまだ安泰だと思う。つまり、ミセス・ベックがだれかに話したとしても、相手が女の直感を真剣に受け止めるかどうかで決まる」

「館の外にいるところを見られたのよね。それは確たる証拠よ」

「だとしてもなんの？　落ち着きのない性格の？」

「あなたが部屋から抜け出していたあいだに、このドールという男は殺されている」

「わたしが塀を越えられたわけがないとベックたちは考えるはずだ。どのみち、ドールは見つからない。けっして。当分は」

「ベックたちはどうしてテリーザを移したの？」

「用心のためだ」

「もう状況は手に負えなくなってきている」ダフィーはまた言った。

ダフィーに見えるわけでもないのに、わたしは肩をすくめた。「こういうものは決まって手に負えなくなってくる。それが当たり前だ。何事も予想どおりにはいかない。最初の一発が撃たれたとたん、どんな計画もご破算になる」

ダフィーは黙りこんだ。振り返る。

「これから何をするの？」と訊いてくる。

わたしは間をとった。光がダフィーの背後からまだ差しこんでいる。顔をうずめたらすこぶる心地よさそうだ。

「仮眠をとる」と言った。

「時間はあるの？」

腕時計に目をやった。「三時間ほどある」

「疲れている？」

わたしはうなずいた。「ゆうべは徹夜でひたすら泳いでいたからな」

「泳いで塀の先に行ったの？」ダフィーは言った。「やっぱりあなたは頭が悪いのかもしれないわね」

「きみも疲れているのか？」わたしは尋ねた。

「とても。何週間も働きづめだから」

「だったらいっしょに仮眠をとらないか」わたしは言った。

「それは気がとがめる。テリーザはどこかで危険にさらされているのに」

「どのみちわたしは動けない」わたしは言った。「ミセス・ベックが用事を済ませるまでは」

ダフィーはためらった。「ベッドはひとつしかない」

「たいした問題じゃない。きみは細い。さほど場所はとらないだろう」

「やっぱりよくないと思う」ダフィーは言った。

「何もベッドに潜りこまなくてもいい」わたしは言った。「軽く横になるだけだ」

「隣り合って？」

「服は着たままだ」わたしは言った。「わたしは靴も脱がない」

ダフィーは何も言わない。

「法に触れるわけでもないだろうに」わたしは言った。

「触れるかもしれない」ダフィーは言った。「一部の州には妙な古い法律がある。メイン州にもあるかもしれない」

「気にしたほうがよさそうなメイン州の法律はほかにありそうだが」

「とにかくいまはよくないと思う」

わたしは微笑した。そしてあくびをした。ベッドに腰をおろし、寝転がる。体の横を下にして壁側を向き、頭の下に両手を押しこんだ。目を閉じる。ダフィーが立ち尽くしている気配を感じる。が、やがて隣に横たわるのがわかった。少し体を動かしてから動きを止めている。だが緊張している。それが感じとれる。マットレスのスプリングを通して、落ち着かない心情が細かな振動となって伝わってくる。

「心配しないでくれ」わたしは言った。「何もできないくらい疲れているから」

しかし、実際はそうでもなかった。問題が起こったのは、ダフィーがわずかに体を動かし、その尻がわたしの尻に触れたときだ。かろうじて接している程度だったが、わたしにとっては電源のコンセントにプラグを差しこんだのに等しい。目をあけて壁を見つめ、ダフィーが眠っていて無意識に体を動かしたのか、それともわざとそうしたのかを判断しようとした。何分も頭をひねったが、生死にかかわる危険は性欲を昂進させるらしい。当たって砕けろという気になっている。とはいえ、適当な反応がわからない。どうするのが正しい作法なのだろう。結局、二、三センチ体を動かして、尻と尻がもっとしっかり接するようにした。これでボールを相手側に投げ返したことになる。今度はダフィーが解釈に悩む番だ。

ゆうに一分は何も起こらない。落胆しかけたとき、ダフィーがふたたび体を動かした。尻と尻が密着する。もしわたしの体重が百十キロもなければ、なめらかなベッドカバーの上で押された体が滑ってしまったかもしれない。ダフィーの尻ポケットの鋲の感触まではっきりと伝わってくる。今度はわたしの番だ。眠たげな声を発しながら寝返りを打ち、重ねたスプーンよろしく体の向きを合わせた。図らずも腕がダフィーの肩に触れる。顔をダフィーの髪がくすぐっている。柔らかく、夏のにおいがする。シャツのコットン生地は皺がない。それが上から腰までを覆い、ジーンズのデニム生地が下から尻までを覆っている。足先に視線を向けた。ダフィーは靴を脱いでいる。足の裏が見える。十本の小さな足の指が一列に並んでいる。

ダフィーも眠たげな声を発した。きっと狸寝入りだ。後ろに体をずらし、全身をわたしに押しつける。わたしは手をダフィーの上腕に置いた。それから下に動かし、肘の先へと進め、腰にあてる。小指の先がジーンズのウェストの下に潜りこむ。ダフィーがまた声を発した。まずまちがいなく狸寝入り。わたしは息を凝らした。ダフィーの尻がわたしの股間に押しつけられている。心臓が早鐘を打つ。目眩に襲われる。抵抗できない。できるわけがない。狂おしいほどのホルモンに突き動かされ、たとえレヴンワースで八年の刑に服することになってもかまわないと思ってしまう。手を上に、前にと動かし、ダフィーの乳房を包みこんだ。そのあとは無我夢中だった。

ダフィーは服を着ているときより裸のときのほうがずっと魅力的なタイプの女だ。すべての女にそれが当てはまるわけではないが、ダフィーには当てはまる。体は非の打ちどころがない。肌は日に焼けてはいないが、青白くはない。シルクのように柔らかいが、半透明ではない。体つきは華奢だが、骨は浮き出ていない。長身の細身で、ハイレグ水着のためにあつらえたかのような体つきだ。乳房は小ぶりだが張りがあり、完璧な形をしている。首は長くて細い。耳、足首、膝、肩も美しい。喉の付け根に小さなくぼみがあり、そこがごくわずかに湿っている。

ダフィーは体力もあった。わたしのほうが六十キロ近く重いはずだが、先にへたばってしまった。若いからだろう。十歳は下だろうか。わたしを疲れ果てさせると、ダフィーは笑顔になった。笑顔も美しい。

「ボストンでわたしが泊まっていたホテルの部屋を覚えているか?」わたしは言っ

た。「どんなふうにきみが椅子にすわったかを？　きみがほしくなったのはあのときだ」

「ふつうに椅子にすわっただけよ。どんなふうも何もなく」

「よく言う」

「フリーダムトレイルを覚えている？」ダフィーは言った。「棒状貫通弾の話をしたでしょう？　あなたがほしくなったのはあのときよ」

わたしは笑みを浮かべた。

「あれは十億ドル規模の国防関連契約の一部だ」わたしは言った。「だから国民として恩恵を受けられてうれしいよ」

「エリオットが同行していなかったら、そのまま公園で事におよんでいたのに」

「鳥に餌をやっている婦人がいたぞ」

「茂みの陰でできた」

「そこだとポール・リヴィアに見られたな」わたしは言った。

「ポール・リヴィアはひと晩中でもがんばれたのに」ダフィーは言った。

「あいにくわたしはポール・リヴィアじゃないんだ」わたしは言った。

ダフィーはまた笑顔になった。肩の感触でそれとわかる。

「歳のせいでもう限界なの？」と訊く。

「そうは言っていない」

「危険は性欲を高めるというでしょう？」ダフィーは言った。

「そう思う」

「それなら、自分が危険にさらされていると認めるのね？」

「心臓発作を起こす危険にさらされているよ」

「やっぱり戻るべきじゃない」ダフィーは言った。

「その体力が尽きる危険にさらされているよ」

ダフィーはベッドの上で身を起こした。重力はその完璧な体になんら影響を与えていない。

「まじめに言っているのよ、リーチャー」と言う。

わたしは笑みを向けた。「大丈夫だ。あと二、三日ある。テリーザを見つけ、クインを見つけ、脱出する」

「それはわたしが許可した場合にかぎられる」

わたしはうなずいた。

「あのボディガードふたりのことだな」と言う。

ダフィーはうなずき返した。「だからあなたはわたしの協力が欠かせない。英雄気どりでどうにかしようとは思わなくていい。組むとか組まないとかは関係ない。あのふたりを解放することになったら、電話一本であなたは死体になる」

「ふたりはいまどこにいる？」

「一軒目のモーテルよ。マサチューセッツの。計画を練った場所。トヨタ車と大学警察のパトロールカーに乗っていた部下たちが見張っている」

「厳重に見張っているといいが」

「とても厳重に見張っている」

「そこなら何時間も離れている」わたしは言った。

「車を使うならそうだけれど」ダフィーは言った。「電話を使うならちがう」

「きみだってテリーザを取り戻したいはずだ」

「そのとおりよ」ダフィーは言った。「でも、わたしには責任がある」

「仕切りたがりなんだな」わたしは言った。

「あなたをひどい目に遭わせたくないだけよ」

「ひどい目に遭ったことは一度もない」

ダフィーは身をかがめ、指先をわたしの体の古傷に這わせた。胸、腹、腕、肩、額。「ひどい目に遭ったことが一度もない人にしては、ずいぶんと怪我が多いわね」

「不器用なんだ」わたしは言った。「しょっちゅう転んでいる」

ダフィーは立ちあがってバスルームへ行った。全裸で、優雅に、まったく照れくさがらずに。

「早く戻ってきてくれ」わたしは声をかけた。

しかし、ダフィーは早く戻ってはこなかった。長いことバスルームにこもっていて、出てきたときにはバスローブを着ていた。顔つきが変わっている。少し気まずそうに見える。少し悔やんでいるようにも。

「こんなことはすべきじゃなかった」ダフィーは言った。

「なぜ？」

「職業倫理に反しているから」

ダフィーはわたしをまっすぐに見つめた。わたしはうなずいた。確かに職業倫理には少し反しているだろう。

「だが、楽しめた」わたしは言った。

「こんなことはすべきじゃなかった」

「ふたりとも大の大人だ。ここは自由の国でもある」

「慰め合っただけよ。ふたりともストレスにさらされて神経が張り詰めているから」

「別に悪いことをしたわけではないだろうに」

「いろいろと複雑になる」ダフィーは言った。

わたしは首を横に振った。

「それはわれわれしだいだ」わたしは言った。「結婚とかしなければならないわけでもない。このせいで互いに対して何か責任が生じたわけでもない」

「こんなことはしなければよかった」

「わたしは喜んでいるよ。自分の気持ちには正直になるべきだと思う」

「それがあなたの人生哲学？」

わたしは目をそらした。

「経験から学んだんだ」わたしは言った。「昔、イエスと言いたかったのにノーと言ってしまって、それを後悔することになった」

ダフィーはバスローブの前を掻き合わせた。

「楽しめたのは確かよ」と言う。

「わたしもだ」わたしは言った。

「でも、いまは忘れたほうがいい。このことに深い意味はなかった。いいわね？」

「わかった」わたしは言った。

「それから、戻ることについては真剣に考えたほうがいい」

「わかった」わたしはふたたび言った。

ベッドに寝そべったまま、ほんとうはイエスと言いたいときにノーと言ってしまったらどんな気分になるかを考えた。総じてイエスと言ったほうがよかったし、後悔もしていない。ダフィーは黙っている。何かが起こるのをひたすら待っているかのように。わたしはバスルームで長々と熱いシャワーを浴びてから着替えた。そのころには話は済んでいた。言い残したことはない。わたしが戻ることはどちらにもわかっている。ダフィーがあまり止めようとしなかったことが好ましかった。われわれがふたりとも目的に専心する実務型の人間であることが好ましかった。靴紐を結んでいるとき、ノートパソコンが電子音を鳴らした。軽やかな鐘の音を小さくしたものに似ている。電子レンジで加熱が終わったときの音にも。〝メールが届いています〟という人工音声は流れない。わたしがバスルームから出ると、ダフィーはノートパソコンの前にすわってボタンをクリックした。

「わたしのオフィスからメッセージが届いている」ダフィーは言った。「記録によれば、デュークという名の怪しげな元警官は十一人いる。きのう、調べるよう頼んでおいたのよ。デュークの歳は？」

「四十がらみだろう」わたしは言った。

ダフィーはリストをスクロールした。

「南部の人間？」と訊く。「北部？」

「南部の人間ではないな」わたしは言った。

「候補は三人いる」ダフィーは言った。

「ミセス・ベックが言うには、デュークは元連邦捜査官でもあるそうだ」

ダフィーはさらにスクロールした。

「ジョン・チャップマン・デューク」と言う。「のちに連邦捜査官になったのはこの人物だけ。ミネアポリスで巡査からはじめ、刑事になった。内務調査官による三件の調査の対象になっている。結論は出ず。その後、わたしたちに加わった」

「DEAに？」わたしは言った。「ほんとうなのか？」

「いいえ、連邦政府の役人になったという意味よ」ダフィーは言った。「デュークは財務省に勤めている」

「仕事の内容は？」

「記されていない。ただし、三年も経たずに起訴されている。何かの汚職で。加えて複数の殺人の容疑があったけれど、確たる証拠はなかった。結局、四年服役している」

「人相は？」

「白人、あなたと同じくらいの体格。ただし、写真を見るかぎりでは、あなたより醜男ね」

「そいつだ」わたしは言った。

ダフィーはさらにスクロールした。報告の残りを読む。

「気をつけて」と言う。「たちの悪い男みたいよ」

「心配するな」わたしは言った。帰り際にダフィーにキスしようかと思ったが、やめておいた。ダフィーも望んではいないだろう。そのままキャデラックに急いだ。

コーヒーショップに戻り、二杯目のコーヒーを飲み終えるころになって、エリザベス・ベックが現れた。買い物をした様子はない。購入した品も、けばけばしい袋も持っていない。どの店にもはいらなかったのだろう。政府の人間が用事を済ませられるように四時間もぶらついていただけだ。わたしは片手をあげた。エリザベスはそれを無視してカウンターに直行した。クリーム入りのコーヒーのLサイズを頼み、わたしの席に持ってくる。エリザベスに何を言うかはもう決めていた。

「わたしは政府のために働いてはいない」わたしは言った。

「それならがっかりね」エリザベスはみたび言った。

「働いているわけがない」わたしは言った。「忘れたのか、わたしは警官を殺したんだぞ」

「そうだったわね」エリザベスは言った。

「政府の人間だったらそんなことはしない」

「してしまうかもしれない」エリザベスは言った。「誤って」

「だとしても、そのあと逃げ出したりしない」わたしは言った。「その場に残って結果を受け止める」

エリザベスは口をつぐみ、そのまましばらく黙っていた。コーヒーをゆっくりと飲みながら。

「あそこには八回、いえ十回は行ったことがある」エリザベスは言った。「大学のことよ。学生の家族向けの催し事がときどきあるから。わたしは毎学期のはじめと終わりには行くようにしている。夏にトラックを借りて、息子が家に荷物を運ぶのを手伝ったこともあるのよ」

「それで？」

「あの学校は小さい」エリザベスは言った。「それでも、学期の初日はとても混む。親、学生、ＳＵＶ、セダン、バンでいっぱいになる。ファミリーデイはもっとひどい。だからわかる？」

「何が？」

「あそこで地元の警官を見かけたことはない。一度も。私服の刑事はもちろんのこと」

わたしは窓越しにショッピングモール内の歩道を眺めた。

「ただの偶然なのでしょうね」エリザベスは言った。「ありふれた四月の火曜日の朝、まだ時間も早くて何が起こっているわけでもないのに、これといった理由もなく校門のすぐそばに刑事が待機しているなんて」

「何が言いたい？」わたしは訊いた。

「あなたはとてつもなくめぐり合わせが悪かったということよ」エリザベスは言った。「そんな確率はどれくらいかしら」

「わたしは政府のために働いてはいない」わたしは言った。

「シャワーを浴びたのね」エリザベスは言った。「髪を洗ってある」

「そうか？」

「見た目でわかるし、においでもわかる。安物の石けんに、安物のシャンプー」

「サウナに行ったんだ」

「持ち合わせはなかったはず。わたしがあげたのは二十ドル。あなたはコーヒーを少なくとも二杯は買っている。残りは十四ドルくらいかしら」

「安いサウナだったんだ」

「そうでしょうね」エリザベスは言った。

「わたしは一般人にすぎない」わたしは言った。

「それにはがっかりしているわ」

「自分の夫が逮捕されるのを望んでいるような口ぶりだが」

「望んでいるもの」

「夫は刑務所送りになるんだぞ」

「もう刑務所にいるようなものよ。自業自得だけれど。でも、本物の刑務所のほうがいまよりも自由になれる。それに、ずっと出所できないわけでもない」

「どこかに通報すればいい」わたしは言った。「向こうから来てくれるのを待つ必要はない」

エリザベスは首を横に振った。「それは自殺行為よ。わたしとリチャードにとって」

「ほかのだれかの前でわたしについてのそういう話をするのも自殺行為だ。言ったとおり、わたしはおとなしくやられるつもりはない。おおぜいが傷つくだろう。もしかしたらあんたやリチャードも」

エリザベスは笑みを浮かべた。「またわたしと駆け引きしているの？」

「また警告しているだけだ」わたしは言った。「情報を開示したうえで」

エリザベスはうなずいた。

「口の閉じ方なら知っている」エリザベスは言い、その後はひとことも発しないことでそれを証明した。われわれは沈黙のうちにコーヒーを飲み終え、車に戻った。ことばは交わさなかった。わたしは北東にある館へとエリザベスを送りながら、ひたすら思い悩んだ。自分は時限爆弾をかかえているのか、それとも敵中で唯一味方になってくれそうな人物に背を向けてしまったのか、と。

門の向こうでポーリーが待っていた。窓から見張っていて、遠くに車が見えるや否や、そこに陣どったにちがいない。車の速度を落として停めると、ポーリーはわたしをねめつけた。それからエリザベス・ベックを。

「ポケットベルをよこせ」わたしは言った。

「だめよ」エリザベスは言った。

「いいからよこせ」

ポーリーが鎖をほどいて門扉を押す。エリザベスはハンドバッグのファスナーをあけてわたしにポケットベルを渡した。わたしは車を進めて窓をおろした。門をふたたび閉めるために待っているポーリーの真横で車を停める。

「よく見ていろ」大声で言った。

上手投げでポケットベルを車の前にほうった。左手だから勢いもコントロールもいまひとつだ。だが目的は果たした。小さな角張った黒いプラスチック製品が宙に弧を描き、車の六メートルほど前で私道のちょうど中央に落ちる。その軌道を見ていたポーリーが、何を投げたかに気づいて身をこわばらせた。

「おい」と言う。

ポーリーはポケットベルを追った。わたしはポーリーを追った。アクセルペダルを踏みこみ、タイヤをきしらせながら車を急発進させる。フロントバンパーの右端でポーリーの左膝の横を狙った。もう少しのところまで迫る。しかし、巨人は驚くほど敏捷だった。ポケットベルを拾いあげ、飛びすさったポーリーに、あと三十センチのところでぶつけ損なった。車がその脇を駆け抜ける。速度は落とさなかった。加速しながらバックミラーでポーリーを見た。タイヤが立てた青い煙に包まれ、後ろからわたしをにらみつけている。わたしは心底落胆した。自分より七十キロも重い男と戦わなければならなくなったら、はじめから相手が足を引きずっているほうがずっと楽だ。せめてあれほどすばやくなければよかったのだが。


　車まわしにキャデラックを停め、玄関の前でエリザベス・ベックをおろした。キャデラックを車庫に入れ、キッチンへ向かう途中、ザカリー・ベックとジョン・チャップマン・デュークが外までわたしを迎えにきた。苛立ち、足早になっている。緊張し、動揺している。ポーリーの件でわたしを叱責するつもりかと思った。だがそうではなかった。

「エンジェル・ドールが消えた」ベックが言った。

わたしは立ち尽くした。風が海から吹きこんでいる。海はゆるやかにうねるのをやめ、初日の夜に劣らぬ荒波が寄せている。波しぶきが飛んでいる。

「ゆうべ、ドールはきみと話した」ベックは言った。「そのあと、戸締まりをして帰ったが、それから行方知れずになっている」

「ドールはなんの用だったんだ」デュークが訊いた。

「わからない」わたしは言った。

「わからないだと？　おまえは五分もあそこにいただろうに」

わたしはうなずいた。「倉庫の中の小部屋に連れていかれた」

「それで？」

「それきりだ。ドールが何か言おうとしたところで、本人の携帯電話が鳴った」

「相手はだれだ」

わたしは肩をすくめた。「わかるわけがない。緊急の用件らしかった。ドールは電話で五分も話しどおしだった。わたしの時間もあんたたちの時間もむだにしていると思ったから、待つのはやめて外に戻った」

「ドールは電話で何を話していた？」

「聞き耳は立てなかった」わたしは言った。「無作法だと思って」

「だれかの名前は出てきたか？」ベックが訊いた。

わたしはそちらを見て首を横に振った。

「名前は出てこなかった」と言う。「だが、ドールと相手は知り合いだ。それは明らかだった。もっぱらドールが聞き手にまわっていたと思う。何かの指示を受けていたようだ」

「なんの？」

「見当もつかない」わたしは言った。

「緊急の何かの？」

「そう思う。わたしのことは頭から抜け落ちているようだった。立ち去るときに引き留めようとしなかったのは確かだ」

「知っているのはそれだけか？」

「何かの計画がらみの電話だったと思う」わたしは言った。「翌日の指示を出していたのかもしれない」

「きょうの？」

わたしはふたたび肩をすくめた。「ただの推測だ。一方通行に近い会話だった」

「やれやれ」デュークが言った。「おまえはほんとうに役に立つ男だな」

ベックは海を眺めている。「つまり、ドールは携帯電話に緊急の連絡を受けたあと、戸締まりをして帰った。きみが知っているのはそれだけか？」

「戸締まりをするところは見ていない」わたしは言った。「帰るところも。わたしが外に戻るとき、ドールはまだ電話中だった」

「戸締まりをしたのはまちがいない」ベックは言った。「帰ったのも。けさ、変わったところは何ひとつなかった」

わたしは何も言わなかった。ベックが体の向きを九十度変え、東を向く。潮風がその服を体に押しつけている。ズボンの裾が旗のようにはためく。ベックは体を温めようとするかのように、靴底を砂地にこすりつけている。

「いま、こういう事態は望ましくない」ベックは言った。「けっして、けっして望ましくない。大事な週末が控えているのに」

わたしは何も言わなかった。ふたりはそろって向きを変え、わたしをひとり残して館に戻っていった。

疲れていたが、休めそうにない。それは明らかだ。空気がざわついていて、これまでのふた晩のような日常はどこかへ消えてしまっている。キッチンに食事は用意されていない。夕食がない。料理人がいない。何人かが廊下を行き来する音が聞こえる。デュークがキッチンに現れ、わたしの脇を抜けて裏口から出ていった。ナイキの青いスポーツバッグを持っている。あとをつけて外に行き、館の角からのぞいてみると、デュークは二番目の車庫に歩み入った。五分後、黒のリンカーンをバックで出し、走り去った。ナンバープレートが替わっている。真夜中に見たときは六桁のメイン州のナンバーだった。それが七桁のニューヨーク州のナンバーになっている。中に戻り、コーヒーを探した。コーヒーメーカーはあるのに、ペーパーフィルターが見当たらない。仕方がないのでグラス一杯の水で我慢した。途中まで飲んだところでベックが現れた。やはりスポーツバッグを持っている。持ち手の伸び方や脚にぶつかったときの音からして、重い金属が詰まっているようだ。おそらく銃だろう。二挺はいっているかもしれない。

「キャデラックをまわせ」ベックは言った。「いますぐだ。玄関の前で乗せろ」

ポケットから鍵束を出し、テーブルのわたしの前に置く。それからかがんでバッグのファスナーをあけると、ニューヨーク州のナンバープレート二枚とネジまわしを取り出してわたしに渡した。

「先にこれを付けろ」と言う。

バッグの中に銃が見えた。ヘックラー＆コッホのＭＰ５Ｋが二挺。短く、太く、黒い銃で、樹脂を成形したまるみのある大きなグリップを備えている。未来的な見てくれだ。映画の小道具のように。

「行き先は？」わたしは言った。

「デュークが先行しているが、コネティカット州のハートフォードに向かう」ベックは言った。「そこでやるべきことがあるのはわかっているだろう？」

ファスナーを閉めて立ちあがり、バッグを持って廊下に戻っていく。わたしは少しだけそのますわっていた。それから水のグラスを掲げ、前の何もない壁に向かって乾杯のしぐさをした。

「血みどろの戦いと恐るべき病を祝して」と胸のうちでつぶやきながら。

7

飲みかけの水はキッチンに残し、外に出て独立車庫へ向かった。はるか東の水平線で宵闇が濃くなりつつある。風が吹き、波が砕けている。足を止め、さりげなく周囲に目を走らせた。出歩いている者はほかにいない。そこで身を潜めて中庭の塀沿いを進んだ。隠しておいた包みを見つけ、偽造ナンバープレートとネジまわしを岩の上に置いてから、銃を二挺とも出した。ダフィーのグロックはコートの右のポケットに、ドールのＰＳＭは左のポケットに入れる。グロックの予備の弾倉は靴下の中に差しこむ。ぼろ切れをしまい、ナンバープレートとネジまわしを拾いあげると、中庭の入口に引き返した。

整備工が三番目の車庫で忙しそうにしている。中は空だ。整備工は戸をあけて蝶番に油を差している。その先の空間は夜に見たときよりもさらにきれいになっている。汚れひとつない。床にホースで水をかけて洗ってある。乾きかけの染みでそれとわかる。整備工にうなずきかけると、向こうもうなずき返した。左端の車庫の戸をあける。しゃがんでキャデラックのトランクの蓋からメイン州のナンバープレートをはずし、ニューヨーク州のナンバープレートに取り替えた。車の前側も同じようにする。はずしたナンバープレートとネジまわしは床の上に残し、車に乗りこんでエンジンをかけた。バックで車庫から出し、車まわしへと進む。整備工がそれを見送った。

待ち構えていたベックが自分で後部座席のドアをあけ、スポーツバッグを投げこんだ。中で銃が動く音が聞こえる。ベックは後部座席のドアを閉めると、助手席に乗りこんだ。

「出せ」と言う。「I-九五号線の南行き車線でボストンまで行け」

「ガソリンを入れる必要がある」わたしは言った。

「わかった、最初に見かけたガソリンスタンドで入れろ」

門のところでポーリーが待っていた。怒りで顔がひどくゆがんでいる。この男は悩みの種だ。いつまでもほうってはおけない。ポーリーは車内のわたしをにらみつけ、かぶりを振ってから、わたしを見据えたまま門をあけた。わたしはそれを無視して門を抜けた。バックミラーに映る姿も見ない。ポーリーに関しては、〝見なければ気にならない〟という態度でいきたい。

西へ行く沿岸の道路は空いていた。館を出てから十二分後にはハイウェイに乗った。キャデラックの運転にもだいぶ慣れた。いい車だ。走りはなめらかだし、静かでもある。ただし、ガソリンを食う。それは確かだ。燃料計の針は心配になるほど下のほうを指している。針の動くさまが見てとれそうだ。覚えているかぎりでは、最初のガソリンスタンドはケネバンクの南にある。ニューロンドンへ向かう途中、ダフィーとエリオットに会った場所だ。十五分もかからずにそこに着いた。ずいぶん見慣れた場所のように感じる。封印を破ってバンの荷室を調べた駐車場を走り過ぎ、ガソリンスタンドへ向かった。ベックは何も言わない。車をおりてガソリンを満タンにした。時間がかかった。七十リットル近くもはいったからだ。キャップを閉め直すと、ベックが窓をおろして重ねた紙幣を差し出した。

「ガソリンは必ず現金で買え」ベックは言った。「そのほうが安全だ」

十五ドルと少しの釣りはもらっておいた。それくらいの権利はあるだろう。まだ金をもらっていないのだから。路上に戻り、腰を据えて運転した。疲れている。疲れているときにがら空きのハイウェイを延々と走るのは最悪だ。隣のベックは黙っている。不機嫌なだけかと最初は思った。あるいは内気で人見知りをしているのかと。が、緊張しているのだと気づいた。戦いに赴くのはあまり落ち着かないのだろう。わたしは落ち着いていた。何より、戦う相手がいないのをはじめから知っているという理由で。

「リチャードの様子は？」わたしは尋ねた。

「元気だ」ベックは言った。「あれは芯が強い。できた息子だ」

「そうなのか？」わたしは言った。何か言う必要があったからだ。居眠りしないように、会話をする必要がある。

「とても忠実だ。父親にとっては理想の息子と言っていい」

そう言うとベックはまた黙り、わたしは睡魔と戦った。十キロ、十五キロ。

「小物の麻薬密売人と取引したことはあるかね？」ベックは尋ねた。

「ない」わたしは言った。

「連中には独特の特徴がある」ベックは言った。

それから三十キロあまりのあいだ黙っている。が、その間もつかみどころのない考えをまとめようとしていたかのように、話を再開した。

「連中は何から何まで流行に左右される」と言う。

「そうなのか？」興味が湧いたかのように、わたしは言った。実際は湧いていなかったが、やはり会話をする必要があった。

「言うまでもなく、そもそもラボ・ドラッグには流行がある」ベックは言った。「実際のところ、客も売人に負けず劣らず移り気だ。いま何が売れているのかもわたしにはわからない。妙な名前の商品が週替わりで登場している」

「ラボ・ドラッグというのは？」わたしは尋ねた。

「ラボで作られるドラッグのことだ」ベックは言った。「化学薬品を合成したものだよ。土で自然に育つものとはちがう」

「マリファナは後者だな」

「ヘロインもそうだ。コカインも。これらは自然の産物だ。オーガニック製品のようなものだな。むろん精製されるが、ビーカーで作られるわけではない」

わたしは何も言わなかった。目をあけているのがやっとだ。車内は暖かすぎる。疲れているときは冷たい空気が必要になる。下唇を噛んで眠気を払った。

「流行は連中のやることすべてに伝染する」ベックは言った。「ありとあらゆることに。たとえば靴だ。今夜捜している男たちは、会うたびにちがう靴を履いている」

「スニーカーのように？」

「そのとおり。まるでバスケットボールで生計を立てているかのように。あるときはおろしたての二百ドルのリーボックの靴を履いている。つぎに会うとリーボックはもう論外で、ナイキか何かになっている。エアどうとかに。あるいは、いきなりキャタピラーブーツやティンバーランドになっている。革靴がゴアテックスになり、また革靴に戻る。黒がワークブーツのような黄色になる。靴紐はいつも縛らない。そしてまたランニングシューズに戻るが、今回はアディダスで、あの小さなストライプがはいっている。一足に二、三百ドルも出す。気まぐれに。ばかげたことだ」

わたしは何も言わなかった。黙って運転をつづけたが、まぶたをこじあけているせいで目がうずいた。

「そんなことをする理由がわかるかね?」ベックは言った。「金だよ。金がうなるほどあっても使い道がわからないからだ。ジャケットも同じだな。連中が着るジャケットを見たことはあるか? ある週にはザ・ノース・フェイスで、光沢があってガチョウの羽毛を詰めこんであるせいで分厚い。連中は夜にしか外に出ないから、冬でも夏でも関係ない。つぎの週には光沢は見向きもされない。まだザ・ノース・フェイスがはやっていても、今度はマイクロファイバーになっている。つぎは身ごろがウールで袖が革のスタジアムジャンパーになる。一着に二、三百ドルも出す。どの流行も一週間ほどしかつづかない」

「異常だな」わたしは言った。何か言う必要があったからだ。

「理由は金だよ」ベックはまた言った。「使い道がわからないから、変えること自体が目的と化してしまっている。それがすべてに伝染している。むろん、銃にも。この男たちはヘックラー&コッホのMP5Kが好みだった。きみの話だといまはウージーだ。何が言いたいかわかるかね? この男たちにとっては、武器でさえスニーカーやジャケットと同じで、流行がある。売りさばいている商品にも。だから何もかも一巡してもとに戻る。連中のほしがるものはどれもしょっちゅう変わる。車もだ。連中はおおむね日本車が好みだが、それは流行が西海岸からはじまるからだろう。しかし、ある週はトヨタ車だったのに、つぎの週にはホンダ車になっている。そのつぎはニッサン車だ。二、三年前はニッサン・マキシマが大のお気に入りだった。きみが盗んだような車だ。それがレクサスになった。もはや躁病だな。腕時計もだ。スウォッチをはめていたかと思うと、ロレックスをはめている。ちがいもわからないくせに。まったくもって度しがたい。むろん、わたしは商売人だから、供給側の立場からは文句はない。製品の陳腐化はむしろ望むところだ。しかし、ときどきそれが少々早すぎる。ついていくのも苦労するほどに」

「ということは、あんたは商売人なんだな」

「なんだと考えていたのだね？」ベックは言った。「まさか会計士だとでも思っていたのか？」

「ラグの輸入業者だと思っていた」

「そのとおりだ」ベックは言った。「わたしはラグを大量に輸入している」

「なるほど」

「だがそれは、つまるところは隠れ蓑だ」ベックは言った。そして笑い声をあげた。

「きょうび、そこまで用心する必要があるのかと思っているのだろう？　ああいうやからに運動靴を売るだけなら」

ベックは笑いつづけている。笑い方からして、かなり緊張している。わたしは運転をつづけた。ベックが気を落ち着かせる。助手席の窓とフロントガラスの向こうに目をやっている。そしてそれがわたしだけでなく自分の目的にもかなうかのように、また話しはじめた。

「スニーカーを履いたことはあるかね？」と尋ねる。

「ないな」わたしは言った。

「こんなことを訊くのは、だれかに説明してもらいたいからだ。リーボックの靴とナイキの靴とのあいだにまともなちがいなどないだろう？」

「わたしにはわからない」

「つまり、どちらもおそらく同じ工場で製造されている。ヴェトナムかどこかで。おそらくロゴを縫いつけるまでは同じ靴だ」

「そうかもしれないが」わたしは言った。「わたしにわかるわけがない。運動競技とは縁がなかった。そういう靴にも縁がなかった」

「トヨタ車とホンダ車にちがいはあるか？」

「わたしにはわからない」

「なぜ？」

「ＰＯＶとは縁がなかったからだ」

「POVとは？」

「自家用車のことだ」わたしは言った。「軍ではトヨタ車やホンダ車のことをそう呼ぶ。ニッサン車やレクサスのことも」

「それならきみはなんならわかる？」

「スウォッチとロレックスのちがいならわかる」

「ほう、どんなちがいがある？」

「ちがいはない」わたしは言った。「どちらも時刻を示す」

「答になっていないぞ」

「ウージーとヘックラー&コッホのちがいならわかる」

ベックは座席の上で身をひねった。「なるほど。すばらしい。説明したまえ。なぜこの男たちはヘックラー&コッホを捨ててウージーを選んだ？」

キャデラックは静かに走りつづけている。わたしはハンドルを握ったまま肩をすくめた。あくびを嚙み殺す。もちろん、無意味な問いだ。ハートフォードの男たちはMP5Kを捨ててウージーを選んだりしていない。実際には。エリオットとダフィーがハートフォードでいまが旬の武器を知らず、ベックがハートフォードとかかわりがあることも知らなかっただけだ。だから部下にウージーを渡した。おそらく手近にあったのだろう。

とはいえ、仮定の話ならこれは非常に鋭い問いになる。ウージーはきわめて優秀な武器だ。少し重いかもしれない。発射速度は世界最速ではないから、それを気にする人もいるかもしれない。銃腔に施条はたいして切られていないから、正確性に少し欠けるかもしれない。だが、信頼性は非常に高く、非常に単純な構造で、充分な実績を誇り、四十発入りの弾倉を使える。優秀な武器だ。しかし、ヘックラー&コッホのMP5の派生型はどれももっとすぐれている。同じ弾薬をもっと速く、もっと強く撃てる。きわめて正確に。使い手によっては、ライフル並みに正確になる。信頼性も非常に高い。完全にまさっている。一九七〇年代の優秀な設計が一九五〇年代の優秀な設計に挑んだということだ。あらゆる分野に当てはまるわけではないが、軍需品に関しては、最新のもののほうがいつだってすぐれている。

「理由は思いつかないな」わたしは言った。「わたしには理解できない」

「そのとおりだ」ベックは言った。「しょせんは流行であり、気まぐれであり、衝動なのだよ。おかげでだれもが商売できるが、だれもがおかしくなってしまう」

携帯電話が鳴った。ベックが落としそうになりながらもそれをポケットから取り出し、名前だけを答える。短く、鋭い口調だが、少し緊張している。〝ベックだ〟。咳の音のようにも聞こえる。ベックは長いあいだ耳を傾けていた。相手に住所と道順を繰り返させてから通話を切り、電話をまたポケットにしまう。

「デュークからだ」ベックは言った。「何本か電話をかけさせた。目当ての男たちはハートフォードのどこにもいないらしい。だが、少し南東に行った郊外にアジトがあるはずだ。そこに潜んでいるとデュークはにらんでいる。だからそこへ向かう」

「着いたら何をする？」

「見世物にはしない」ベックは言った。「大騒ぎにする必要はない。鮮やかにはやらないし、派手にもやらない。こういう状況では、ただみな殺しにするほうがいい。当然の結果だという印象を与えるわけだ。だが、平然とやる。盾突いたら迅速かつ確実に罰を与えるが、汗ひとつかかずにやるというふうに」

「そんなことをしたら顧客を失うぞ」

「代わりがいる。顧客は長蛇の列を作るほどいる。それがこの商売の実にすばらしい点なのだよ。需給のバランスは需要の側が優勢だ」

「自分で手をくだすつもりなのか？」

ベックは首を横に振った。「それはきみとデュークの役目だ」

「わたしの？　運転するだけだと思っていたが」

「きみは連中をすでにふたり始末している。もう何人か始末したところでどうということもないはずだ」

わたしはヒーターの温度をひと目盛りさげ、目をあけておくことに集中した。血みどろの戦いの時間だ、と胸のうちでつぶやきながら。

ボストンを半分ほどまわりこんだところで、ベックがマサチューセッツ・ターンパイクを南西へ進んでI－八四号線に乗るよう指示した。それから百キロは走ったが、一時間ほどかかった。ベックは速度を出すのを控えさせた。目立ちたくないからだ。偽造ナンバープレートを付けていて、後部座席にはサブマシンガンを詰めこんだバッグまであるのだから、ハイウェイ・パトロールに目をつけられたくないのだろう。正しい判断だ。わたしはロボットよろしく運転した。もう四十時間も眠っていない。だが、モーテルのダフィーの部屋で仮眠をとる機会を逃したことは後悔していない。あの部屋であああいう時間の使い方をしたことにはとても満足している。ダフィーがそうでなくても。

「つぎの出口だ」ベックが言った。

ちょうどそのあたりから、I－八四号線がハートフォードの街をまっすぐに突っ切っている。雲は低く、街の明かりがそれをオレンジ色に染めている。出口の先は広い道路で、一キロ半ほど行くと幅が狭くなって南東の開けた郊外へ至っていた。前方は黒々としている。釣り道具や冷えたビールやオートバイの部品を売る店がいくつかあったが、もう閉店していて、やがて木々の黒っぽい輪郭しか見えなくなった。

「つぎの角で右に曲がれ」八分後、ベックは言った。

さらに狭い道にはいった。路面の状態が悪く、でたらめにカーブしている。見渡すかぎり闇だ。運転に集中しなければならなかった。帰りも骨が折れそうだ。

「道なりに進め」ベックは言った。

さらに十五キロほど進んだ。いまどこにいるかまったくわからない。

「よし」ベックは言った。「先に着いて待っているデュークの車がじきに見えるはずだ」

二キロ半ほど進むと、ヘッドライトの光がデュークの車の後部のナンバープレートをとらえた。路肩に駐車している。そこでは路面が側溝へと落ちこんでいるので、傾いて停まっている。

「後ろに停めろ」

リンカーンの真後ろに停車し、セレクトレバーをパーキングレンジに入れた。ひと眠りしたい。五分寝るだけでもだいぶちがうだろう。だが、こちらに気づいたデュークがすぐさま車をおり、ベックの側の窓に駆け寄ってきた。ベックが窓をおろすと、デュークは前かがみになって顔を寄せた。

「連中のアジトは三キロほど先です」デュークは言った。「カーブした長い私道が左手にあります。土の道と大差ありません。ヘッドライトをつけずに静かにゆっくりと進めば、車で半ばあたりまでは行けます。残りは歩かないと」

ベックは何も言わない。黙ってまた窓を閉めた。デュークが車に戻る。リンカーンが路肩から離れて水平になった。わたしはそのあとから三キロほど進んだ。私道の百メートル手前でヘッドライトを消し、その角を曲がる。ゆっくりと車を走らせた。月明かりが少しはある。前方のリンカーンは縦に横に揺れながら轍の上を這うように進んでいる。キャデラックも似たようなものだが、動きはずれていて、リンカーンが沈んだら浮かび、リンカーンが左に曲がったら右に曲がるという具合だ。二台とも速度は徐行にまで落としている。惰性で少しずつ近づいていく。やがてデュークの車がブレーキランプをまばゆく光らせ、完全に停止した。わたしもその後ろで停車した。ベックがすわったまま体をひねり、運転席と助手席のあいだからスポーツバッグを引き寄せると、膝の上でファスナーをあけた。中からMP5Kを一挺と、三十発入りの予備の弾倉二本を出してわたしに渡す。

「片づけてきたまえ」ベックは言った。

「あんたはここで待っているのか?」

ベックはうなずいた。わたしは銃から弾倉を抜き、動作を確認した。ふたたび弾倉を入れ、薬室に一発給弾してから安全装置をかけた。予備の弾倉はグロックとPSMにぶつかって音を立てないように、ごく慎重にポケットに入れた。ゆっくりと車から出る。立って夜の冷気を吸った。解放された気分だ。おかげで目が覚めた。近くの湖や、木々や、腐葉土のにおいがする。遠くの小滝が落ちる音や、車のマフラーが冷えるチリチリという音が聞こえる。木立のあいだを微風が抜けていく。それ以外は何も聞こえない。深い静寂だけが広がっている。

デュークがわたしを待っている。ただずまいに緊張と苛立ちがうかがえる。この男は前にもこういう仕事をこなしたことがある。それは明らかだ。大がかりな手入れを控えた老練な警官そのものに見える。何度もやっていることだからある程度は慣れているとはいえ、まったく同じ状況が繰り返されることはないのも重々承知しているという雰囲気がある。手に持っているのはスタイヤーで、長い三十発入りの弾倉が差しこまれている。グリップのかなり下までそれが伸びている。前よりもいっそう銃が大きく不恰好に見える。

「行くぞ、ろくでなし」デュークはささやいた。

わたしは歩兵のように、デュークの一メートル半後方の位置を保って私道の反対側を進んだ。それらしくふるまわなければならない。複数の標的を相手にするのを懸念しているかのように。アジトが無人なのをわたしは知っているが、デュークは知らない。

角を曲がると、前方にその家屋が見えた。窓のひとつに明かりが映っている。留守番タイマーで作動させているのだろう。デュークが歩みをゆるめ、立ち止まった。

「ドアが見えるか？」とささやく。

わたしは暗闇を透かし見た。小さな玄関ポーチがある。そこを指差した。

「玄関の前で待っていてくれ」わたしはささやき返した。「明かりの映っている窓を調べてくる」

デュークに異論はない。玄関ポーチにたどり着いた。デュークはそこで待機し、わたしは大まわりして窓へ向かった。地面に伏せ、最後の三メートルは土にまみれながら這う。窓枠まで頭をあげ、中をのぞきこむ。黄色いプラスチック製のシェードを備えたテーブルランプがあり、その低ワットの電球が灯っている。使い古されたソファや肘掛け椅子がある。暖炉の火の名残が冷たい灰になっている。壁にはマツ材の鏡板が張られている。だれもいない。

漏れた光でデュークから見える位置まで這い戻り、指を二本立てて両目の下に持ってきた。狙撃手と観測手のチームが使う定番の手信号で、〝視認した〟を意味する。つづいて片手を広げ、五本の指をすべて伸ばした。〝五人いる〟。それから配置や武装を意味しそうな込み入った手ぶりをした。デュークはわかっていないはずだ。わたしだってわかっていない。わたしの知るかぎりでは、その手ぶりに意味などまったくない。狙撃手と観測手のチームを組んだことは一度もない。だが、全体としてはいかにも状況にふさわしく見える。プロフェッショナルらしいし、隠密作戦らしいし、緊迫感に富んでいるように見える。

さらに三メートル這い戻ってから立ちあがり、忍び足で歩いてドアの前のデュークと合流した。

「五人ともへべれけだ」わたしはささやいた。「酒か麻薬で。うまく奇襲すれば安全に目的を果たせるだろう」

「武器は？」

「いくつもあったが、手の届くところにはない」玄関ポーチを指差す。「あの向こうは短い廊下になっているようだ。外側のドア、内側のドア、廊下の順になっている。あんたは左側を、わたしは右側を受け持つ。侵入して廊下で待ち伏せしよう。物音に釣られて連中が部屋から出てきたら倒す」

「命令する気か？」

「偵察したのはわたしだ」

「とにかくしくじるなよ、ろくでなし」

「あんたもな」

「おれはけっしてしくじらない」デュークは言った。

「なるほど」わたしは言った。

「本気だぞ」デュークは言った。「邪魔をしたら、喜んでおまえをほかのやつらとまとめて片づけてやる。ためらいもなく」

「いまは味方同士のはずだが」

「そうだったか？」デュークは言った。「それはいまからわかるだろうな」

「落ち着け」わたしは言った。

デュークは間をとった。緊張している。そして暗闇の中でうなずいた。「おれが外側のドアを蹴破るから、おまえは内側のドアを蹴破れ。交互に進む」

「なるほど」わたしはふたたび言った。顔を背け、笑みを浮かべる。いかにも老練な警官らしい。わたしが内側のドアを蹴破ったら、デューク、わたしの順で突入することになるが、敵の通常の反応時間を考えれば、撃たれるのはたいていふたり目だ。

「安全装置をはずせ」わたしはささやいた。

わたしはH&Kを単射に設定し、デュークはスタイヤーの安全装置を解除した。わたしがうなずくと、デュークもうなずき、外側のドアを蹴った。わたしはそのすぐ斜め後ろから前に出て、歩みを止めることなく内側のドアを蹴った。デュークが前に出て左に突進し、つづいてわたしが右へ行く。デュークは腕が立つようだ。ふたりでなかなか優秀なチームを組めている。砕かれて蝶番からぶらさがっているドアが揺れるのをやめるずっと前に、ふたりとも完璧な位置どりで姿勢を低くしている。デュークは前の部屋の入口に目を凝らしている。スタイヤーを両手でしっかりと構え、両腕を伸ばして目を見開いている。息は荒い。あえいでいると言ってもいい。危険にさらされる長い時間を切り抜けるために、最善を尽くしている。わたしはエンジェル・ドールのPSMをポケットから抜いた。左手で持って安全装置を解除し、床を横切ってデュークの耳にそれを押しこんだ。

「騒ぐな」わたしは言った。「選べ。これからひとつ尋ねる。ひとつだけだ。嘘をついたり、答えるのを拒んだりしたら、頭を撃つ。理解したか？」

デュークは凍りついている。五秒、六秒、八秒、十秒。前のドアを食い入るように見つめながら。

「心配するな、ろくでなし」わたしは言った。「ここにはだれもいない。先週、全員逮捕された。連邦捜査官に」

デュークは身じろぎひとつしない。

「先ほどの話は理解したか？　ひとつだけ尋ねると言っただろう？」

耳に銃を押しこまれたまま、デュークはためらいがちに、のろくさとうなずいた。

「答えなければ頭を撃つ。わかったか？」

デュークはふたたびうなずいた。

「よし、はじめるぞ」わたしは言った。「準備はいいか？」

ぶ。

　デュークは一度だけうなずいた。

「テリーザ・ダニエルはどこにいる？」わたしは尋ねた。

　長い間が空く。デュークが首を半ばまでこちらに向ける。わたしはその動きを追い、ＰＳＭの銃口を離さなかった。思い至った表情がデュークの目にゆっくりと浮か

「おまえの夢の中だよ」デュークは言った。

　わたしはその頭を撃った。無言で耳から銃口を抜き、左手で右のこめかみに一発撃ちこんだ。暗闇に銃声が響き渡る。血と脳と骨片が遠くの壁に飛び散る。発火炎が髪を焼く。つづいてわたしは右手のＨ＆Ｋで天井に二発撃ち、左手のＰＳＭで床にもう一発撃った。Ｈ＆Ｋを連射に切り替えて立ちあがり、弾倉が空になるまで至近距離からデュークの死体を撃つ。落ちていたスタイヤーを拾いあげ、天井に向けて立てつづけに十五発を発砲し、弾倉を半分空にする。たちまち廊下に刺激臭が充満し、木や漆喰の破片が散乱した。Ｈ＆Ｋの弾倉を交換し、四方の壁に銃弾をばらまく。銃声は耳を聾するほどだ。排出された空薬莢が跳ねまわってそこら中に降り注ぐ。Ｈ＆Ｋが弾切れになると、ＰＳＭの残りの弾を廊下の壁に撃ちこみ、明かりのついた部屋のドアを蹴りあけてスタイヤーでテーブルランプを吹き飛ばした。サイドテーブルがあったので投げて窓を割り、Ｈ＆Ｋに予備の弾倉の二本目を入れて遠くの木立を掃射しなが

ら、左手のスタイヤーが弾切れになるまで床を撃った。それからスタイヤーとH&KとPSMをまとめてかかえ、家から急いで逃げ出した。頭の中に鐘が鳴り渡っているかのようだ。およそ十五秒間で百二十八発も撃っている。そのせいで聴覚が麻痺している。ベックには第三次世界大戦が勃発したように聞こえたにちがいない。

私道をひたすら走った。咳きこみ、硝煙を雲のようにたなびかせながら。車へ向かう。ベックは早くもキャデラックの運転席に移っている。駆け寄るわたしを見て、ドアを少しだけあけた。そのほうが窓をおろすより手っ取り早い。

「待ち伏せだ」わたしは言った。息が切れ、自分の声が頭の中に響いている。「少なくとも八人はいた」

「デュークはどこだ」

「死んだ。逃げないとまずい。いますぐだ、ベック」

ベックは一瞬だけ固まった。それから動いた。

「デュークの車を使え」と言う。

早くもキャデラックを動かしている。アクセルペダルを踏みこみ、ドアを閉め、私道をバックで進んで見えなくなった。わたしもリンカーンに乗りこんだ。エンジンをかける。セレクトレバーをリバースレンジに入れ、片方の肘を座席の背に乗せると、リアウィンドウの向こうを見ながらアクセルペダルを踏んだ。一台ずつ後ろ向きで道路に飛び出すと、方向変換して北へ走りだす。ドラッグレースのように横に並んで。タイヤをきしらせてカーブを曲がり、路面の傾きに苦労しながら時速百十キロ超の速度を保つ。ハートフォードへ戻る曲がり角まで速度はゆるめなかった。ベックが少しずつ前に出たので、わたしはその後ろについた。ベックは八キロほど飛ばしてから、閉店した酒屋の前で曲がり、駐車場の奥に車を停めた。わたしは三メートルほど離れたところに停車し、座席の背にもたれてベックが来るのを待った。疲れすぎていておりる気になれない。ベックが走ってキャデラックの前をまわりこみ、運転席のドアをあけた。

「待ち伏せだと?」と言う。

わたしはうなずいた。「われわれを待ち構えていた。八人で。もっといたかもしれない。まんまとやられた」

ベックは何も言わない。言うべきことばがないのだろう。わたしは隣の座席からデュークのスタイヤーを取りあげて差し出した。

「これは回収した」と言う。

「なぜ?」

「回収させたいはずだと思ったからだ。足が付く可能性があると思った」

ベックはうなずいた。「その可能性はない。だが、よく気づいたな」

Ｈ＆Ｋも返した。ベックはキャデラックに戻り、バッグに二挺の銃をしまっている。それから振り返った。両手を握り締め、黒い空を見あげている。それからわたしを見た。

「顔は見たか？」と訊く。

わたしは首を横に振った。「暗すぎた。だが、ひとりを撃った。その男がこれを落とした」

ＰＳＭを渡す。腹を殴るに等しい効果があった。ベックは蒼白になり、リンカーンのルーフに手を突いて体を支えた。

「どうした？」わたしは言った。

ベックはあらぬかたを見ている。「そんなばかな」

「どうした？」

「ひとりを撃ったら、その男がこれを落としたんだな？」

「デュークが撃ったと思う」

「その場面を目撃したのか？」

「人影だけだ」わたしは言った。「暗かった。発火炎だらけだった。デュークが発砲していて、人影のひとつに命中させた。わたしが逃げるときにそれが床に落ちていた」

「これはエンジェル・ドールの銃だ」

「確かなのか？」

「そうでない可能性は万にひとつもない。これがなんだか知っているか？」

「そんな銃は見たこともない」

「KGBの特殊な拳銃だ」ベックは言った。「旧ソ連の。この国ではきわめて珍しい」

そう言うと、駐車場の暗がりへ歩いていく。わたしは目を閉じた。とにかく眠い。五秒寝るだけでもちがうだろう。

「リーチャー」ベックが呼びかけた。「何か証拠になるようなものを残してきたか？」

わたしは目をあけた。

「デュークの死体を」と言う。

「それはどこのだれにも結びつかない。弾道は？」

わたしは暗闇の中で笑みを浮かべた。ハートフォード市警の鑑識班が弾道を分析しようとするところを想像する。壁も床も天井も弾痕だらけだ。重武装したディスコのダンサーが廊下にわんさといたとでも結論することになるだろう。

「弾丸と薬莢を山ほど残した」わたしは言った。

「それも足は付かない」ベックは言った。

ベックは暗がりのさらに奥へ行った。わたしはまた目を閉じた。指紋はひとつも残していない。靴底を除けば、家のどこにも体はいっさい触れていない。それに、ダフィーのグロックは撃たなかった。施条痕を記録して集中管理しているデータベースがどこかにあるという話を聞いたことがある。ダフィーのグロックも記録されているかもしれない。だが、使っていない。

「リーチャー」ベックが呼びかけた。「家まで送ってくれ」

わたしは目をあけた。

「この車はどうする？」大声で尋ねる。

「ここに乗り捨てる」

あくびをしてどうにか体を動かし、手が触れたハンドルや装置類をコートの裾で拭った。使っていないグロックがポケットから落ちそうになる。ベックは気づかない。ひたすら考えにふけっているから、わたしがグロックを出してサンダンス・キッドよろしく引き金に指を入れてくるくるとまわしても気づかないだろう。ドアハンドルを拭ってからかがんで鍵を抜き、それも拭ったうえで駐車場の端の茂みに投げこんだ。

「行こう」ベックは言った。

ハートフォードの五十キロほど北東に行くまでベックは黙っていた。それから話しはじめた。そこまでの時間を頭の中で真相を解き明かすために使っていたようだ。

「きのうの電話からして」ベックは言った。「連中は策を立てていた。ドールは連中とずっと共謀していた」

「いつから？」

「はじめからだ」

「筋が通らないな」わたしは言った。「デュークはあんたのために南に行ってトヨタ車のナンバーを確かめてきた。あんたはそれをドールに伝え、調べるよう言った。だが、なぜドールは調べあげた事実をあんたに正直に教える？　連中とぐるだったのなら、調べても行き詰まったと答えたはずだ。あんたが連中に目を向けないように、事実を伏せておいたはずだ」

ベックは得意げな笑みを浮かべた。

「それはちがう」と言う。「連中は待ち伏せをもくろんでいた。それがあの電話の目的だ。連中なりに即興で手を打ったのだよ。拉致するという賭けには失敗したから、戦術を変えた。ドールを使い、われわれに正しい手がかりを教えた。今夜のような展開にするために」

納得したかのように、わたしはゆっくりとうなずいた。昇進が未定のとき、それを確実なものとする最善の方法は、この部下は自分より少しだけ頭が悪いと上司に思いこませることだ。軍にいたときは三回連続でそれがうまくいった。

「今夜あんたが何をするつもりか、ドールは知っていたのか？」わたしは訊いた。

「そうだ」ベックは言った。「きのう、三人で話し合った。詳しく。事務所で話しているところをきみも見たはずだ」

「だったらドールはあんたたちをはめたことになる」

「そうだ」ベックはふたたび言った。「ドールはゆうべ、戸締まりをしたあと、連中と合流するためにポートランドから車を走らせた。そしてだれが、いつ、なぜ来るのかを伝えた」

わたしは何も言わなかった。頭に浮かんだのはドールの車だ。ベックの事務所から一キロ半ほどのところに乗り捨てた。もっと念入りに隠したほうがよかったかもしれない。

「しかし、大きな疑問がひとつある」ベックは言った。「果たして、裏切ったのはドールだけなのか」

「あるいは？」

ベックは黙りこんだ。そして肩をすくめた。

「あるいは、ドールと組んでいるほかのだれかも裏切ったのか」と言う。

おまえが手出しできないだれかのことだな、とわたしは思った。クインの一味だ。

「あるいは、その全員が裏切ったのか」ベックは言った。

そしてまた考えに沈み、そのまま車は五十キロ、六十キロと進んでいった。つぎにベックが口を開いたのは、I－九五号線に戻ってボストンのはずれを北へ向かっているときだ。

「デュークは死んだ」ベックは言った。

「残念だ」わたしは言った。

来たぞ、と思いながら。

「デュークとは旧知の間柄だった」ベックは言った。

わたしは何も言わなかった。

「きみにあとを引き継いでもらいたい」ベックは言った。「適任の人物がいますぐ必要だ。信頼できる人物が。これまできみはよくやってくれている」

「地位をあげてくれるのか？」わたしは言った。

「きみにはその資格がある」

「警備の責任者ということか？」

「少なくとも当面はそうだ」ベックは言った。「よければ今後もずっと任せたい」

「なんとも言えない」わたしは言った。

「わたしが何を知っているか、忘れないことだ」ベックは言った。「わたしはきみの首根っこを押さえている」

わたしは一キロ半ほどのあいだ、黙っていた。「近いうちに金を払ってもらえるのか？」

「例の五千ドルに、デュークに渡していた報酬も上乗せしよう」

「予備知識が要る」わたしは言った。「それがなければ役に立てない」

　ベックはうなずいた。

「あすだ」と言う。「あす話そう」

　そしてまた黙りこんだ。つぎに見たときには、隣で熟睡していた。ストレス反応の一種だろう。自分の世界が崩壊しつつあるとベックは思っている。わたしは睡魔と戦いながら、なんとか車を走らせた。前に読んだ、インドに駐留していたイギリス陸軍についての資料を思い出す。大英帝国が最盛期にあって、インドを支配していた時代のものだ。階級のあがらない若い准大尉たちは仲間うちで食事をとった。きらびやかな礼装で会食しながら、昇進の見こみについてしばしば話し合ったらしい。しかし、上官の将校が死ななければその見こみはない。死んだら後釜にすわるのが習わしだった。だから准大尉たちはフランス製のワインをついだクリスタルグラスを掲げ、〝血みどろの戦いと恐るべき病に〟と言って乾杯した。指揮系統の上のほうまで犠牲者が出なければ昇進できなかったということだ。野蛮だが、軍では昔からそういう仕組みになっている。

いわば完全自動運転でメイン州の沿岸部にどうにか戻った。途中の記憶はいっさいない。疲労で気力がなくなっている。体中が痛む。門をあけるポーリーの動作が鈍い。叩き起こされたからだろう。ことさらにわたしをにらみつけている。玄関の前でベックをおろし、車を車庫に入れた。念のためにグロックと予備の弾倉を隠し、裏口から中にはいった。金属探知機が車の鍵に反応して鳴る。鍵はキッチンのテーブルの上に置いた。腹が減っているが、疲れすぎていて食べる気も起きない。階段をのぼり、ベッドに倒れこんで眠りに落ちた。コートも靴も脱がず、服をすべて着たままで。

六時間後、嵐で目が覚めた。横殴りの雨が窓を叩いている。ガラスに小石を投げつけているような音だ。ベッドから出て外の様子を確かめた。空は鉄灰色で雲が厚く垂れこめ、海は荒れている。一キロ近く沖まで激しく泡立ち、波が岩に押し寄せている。鳥はいない。時刻は朝の九時だ。十四日目、金曜日。ふたたび横になって天井を見つめ、七十二時間前の、ダフィーが計画の七つの目標をあげた十一日目の朝を振り返った。ひとつ目とふたつ目と三つ目についてはくれぐれも用心すること。これについてはうまくやれている。何せまだわたしは生きている。四つ目、テリーザ・ダニエルを捜し出すこと。これはたいした進展がない。五つ目、ベックを逮捕できるだけの確たる証拠を入手すること。入手できていない。何ひとつ。偽造ナンバープレートを付けた車を運転させ、サブマシンガンを詰めこんだバッグを運んだことを除けば、悪事を働く場面は一度も目撃していない。ゆうべ通った四つの州すべてで、ああいうサブマシンガンの所持は違法だろう。六つ目、クインを見つけること。これも進展はない。七つ目、脱出すること。これはあとまわしだ。話が終わると、ダフィーはわたしの頬にキスをした。そしてドーナツの砂糖が顔についた。

ふたたび起きあがると、バスルームにはいってドアを施錠し、Eメールを確認した。この部屋の廊下に通じるドアはもう施錠されていない。リチャード・ベックがいきなりはいってくることはないだろう。母親も。だが父親ははいってくるかもしれない。わたしの首根っこを押さえているのだから。地位があがったとはいえ、綱渡りをしているのは変わらない。床にすわり、靴を脱いだ。ヒールを開いて通信機の電源を入れる。〝メールが届いています！〟。ダフィーからだ。〝ベックのコンテナが荷揚げされ、倉庫に輸送された。税関は検査していない。全部で五基。ここしばらくで最大の量よ〟。

返信ボタンを押し、こう打った。〝監視はつづけているのか？〟。

九十秒後、ダフィーは返した。〝ええ〟。

わたしから――〝地位があがった〟。

ダフィーから――〝うまく活用して〟。

わたしから――〝きのうは楽しかった〟。

ダフィーから――〝バッテリーを節約して〟。

わたしは微笑して通信機の電源を切り、ヒールに戻した。シャワーを浴びたいが、先に朝食をとってきれいな服を探したいところだ。バスルームのドアを解錠し、部屋を出て下のキッチンへ行った。料理人が仕事に戻っている。アイルランド人の女にトーストと紅茶を出しながら、長い買い物リストを書きとらせている。テーブルの上にサーブの鍵がある。キャデラックの鍵はない。わたしはそこらを掻きまわして見つけたものを手当たりしだいに食べてから、ベックを捜しにいった。見当たらない。エリザベスやリチャードも。それでキッチンに戻った。

「一家はどこに行った?」と尋ねる。

メイドが顔をあげたが、何も言わない。レインコートを着て買い物に行こうとしている。

「ミスター・デュークはどこなんだい」料理人が訊いた。

「具合が悪い」わたしは言った。「わたしが後任だ。ベック一家はどこに行った?」

「外出したよ」

「どこに？」

「知らないね」

外の嵐を眺める。「だれの運転で？」

料理人は床に視線を落とした。

「ポーリーだよ」と言う。

「いつ？」

「一時間前」

「わかった」わたしは言った。コートはまだ着ている。モーテルのダフィーの部屋を出たときから着たきりだ。そのまま裏口から強風の中に出た。雨が激しく降っていて、塩の味がする。波しぶきと混じり合っている。波が岩にぶつかるさまはまるで爆弾だ。白い泡が十メートルも噴きあがっている。襟のあいだに顔を伏せ、独立車庫へ走った。塀で囲まれた中庭にはいる。ここは風雨がさえぎられている。ひとつ目の車庫は空だ。戸があけたままになっている。キャデラックがない。三つ目の車庫の中に整備工がいて、ひとりで何かしている。メイドが中庭に駆けこんできた。四つ目の車庫の戸を引きあけている。ずぶ濡れになりかけながら。そして車庫の中にはいり、ほどなく古いサーブをバックで出した。車は風で揺れている。車体を覆っていた埃が雨で灰色の泥の薄い膜と化し、川のように側面を流れ落ちている。メイドは店をめざして走り去った。わたしは波の音に耳を傾けた。どれほどの高波が来るのかと心配になってくる。それで中庭の塀にしがみつくようにしながら、大まわりして海に面した側へ行った。岩場で例の小さなくぼみを探し出す。まわりに生えている雑草は濡れて泥まみれだ。くぼみは水で満たされている。雨水で。海水ではなく。潮はここまで満ちてはいない。波もここまで寄せてはいない。雨水だけで満たされている。水以外には何もない。包みがない。ぼろ切れも、グロックも。予備の弾倉もなくなっている。ドールの鍵も、錐も、鑿もなくなっている。

8

館の正面にまわり、豪雨の中で西を向いて立ち、花崗岩の高塀を見つめた。脱出するならいまだ。実行はたやすい。門は大きくあけ放たれている。メイドがあけたままにしたはずだ。雨の中、車をおりて門をあけたあと、また車をおりて閉めたくはなかっただろう。代わりに閉めてくれるポーリーはいない。キャデラックを運転してどこかに行っている。だから門はあいている。しかも門番はいない。そんな状況ははじめてだ。門から堂々と出ようと思えば出られる。だが、実行しなかった。残ることにした。

理由のひとつは時間だ。門から最初の大きな角までは、何もない公道が少なくとも二十キロはつづく。そう、二十キロも。そして使える車はない。ベック一家はキャデラックで、メイドはサーブで出かけている。リンカーンはコネティカット州で乗り捨てた。だから歩くことになる。早足で三時間。三時間も余裕はない。十中八九、三時間以内にキャデラックは戻ってくる。公道に隠れられそうな場所はない。路肩は岩肌がむき出しになっている。遮蔽物がない。ベックは正面から近づいてくる。わたしは歩いている。ベックは車に乗っている。そしてベックには銃がある。ポーリーもいる。わたしには何もない。

それゆえ、戦略も理由のひとつになる。隠した包みを見つけたのがベックだとして、歩いて逃げるところを捕まったら、ベックの疑念を裏づけることになってしまう。しかし、館に残ればまだ見こみはある。残るのはやましいところがないからのように思える。疑いはデュークに向くようにすればいい。デュークが隠したにちがいないと言えばいい。ありえる話だとベックが思う可能性はある。もしかしたら。デュークは昼夜を問わずどこへでも自由に行けた。わたしは施錠した部屋に閉じこめられ、ずっと監視されていた。加えて、デュークはもういないから反論できない。だが、わたしはベックの面前で滔々(とうとう)ともっともらしい話ができる。ベックが信じる可能性はある。

希望も理由のひとつだ。包みを見つけたのはベックではないかもしれない。岸辺を歩いていたリチャードが見つけたのかもしれない。リチャードがどうするかは読めない。先にわたしに話すか、それとも父親に話すかは五分五分だろう。あるいは、包みを見つけたのはエリザベスかもしれない。エリザベスならあのあたりの岩場には詳しい。よく知っているはずだ。だれも知らないことまで。何かにつけては長い時間をあそこで過ごしているだろうから。エリザベスならわたしをかばおうとする。おそらくは。

雨も残る理由のひとつだ。冷たい雨が降りしきっている。疲れているから、三時間も雨中を行軍したくない。気弱になっているだけなのはわかっている。それでも、足が動かない。館の中に戻りたい。暖かい屋内で改めて食事をとって休息したい。

負けず嫌いも理由のひとつだ。いま逃げ出せば二度と戻ってこないだろう。それはわかっている。このために二週間も費やしたのに。それなりの進展はあった。まわりからも頼りにされている。わたしも負けたことなら何度もある。しかし、簡単にあきらめたことはない。一度も。けっして。いまあきらめたら、一生それがついてまわる。根性なしのジャック・リーチャー。前進が困難なときに、逃亡した男。

雨に背中を打たれながら、立ち尽くしていた。時間、戦略、希望、荒天、負けず嫌い。どれも残る理由になる。どれもリストに載っている。

しかし、リストのいちばん上に載っているのは、ひとりの女性だ。

スーザン・ダフィーではないし、テリーザ・ダニエルでもない。大昔の、別の人生で出会った女性だ。名前はドミニク・コール。出会ったとき、わたしは陸軍の大尉だった。最後には少佐にまで昇進したが、その一年前のことだ。ある日の早朝、自分のオフィスに行くと、いつもの書類の山が机に置かれていた。ほとんどはどうでもいいものだったが、その中に給与等級E－7のD・E・コール一等軍曹をわたしの部隊に配属するという命令書があった。当時は文書で人名に言及するときは男女の区別をしてはならなかった。コールという名はドイツ系に思えたから、テキサスかミネソタ出身の大きくて醜い男を想像した。手が大きくて赤く、顔も大きくて赤い、わたしより年長の三十五歳くらいで、側頭部を刈りあげた男を。しばらくすると、事務員がブザーを鳴らし、当人が出勤したと伝えてきた。おもしろ半分に十分待たせてから、呼び入れた。ところが、相手は男ではなく女で、大きくも醜くもなかった。スカートを穿いている。歳は二十九くらいか。背は高くないが、小柄と言うには筋肉質にすぎる。そして筋肉質と言うには美人にすぎる。テニスボールの中身の材料を精巧に成形したかのような印象だ。しなやかさを感じさせる。柔と剛が同居している。彫刻のようだが、輪郭はとがっていない。コールはわたしの机の前で直立不動の姿勢をとり、颯爽と敬礼した。わたしは答礼しなかった。無作法にも。ゆうに五秒間、ただ見つめるばかりだった。

「休め、軍曹」と言った。

コールは命令書と自分の人事ファイルを差し出した。軍でそのファイルは〝サービスジャケット〟と呼ばれている。そこには知るべきことがすべて収められている。わたしはコールを休めの姿勢で前に立たせたまま、一式に目を通した。やはり無作法にも。だが、仕方がない。ここには来客用の椅子がない。当時の軍は、大佐より下の階級にはそれを用意しなかった。コールは後ろで手を組んで身じろぎひとつせずに立ち、わたしの頭のちょうど三十センチ上の空中の一点を見つめている。

コールのジャケットはなかなかのものだった。広く浅く学び、そのすべてで見事な成功を収めている。特級射手であり、さまざまな特技兵の資格を持ち、驚くほどの検挙数とすぐれた解決率を誇っている。優秀なリーダーであり、順調に昇進している。これまでにふたり殺したことがある。ひとりは銃で、もうひとりは素手で。どちらの事件もその後の調査によって正当な行為だと判断されている。期待の星と言っていい。それは明らかだ。そんな人物が転属してきたということは、上官のだれかがそれだけわたしを買ってくれているのだろう。

「着任を歓迎する」わたしは言った。

「サー、ありがとうございます、サー」虚空を見つめたまま、コールは言った。

「そういうのはどうでもいい」わたしは言った。「きみに見られたら煙のように消えてしまうわけでもあるまいに。それに、文をひとつ言うたびに〝サー〟をひとつ使うのもあまり好きじゃない。二度はなおさらだ。わかったか？」

「わかりました」コールは言った。飲みこみが早い。コールはそれから二度とわたしを〝サー〟と呼ばなかった。

「いきなりむずかしい仕事に挑戦してみる気はあるか?」わたしは言った。

コールはうなずいた。「もちろん」

わたしは抽斗をあけ、薄いファイルを出して渡した。コールは中を見なかった。片手でファイルを持って脇に垂らし、わたしを見た。

「メリーランド州アバディーン」わたしは言った。「そこの性能試験場だ。不審な行動をしている兵器設計者がいる。スパイ活動をおこなっているのではないかと疑った仕事仲間からタレコミがあった。だが、恐喝されている可能性のほうが高いと思う。時間も神経も使う捜査になるかもしれない」

「問題ありません」コールは言った。

門番のいないあけ放たれた門からわたしが出ていかなかったのは、このコールが理由だ。


中に戻り、長々と熱いシャワーを浴びた。濡れて裸のときに対決する危険は避けるべきだが、そんなことはどうでもよくなっている。なるようにしかならない、と思っているからだろう。かかってくるならかかってこい、と。タオルを体に巻き、二階におりてデュークの部屋を見つけた。服をもう一式拝借して着たが、靴やジャケットやコートは自分のものを身につけた。キッチンに戻って待つ。ここは暖かい。寄せては砕ける波と窓を叩く雨のせいでよけいに暖かく感じる。聖域のように。料理人もキッチンにいて、鶏肉で何かを作っている。

「コーヒーはあるか？」わたしは尋ねた。

料理人は首を横に振った。

「なぜない？」

「カフェインが含まれてるからさ」料理人は言った。

わたしは料理人の後頭部を見つめた。

「カフェインこそコーヒーの本質だろうに」と言う。「どのみち、紅茶にもカフェインは含まれているし、あんたが紅茶を淹れているところを見たぞ」

「紅茶にはタンニンが含まれてる」料理人は言った。

「カフェインもだ」わたしは言った。

「だったら代わりに紅茶を飲めばいい」料理人は言った。

わたしは室内を見まわした。カウンターの上に木製のナイフブロックが立てられ、ナイフの黒い柄がそこから斜めに突き出ている。瓶やグラスもある。シンクの下には消臭スプレーがありそうだ。塩素系漂白剤も。近接戦闘で使える即席の武器は充分にある。人のいる部屋でベックが銃を撃つのを少しでもためらえば、勝機はある。やられる前にやれる。半秒もあればいい。

「コーヒーがほしいの？」料理人は訊いた。「そう言ってるのかい」

「ああ」わたしは言った。「そう言っている」

「だったら頼めばいい」

「頼んだぞ」

「いいや、あんたはコーヒーはあるかと訊いただけだ」料理人は言った。「それとこれとはちがう」

「だったらコーヒーを淹れてくれるか？　頼む」

「ミスター・デュークに何があったんだい」

わたしは間をとった。もしかしたら、この女はデュークと結婚するつもりだったのかもしれない。料理人が執事と結婚し、引退していつまでも幸せに暮らすという筋立ての古い映画のように。

「殺された」わたしは言った。

「ゆうべ？」

わたしはうなずいた。「待ち伏せに遭った」

「どこで？」

「コネティカットで」

「そう」料理人は言った。「コーヒーを淹れてあげるよ」

料理人はコーヒーメーカーを作動させた。その手がどこから何を取り出すか、わたしは観察した。ペーパーフィルターは戸棚の紙ナプキンの隣にしまわれていた。コーヒーそのものは冷凍庫の中だ。コーヒーメーカーは古く、時間がかかった。ゴボゴボという大きな音を長々と立てている。窓を打つ雨の音と岩で砕ける波の音にそれまで加わったせいで、キャデラックの戻る音が聞こえなかった。いきなり裏口のドアがあき、エリザベス・ベックが飛びこんでくると、すぐあとからリチャードが現れ、最後にベックがつづいた。豪雨の中、短い距離を全速力で走った者らしく、息を切らして昂揚し、落ち着きがない。

「あら」エリザベスがわたしに言った。

わたしはうなずいた。何も言わずに。

「コーヒーだ」リチャードが言った。「ちょうどよかった」

「朝食を食べにいったの」エリザベスが言った。「オールド・オーチャード・ビーチまで。気に入っている小さなダイナーがあって」

「きみは寝かしておいたほうがいいとポーリーが言ってね」ベックが言った。「ゆうべのきみはひどく疲れているようだったから。それで代わりに運転すると申し出てくれたのだよ」

「なるほど」わたしは言った。よりによって、よりによって、ポーリーがあの包みを見つけたのだろうか、もうそれを話したのだろうか、と思いながら。

「コーヒーは要る？」リチャードが尋ね、コーヒーメーカーのそばに行った。手にしたカップが触れ合って軽く音を立てている。

「ブラックで」わたしは言った。「ありがとう」

リチャードはカップをひとつ持ってきた。ベックはコートを脱いで水滴を床に振り落としている。

「それは持ってきたまえ」ベックはわたしに声をかけた。「話がある」

廊下へ向かいながら、ついてこいという顔で振り返る。わたしはカップを持っていった。コーヒーは熱く、湯気を立てている。いざとなれば顔に投げつければいい。以前にも使った、鏡板の張られた四角い部屋に連れていかれた。カップを持っているせいでわたしの歩みは少し遅い。ベックはかなり先を行っている。中にはいると、ベックはすでに窓際にいて、こちらに背を向けて外の雨を眺めていた。そして振り返ったが、その手には銃が握られていた。わたしは立ち尽くすしかなかった。カップを投げつけるには遠すぎる。四メートルはある。投げても弧を描きながら回転し、空中に中身を撒き散らしてしまい、ベックにはかすりもしないだろう。

銃はベレッタM９スペシャルエディション。民間用のベレッタ92ＦＳにマイナーチェンジを施し、軍が制式採用したM９と瓜ふたつになるようにしたものだ。使用する弾薬は九ミリ・パラベラム弾。弾倉は十五発入りで、軍仕様のドット・アンド・ポスト・サイトを備えている。奇妙なほど正確に覚えているが、小売価格は八百六十一ドルだったはずだ。わたしはM9を十三年間にわたって愛用した。この銃で訓練弾を何千発も撃ち、実弾も少なからず撃った。正確な武器なので、ほとんどは標的に命中した。強力な武器なので、ほとんどは標的を破壊した。頼りになったということだ。メーカーの人間の売り文句まで覚えている。〝反動を抑えやすく、分解しやすいんですよ〟と、呪文のように繰り返していた。何度も何度も。いくつもの契約がかかっていたのだろう。異論がなかったわけではない。海軍のSEALsはこの銃を嫌った。顔の前でスライドが何度も破損したことがあると主張して。〝イタリア製の鉄を食うまでは、けっしてSEALsにはなれないぞ〟という訓練歌まで作っている。しかしながら、わたしにとってM9はいつも頼りになった。優秀な武器だと個人的には思っている。ベックが持っているそれは新品に見える。表面に汚れひとつない。油でつやめいている。サイトには蛍光塗料が塗られている。薄暗がりの中でそれがほのかに光っている。

わたしは待った。

ベックは銃を握ったまま立っている。が、やがて動いた。銃身を左の手のひらに打ちあて、右手を放す。オーク材のテーブルの上に身を乗り出し、左手でグリップから先に銃をわたしに差し出した。店員のように丁重に。

「気に入ってくれるといいが」ベックは言った。「それなら使い心地がいいだろうと思ったのだよ。デュークはあのスタイヤーのような珍しい銃が好みだった。だが経歴を考えれば、きみはベレッタのほうが扱いやすいはずだ」

わたしは進み出た。コーヒーをテーブルの上に置く。銃を受けとった。弾倉を抜き、薬室を調べ、動作を確かめ、銃身をのぞきこむ。使えないように細工はされていない。罠ではない。まともに撃てる。パラベラム弾も本物だ。新品の銃。まだ一度も発砲されていない。弾倉を入れ直すと、少しだけそのまま持っていた。古い友人と握手を交わした気分だ。薬室に一発給弾してから安全装置をかけ、ポケットにしまった。

「感謝する」わたしは言った。

ベックはポケットに手を入れ、予備の弾倉を二本取り出した。

「これも持っていたまえ」と言う。

差し出された弾倉をわたしは受けとった。

「あとでもっと渡そう」ベックは言った。

「わかった」わたしは言った。

「レーザーサイトを試したことはあるかね？」

わたしは首を横に振った。

「レーザーデヴァイスィズという会社がある」ベックは言った。「銃身の下に装着する汎用型の拳銃用サイトを製造している。サイトの下に取り付ける小さな懐中電灯も。実に斬新な装置だ」

「小さな赤い点が浮かびあがる代物か？」

ベックはうなずいた。笑みを浮かべる。「あの小さな赤い点で照らされるのはだれだってごめんだろうな」

「高価なのか？」

「それほどでもない」ベックは言った。「二、三百ドル程度だ」

「重量はどれだけ増える？」

「百三十グラムほどだ」ベックは言った。

「それがすべて銃の前方に？」

「むしろ撃ちやすくなる」ベックは言った。「発砲時に銃口が跳ねあがりにくくなるからな。銃の重量が一三パーセントほど増える。むろん、懐中電灯も付ければもっと増える。合わせて一・一キロから一・三キロほどだろう。それでも、きみが使っていたアナコンダよりよほど軽い。あれは一・七キロほどだったか？」

「弾薬を装塡していない状態でそれくらいだ」わたしは言った。「六発装塡すればもっと重くなる。あの二挺は返してもらえるのか？」

「どこかにしまっておいたはずだ」ベックは言った。「あとで返そう」

「感謝する」わたしはふたたび言った。

「レーザーサイトを試してみるかね？」

「なくても平気だ」わたしは言った。

ベックはふたたびうなずいた。「決めるのはきみだ。だが、護衛するのだから最善を尽くしてもらいたい」

「心配しないでくれ」わたしは言った。

「いまから出かけてくる」ベックは言った。「ひとりで。約束がある」

「送らなくていいのか？」

「この手の約束はひとりで行かなければならないのだよ。きみは残れ。あとで話そう。デュークの部屋に移れ、いいな？　就寝中、警備の責任者には近くにいてもらいたい」

わたしは予備の弾倉を別のポケットにしまった。

「わかった」と言う。

ベックはわたしの脇を抜けて廊下に出ると、キッチンに戻っていった。

どんでん返しについていけずにいる気分だ。極度に緊張していたのが、極度に困惑している。館の玄関へ行き、廊下の窓から外を観察した。雨の中、キャデラックが車まわしを進んで門へ向かっている。門の前で停車すると、ポーリーが門番小屋から出てきた。朝食を食べてから戻る際、そこでポーリーをおろしたにちがいない。私道の残りはベック本人が運転したのだろう。あるいはリチャードが。あるいはエリザベスが。ポーリーが門をあけた。キャデラックが門を抜け、雨と靄の中へ走り去っていく。ポーリーが門を閉めた。サーカスのテント並みに大きなレインコートを着ている。

身震いして背を向け、リチャードを捜しにいった。あの若者は何も包み隠さない正直な目をしている。リチャードはまだキッチンにいて、コーヒーを飲んでいた。

「けさは岸辺を歩いたのか？」わたしは尋ねた。

ただの世間話をするかのような、何気ない親しげな口ぶりで。リチャードが何か隠していたらわかる。赤くなったり、目をそらしたり、口ごもったり、足を踏み換えたりするはずだ。しかし、リチャードはそうした動作は何もしなかった。完全にくつろいでいて、わたしをまじまじと見た。

「本気で言ってる？」リチャードは言った。「この嵐だよ？」

わたしはうなずいた。

「確かにひどい嵐だな」と言う。

「大学を辞めるつもりなんだ」リチャードは言った。

「なぜ？」

「ゆうべの件さ」リチャードは言った。「待ち伏せされたらしいね。コネティカットの連中はいまだに野放しだ。大学に戻るのは安全じゃない。当分はここにとどまろうと思って」

「それでいいのか？」

リチャードはうなずいた。「どうせ時間をむだにしてるようなものだったし」

わたしは目をそらした。意図せざる結果の法則だ。ひとりの若者の教育を自分が妨げてしまった。人生まで台無しにしてしまったかもしれない。もっとも、わたしはこの若者の父親を刑務所送りにしようとしている。あるいは、完全に破滅させようとしている。それに比べれば、文学士の学位などたいしたことではないだろう。


エリザベス・ベックを捜しにいった。あの女は胸のうちが読みにくい。どう探りを入れるか考えたが、名案は思いつかない。エリザベスは館の北西の隅に設けられた客間にいた。肘掛け椅子にすわっている。膝の上に本を広げて。ボリス・パステルナークの『ドクトル・ジバゴ』だ。ペーパーバック。映画ならわたしも観た。ジュリー・

クリスティが主演していて、《ラーラのテーマ》という挿入曲が流れていたことを覚えている。汽車の旅。一面の雪景色。だれだったか、女の子に誘われて観たはずだ。

「あなたではなかったのね」エリザベスは言った。

「何が？」

「あなたは政府のスパイではなかった」

わたしは息を吐き出した。エリザベスが包みを見つけていたら、こんな台詞は言わない。

「そのとおりだ」わたしは言った。「いましがた、あんたの夫から銃をもらったところだよ」

「政府のスパイにしては、あなたは頭がよくない」

「そうか？」

エリザベスはうなずいた。「ついさっき、リチャードはコーヒーをやたらとほしがっていたわよね。わたしたちが帰ってきたとき」

「だから？」

「ほんとうに朝食を食べにいっていたのなら、ほしがると思う？　店でいくらでも飲めたはずなのに」

「それなら、どこに行っていた？」

「話し合うために呼び出されたのよ」

「だれと?」

名前は言えないかのように、エリザベスは無言でかぶりを振った。

「ポーリーは運転すると申し出たわけではない」と言う。「わたしたちを呼びつけたの。リチャードは車の中で待たされた」

「だが、あんたは話し合いに加わったのか?」

エリザベスはうなずいた。「一味にトロイという男がいる」

「ふざけた名前だな」わたしは言った。

「でも、頭はとても切れる」エリザベスは言った。「若くて、コンピュータに精通している。いわゆるハッカーだと思う」

「それで?」

「トロイはワシントンDCの政府のシステムの一部に侵入した。そしてここに連邦捜査官が送りこまれたことを突き止めた。つまり潜入ね。最初はあなたが疑われた。でも、もう少し調べると、捜査官は女で、何週間も前からここにいることがわかった」

理解できず、わたしはエリザベスを凝視した。テリーザ・ダニエルは記録上は存在しない。政府のコンピュータには何も情報がないはずだ。だがそこで、司法省の紋章がスクリーンセイバーに使われていたダフィーのノートパソコンを思い出した。モデムのケーブルが机の上を這い、複雑なアダプターを介して壁の中に潜り、世界中のほかのコンピュータにつながっていたことも。ダフィーはひそかに報告書をまとめていたのだろうか。自分で活用するためか、事が済んだあとで弁明するために。

「あいつらが何をするつもりかは考えたくもない」エリザベスは言った。「女に対して」

そしてあからさまに身震いし、目をそらした。わたしはどうにか廊下に出た。が、そこで立ち止まった。車がない。どこに行くにも、まずは二十キロの公道がある。早足で三時間。走れば二時間。

「忘れて」エリザベスが声をかけた。「あなたには関係のないことだったわね」

わたしは振り返ってエリザベスを見つめた。

「忘れて」エリザベスは繰り返した。「あいつらはいまごろ手をくだしている。すぐに片がつくわ」

ドミニク・コール一等軍曹とつぎに会ったのは、当人がわたしの下で働きはじめてから三日目のことだ。コールは戦闘服の緑色のズボンとカーキ色のTシャツといういでたちだった。とても暑い日で、それはいまでも覚えている。強い熱波か何かのせいだ。コールの腕は日に焼けていた。暑さの中だとその肌はくすんで見える。汗はかいていない。Tシャツ姿が眼福だった。右に〝コール〟、左に〝アメリカ陸軍〟の名札が留められ、どちらも胸の膨らみで少しだけ盛りあがっている。手にはこの前渡したファイルを持っている。コールがメモを足したせいで、少し厚みを増している。

「パートナーが必要です」コールはわたしに言った。わたしは軽い罪悪感を覚えた。三日目になるのに、パートナーさえ組ませていない。机は用意しただろうか。ロッカーや仮眠室はどうだったろうか。

「フラスコーニという男にはもう会ったか？」わたしは言った。

「トニーのことですか？　きのう会いました。でも、トニーは少尉です」

わたしは肩をすくめた。「士官と下士官が組んでもかまわない。それを禁じる規定はない。あってもどうせ無視するがな。きみは抵抗があるか？」

コールは首を横に振った。「しかし、向こうは抵抗があるかもしれません」

「フラスコーニが？　あるわけない」

「では、大尉から伝えてもらえますか」

「わかった」わたしは言い、何も書いていない紙切れに〝フラスコーニ、コール、パートナー〟と書き留めた。忘れないように、下線を二本引いておく。それからコールの持っているファイルを指差した。「何かわかったか？」

「いい知らせと悪い知らせがあります」コールは言った。「悪い知らせは、機密文書は署名をしたうえで借り出すというシステムがまったく働いていないことです。よくある不手際の可能性もありますが、悪事を隠すためにわざとおざなりにしている可能性のほうが高いでしょう」

「問題の人物の身元は？」

「グロフスキーという名のインテリです。マサチューセッツ工科大学を卒業した直後に国がスカウトしています。だれからも評判はいいですね。とても聡明なようです」

「ロシア系か？」

コールは首を横に振った。「ポーランド系で、移民したのは大昔です。イデオロギーがからんでいる様子はありません」

「MIT時代はレッドソックスのファンだったか？」

「どうしてそんなことを？」

「レッドソックスのファンは変人ばかりだからな」わたしは言った。「確かめてみるといい」

「やはり恐喝でしょう」コールは言った。

「それで、いい知らせのほうは？」

コールはファイルを開いた。「グロフスキーたちが開発に取り組んでいるのは、かいつまんで言えば、一種の小型ロケットです」

「どこと共同で開発している？」

「ハネウェル社とジェネラル・ディフェンス社です」

「それで？」

「このロケットは細くする必要があります。砲の口径より弾の口径が小さくなるように。戦車は百二十ミリ滑腔砲を搭載していますが、それよりも口径が小さくなるということです」

「どれくらい？」

「まだ不明です。しかし、グロフスキーたちは現在、サボの設計をおこなっています。サボとは、砲の口径に合わせるために弾体に装着する装弾筒のことです」

「サボが何かは知っている」わたしは言った。

コールはそれを無視した。「このサボは離脱します。つまり、砲弾が砲口から飛び出した直後に切り離されて落ちます。サボを金属製にしなければならないか、樹脂製で大丈夫かを開発者たちは突き止めようとしています。サボはフランス語で木靴を意味します。ロケットが小さな木靴を履いて飛んでいくというわけですね」

「知っている」わたしは言った。「フランス語なら話せる。母がフランス人だった」

「サボタージュも派生語です」コールは言った。「昔のフランスの労働争議が由来の。もともとは新しい産業機械を蹴って壊すことを意味したとか」

「木靴で」わたしは言った。

コールはうなずいた。「ええ」

「それで、改めて訊くが、いい知らせというのは？」

「サボの設計からは何もわかりません」コールは言った。「まったく重要なものではありませんから。しょせんはただのサボです。したがって、捜査を急ぐ必要はありません」

「わかった」わたしは言った。「だが、優先してやってくれ。フラスコーニと。きみもあいつを気に入ると思う」

「あとでビールでも飲みませんか」

「ふたりで？」

コールはわたしをまっすぐに見つめた。「どの階級でもいっしょに働けるのなら、ビールだっていっしょに飲めるはずでしょう？」

「わかった」わたしは言った。

ドミニク・コールと写真で見たテリーザ・ダニエルは似ても似つかないが、わたしの脳裏に浮かんだのはふたりの顔が混ざったものだった。読書中のエリザベス・ベックのもとを離れ、前から使っている自分の部屋へ行った。ここのほうがひとりになりやすい。安全も確保しやすい。バスルームにはいってドアを施錠し、靴を脱いだ。ヒールを開き、Eメール通信機の電源を入れる。ダフィーからメッセージが一通届いている。〝倉庫に動きはない。ベックたちは何をしている?〟。

わたしはそれを無視してメッセージ作成のボタンを押し、〝テリーザ・ダニエルが死んだ〟と打った。

長いことその短い文を凝視していた。送信ボタンの上に指を置く。だが、押さなかった。代わりにバックスペースキーを押し、メッセージを消去した。右から左へ文字が消えていく。小さなカーソルが文字を食い尽くす。送るのはそうせざるをえなくなってからでいい。確かなことがわかってからでいい。

わたしから――〝きみのパソコンが侵入されているかもしれない〟。

長い間がある。いつもの九十秒間よりずっと長い。返信は来そうにない。ダフィーは壁からケーブルを引き抜いているにちがいない。だが、シャワーでも浴びていたところだったのか、ダフィーは四分後に一語だけ、〝どうして?〟と返した。

わたしから――〝政府のシステムの一部にハッカーが侵入したという話を聞いた〟。

ダフィーから――〝メインフレームに? それともLANに?〟。

わたしから――〝わからない〟と送った。

ダフィーから――〝詳しく教えて〟。

どういう意味なのか見当もつかず、

わたしから――〝そういう話を聞いただけだ。ノートパソコンに記録をつけているのか？〟。
ダフィーから――〝まさか！〟。
わたしから――〝ほかの何かには？〟。
ダフィーから――〝まさか！〟。
わたしから――〝エリオットは？〟。
ふたたび四分の間があってから、ダフィーは〝そんなことはしていないと思う〟と返した。
わたしから――〝それは推測なのか、もしくは事実なのか？〟。
ダフィーから――〝推測よ〟。
目の前のタイル張りの壁を見つめた。息を吐く。エリオットがテリーザ・ダニエルを死なせた。それ以外に説明がつかない。が、そこで息を吸った。説明はつくかもしれない。エリオットが死なせたのではないのかもしれない。〝こういうEメールは傍受されやすいのか？〟と送る。
これまでにわれわれは六十時間以上にわたってEメールを何度もやりとりしている。ダフィーは潜入捜査官の情報を求め、わたしは潜入捜査官の本名を尋ねた。しかもわたしは明らかに男女の区別がつく形で尋ねている。わたしがテリーザ・ダニエルを死なせたのかもしれない。

息を凝らすうちに、ダフィーから返事があった。〝このEメールは暗号化されている。暗号だと見抜かれることはあっても、解読は不可能よ〟。

わたしは息をつき、〝確かなのか？〟と送った。

ダフィーから――〝請け合う〟。

わたしから――〝どうやって暗号化している？〟。

ダフィーから――〝国家安全保障局(NSA)の十億ドル規模の計画で〟。

そう聞いて勇気づけられたが、少しだけだ。NSAの十億ドル規模の計画は、完了していないうちから《ワシントン・ポスト》紙にすっぱ抜かれてしまうことがある。

そして通信の不備ほど、大きな損害をもたらすものはない。

わたしから――〝パソコンに記録をつけているか、ただちにエリオットに確認してくれ〟。

ダフィーから――〝了解。進展は？〟。

〝ない〟と打った。が、それを消去して〝もう少しの辛抱だ〟と送った。ダフィーも気が楽になるかもしれないと思って。

階段をおり、一階の廊下へ行った。客間のドアはあいたままだ。エリザベスはまだ肘掛け椅子にすわっている。『ドクトル・ジバゴ』は膝の上に伏せ、窓の外の雨を眺めている。わたしは玄関の扉をあけて外に出た。ポケットの中のベレッタに反応して金属探知機が鳴る。扉を閉め、車まわしを突っ切って私道を歩いた。雨が背中を叩く。しずくが首を伝う。だが、追い風だ。西の門番小屋へと押してくれている。足が軽く感じる。戻るのはきつそうだ。もろに向かい風の中を歩くことになる。まだ歩けるとしたらの話だが。

近づくわたしにポーリーが気づいた。ねぐらでうろつく動物のように、ずっとこの小さな建物の中で身をかがめ、表側の窓と裏側の窓とのあいだを行ったり来たりしながら見張っていたにちがいない。巨人はレインコートを着て外に出てきた。頭をさげ、体を横向きにすることでどうにか戸口を抜けている。そして家の壁に背中を寄せて立った。そこなら庇が張り出している。だが、庇は役に立っていない。横殴りの雨が庇の下に吹きつけている。雨粒がレインコートを乱れ打つ鋭い音がはっきりと聞こえる。雨は顔にも降り注いで伝い落ち、汗が噴き出したようになっている。ポーリーは帽子をかぶっていない。髪が額に貼りついている。濡れているせいでそれが黒っぽく見える。

わたしは背中をまるめて両手をポケットに入れ、襟のあいだに顔を伏せている。右手はベレッタを握り締めている。安全装置は解除してある。だが、使いたくはない。使えば弁明が面倒だ。それに、どうせ代わりのだれかが来るだけだろう。そうなってもかまわないという状態でなければ、代わりのだれかには来てもらいたくない。だからベレッタは使いたくない。とはいえ、いざとなれば使えるようにしておく。

一・八メートル手前で足を止めた。ポーリーの手が届かないところで。

「話がある」わたしは言った。

「話なんかしたくねえ」ポーリーは言った。

「代わりに腕相撲でもしたいのか？」

ポーリーの目は薄い青で、瞳がやけに小さい。朝食はすべて、カプセル剤や粉末で済ませたのだろう。

「何についての話だ」ポーリーは言った。

「新しい状況についての」わたしは言った。

ポーリーは何も言わない。

「おまえのMOSはなんだ」わたしは尋ねた。

MOSは軍で使われる頭字語だ。軍は頭字語を好む。これは特技区分（ミリタリー・オキュペイショナル・スペシャルティ）を表している。そしてわたしは現在形を用いた。〝なんだった〟ではなく〝なんだ〟と訊いた。当時に引き戻したかったからだ。元軍人は元カトリック教徒に似たところがある。もはや頭の片隅にしかなくても、昔の儀式はなおも強い力をおよぼす。たとえば、将校には服従するという昔の儀式も。

「イレヴン・バン・バンだ」ポーリーは言い、笑みを浮かべた。

望ましい答ではない。イレヴン・バン・バンは11Bを表す兵士の俗語で、これはイレヴン・ブラヴォーすなわち歩兵を意味し、戦闘部隊を意味する。血管にメタンフェタミンやステロイドがこれでもかとばかりに流れている体重百八十キロの巨人とつぎに対決することがあったら、MOSは機械の整備やタイプ打ちのほうが好ましい。戦闘部隊ではなく。その体重百八十キロの巨人が将校嫌いで、将校に対する暴行の罪によってレヴンワース軍事刑務所で八年服役したことがあるのならなおさらだ。

「中にはいろう」わたしは言った。「ここは雨に打たれる」

大尉より上の階級に昇進したときに身につける口調で言った。穏やかで、くだけていると言ってもいい。少尉や中尉のときに使う口調ではない。提案しているが、同時に命令もしている。そこには深い意味が含まれ、〝なあ、ここではただの男同士だ。階級のような堅苦しいものは抜きにしないか〟と伝えている。

ポーリーは長いことわたしを見つめていた。やがて向きを変え、体を横向きにして戸口を抜けた。顎を胸につけ、つかえないようにしながら。中は天井まで二メートルと少ししかない。わたしでも低く感じる。ポーリーの頭はぶつかりそうだ。両手はポケットに入れたままにした。ポーリーのレインコートから水がしたたり落ち、床に溜まっている。

獣じみた刺激臭が鼻を突く。ミンクのようなにおいだ。おまけに、薄汚い。小さなリビングルームがあり、キッチンエリアに通じている。キッチンの向こうに短い廊下があり、途中にバスルーム、突きあたりに寝室が設けられている。それですべてだ。都会のアパートメントより狭いのに、一軒家の小型版のような間取りにしてある。どこもかしこもひどい散らかりようだ。シンクには洗っていない食器が突っこまれている。使った皿やカップ、運動着がリビングルームに散乱している。新しいテレビと古いソファが向かい合うように置かれているが、ソファはポーリーの巨体のせいで潰れている。棚もテーブルも薬瓶だらけだ。ビタミン剤も少しはある。だが、多くはない。

部屋には機関銃がある。ソ連製の古いNSV。戦車の砲塔に装備する火器だ。それが部屋の中央に鎖で吊るされている。不気味な彫刻のようにぶらさがっている。新しい空港のターミナルビルに決まって設置されているアレクサンダー・カルダーの作品を思わせる。これなら後ろに立って銃身を一周させることができる。表側の窓からも裏側の窓からも撃てる。窓が銃眼になるわけだから、射界はかぎられるが、西は公道を四十メートル先まで、東は私道を四十メートル先まで掃射できる。弾薬は、蓋をあけて床に置いた弾薬箱から弾帯を伸ばして給弾している。壁際には弾薬箱が二十個ほども積みあげられている。箱は鈍いオリーブ色で、どれもキリル文字と赤い星が描かれている。

銃はあまりに大きく、まわりこむには壁に貼りつくようにしなければならなかった。電話が二台ある。一台は外線用だろう。もう一台は内線用で、館につながっているはずだ。壁には警報器もある。一台は中間地帯に埋めこまれたセンサー用だろう。もう一台は門そのものに取り付けられたモーションセンサー用だ。モニターも一台あり、門柱のカメラがとらえた白っぽいモノクロ映像が映っている。

「おれに蹴りを入れやがったな」ポーリーは言った。

わたしは何も言わなかった。

「そのうえ、車で轢こうとしやがった」ポーリーは言った。

「警告射撃だ」わたしは言った。

「なんの？」

「デュークは死んだ」わたしは言った。

ポーリーはうなずいた。「それは聞いた」

「だからわたしが引き継いだ」わたしは言った。「おまえの持ち場は門で、わたしの持ち場は館だ」

ポーリーはふたたびうなずいた。無言で。

「いまはわたしがベック一家を担当している」わたしは言った。「一家の安全に責任を負っている。ミスター・ベックはわたしを信頼している。その証としてわたしに銃を与えた」

話しているあいだ、わたしはずっとポーリーを見据えていた。眉間に圧迫感を与えるほどに。ポーリーが言うとしたらいまだ。メタンフェタミンとステロイドに煽られて下卑た笑みを浮かべ、〝あの岩場でおれが何を見つけたか教えたら、もう信頼しねえだろうよ。おまえがとっくに銃を持ってるって教えたらな〟と言うとしたら。体を揺すり、にやつき、歌うような声でそう言うだろう。だが、ポーリーは何も言わない。何もしない。なかなか意味を把握できないのか、目の焦点がわずかに合っていないことを除けば、なんの反応も見せていない。

「理解したか？」わたしは言った。

「デュークの役をおまえが引き継いだ」ポーリーは無表情に言った。

包みを見つけたのはポーリーではない。

「わたしは一家が快適に生活できるように気を配る」わたしは言った。「そこにはミセス・ベックも含まれる。あのお遊びは終わりだ。いいな？」

ポーリーは何も言わない。目を合わせるために見あげているせいで首が痛くなっている。わたしの頸椎は人を見おろすほうにずっと慣れている。

「いいな？」もう一度言った。

「いやだと言ったら？」

「いつまでも歩み寄れないだろうな」

「それも楽しそうだな」

わたしは首を横に振った。

「楽しいはずがない」わたしは言った。「絶対に。そうなったらおまえはわたしに八つ裂きにされるからだ」

「本気で言ってるのか？」

「憲兵を殴ったことがあるのか？」わたしは訊いた。「在役中に」

ポーリーは答えない。目をそらして黙りこんでいる。逮捕されたときのことを思い出しているのだろう。多少は抵抗したはずだから、制圧する必要があったはずだ。その結果、どこかの階段で転げ落ち、かなりの怪我を負った。犯行現場と留置場のあいだのどこかで。純然たる事故によって。特定の状況下では、そういうことが起こる。とはいえ、逮捕を担当した将校は、ポーリーを連行するために六人は送りこんだだろう。わたしなら八人は送りこんでいる。

「ついでにおまえをクビにする」わたしは言った。

ポーリーはのろくさと視線を戻した。

「おまえがおれをクビにすることはできねえよ」と言う。「おれはおまえの手下じゃねえ。ベックの手下でもねえ」

「だったらだれの手下なんだ」

「とあるだれかさ」

「そのとあるだれかは名無しなのか?」

ポーリーは首を横に振った。

「教えねえよ(ノー・ダイス)」と言う。

わたしはポケットに両手を入れたまま、機関銃をまわりこんだ。ドアへ向かう。

「話はついたな?」と言った。

ポーリーはわたしを見た。無言で。だが、落ち着いている。朝の薬の量はバランスのとれたものだったにちがいない。

「ミセス・ベックには手を出すな。いいな?」わたしは言った。

「おまえがここにいるあいだはな」ポーリーは言った。「おまえはずっとここにいるわけじゃねえ」

そう願いたいところだ、と思った。ポーリーの電話が鳴った。外線だろう。エリザベスやリチャードが館から電話をかけてくるとは思えない。沈黙の中に呼び出し音がけたたましく響いている。ポーリーが受話器を取り、名前を告げた。そのあとは黙って耳を傾けている。受話口からかすかに声が漏れているが、プラスチックが共鳴して音が割れているために不明瞭で、内容までは聞きとれない。相手は一分弱話していた。そして通話を切った。ポーリーは受話器を置くと、手をやけに慎重に動かし、鎖に吊られた機関銃を手のひらでゆっくりと揺らした。はじめて地下のジムに行った朝、わたしもサンドバッグを揺らしたが、それをわざわざ真似しているらしい。巨人はわたしに笑みを向けた。

「おまえには目を光らせてる」と言う。「いつだって目を光らせてるからな」

わたしはそれを無視してドアをあけ、外に出た。雨が消防ホースさながらに吹きつけてくる。前かがみになってその中に歩み入った。息を止め、腰のあたりに悪寒を覚えながら、裏側の窓が射界に収める四十メートルの弧を抜けた。それから息をついた。

ベックでも、エリザベスでも、リチャードでもなかった。ポーリーでもなかった。

そんなばかな（ノー・ダイス）。

いっしょにビールを飲んだ夜、ドミニク・コールもわたしに〝ノー・ダイス〟と言った。最初に約束した夜はわたしの都合が悪くなってしまい、埋め合わせの日はコールの都合が悪くなってしまったため、会えたのは一週間ほど経ってからだった。八日後だったかもしれない。当時はクラブが階級で厳格に分けられていたので、基地内で軍曹が大尉といっしょに酒を飲むのはむずかしく、われわれは町のバーに行った。よくあるバーで、細長くて天井の低い部屋にビリヤード台が八台据えられ、人やネオンサインやジュークボックスの騒音や紫煙で満たされていた。まだとても暑かった。エアコンは全力で稼働していたが、なんの役にも立っていなかった。私服を一着も持っていなかったわたしは作業服のズボンと古いTシャツという恰好だった。コールはワンピース姿で現れた。シンプルなAラインの袖なし、膝丈の服で、黒地に小さな白い点が散らしてあった。とても小さな点が。水玉模様のたぐいではない。とても繊細な模様だ。

「フラスコーニとはうまくいっているか?」わたしは尋ねた。

「トニーですか?」コールは言った。「いい人です」

それ以上の人物評は言わない。われわれはローリングロックを頼んだが、その夏のわたしはこのビールを愛飲していたのでちょうどよかった。うるさいせいで、コールはかなり顔を寄せて話さなければならなくなっている。わたしはその近さを楽しんだ。とはいえ、勘ちがいをしていたわけではない。コールがそうしているのは騒音レベルのせいであって、それ以上の理由はない。そもそも、口説くつもりはなかった。

口説かない改まった理由があるわけではない。当時も慣例はあったと思うが、まだ規定はなかった。セクシャルハラスメントの概念は軍にはなかなか広まらなかったからだ。だがわたしは、隠れた不公平があることに早くから気づいていた。もっとも、わたしにはコールの出世を後押しすることも邪魔することもできない。あのジャケットからして、コールがいずれ曹長になり、つぎに先任曹長になるのは疑う余地がない。時間の問題にすぎない。さらに給与等級がE－9の上級曹長になるだろう。それも確実だ。その後はむずかしくなる。上級曹長のつぎは最上級曹長だが、これは各連隊にひとりしかいない。そのつぎは陸軍最先任上級曹長だが、これは陸軍にひとりしかいない。つまりコールは昇進するだろうが、どこかでそれも頭打ちになる。わたしがどう評価しようとも。

「戦術的な問題があります」コールは言った。「戦略的かもしれません」

「というと？」

「例のインテリ、グロフスキーのことです。本人に何か後ろ暗い秘密があって恐喝されているようには思えないのです。家族に危害を加えるとあからさまに脅されている可能性のほうが高いように思えます。恐喝というより強要です」

「なぜそう思う？」

「グロフスキーの経歴にはなんの汚点もないからです。身辺調査が徹底しておこなわれています。こういうことがあるからでしょうね。恐喝される可能性を避けるためです」

「グロフスキーはレッドソックスのファンだったか？」

コールは首を横に振った。「ヤンキースのファンです。ブロンクスの出身で。そこの科学高等学校にかよっていました」

「なるほど」わたしは言った。「それだけで好感が持てるな」

「しかし、捜査規範にしたがうならただちに逮捕するべきです」

「グロフスキーはどんなことをしている？」

「研究所から設計図を持ち出すところはこの目で確かめました」

「まだサボの開発中なのか？」

コールはうなずいた。「しかし、サボの設計は星条旗新聞に載ってもおかしくありませんし、それからは何もわかりません。つまり、まだ急を要する状況ではありません」

「グロフスキーは設計図をどうしている？」

「ボルティモアでデッド・ドロップをおこなっています」

「回収に来た人物を目撃したか？」デッド・ドロップとは、協力者がある場所に置いた品物や情報を、スパイがあとから回収する手法を指す。

コールは首を横に振った。

「だめでした（ノー・ダイス）」と言う。

「きみはこのインテリについてどう思っている？」

「逮捕はしたくありません。黒幕をとらえ、本人は見逃してやるべきだと思います。幼い娘がふたりもいるんですよ」

「フラスコーニはどう思っている？」

「トニーも同意見です」

「ほんとうか？」

コールは微笑した。

「同意見のはずです」と言う。「ただし、捜査規範に背くことになります」

「捜査規範は忘れろ」わたしは言った。

「本気ですか？」

「わたしからのじきじきの命令だ」わたしは言った。「なんなら書面にしてもいい。自分の直感にしたがうんだ。鎖を反対の端までたどれ。それができれば、このグロフスキーを巻きこまずに済む。ヤンキースのファンに対しては、それがわたしのいつものやり方だ。だが、黒幕を逃がすなよ」

「逃がしません」コールは言った。

「サボの開発が終わる前に片をつけろ」わたしは言った。「さもなければ、別のやり方を考えなければならなくなる」

「わかりました」コールは言った。

その後は話題を変え、ビールをもう何杯か飲んだ。一時間もすると、ジュークボックスからよさそうな曲が流れてきたので、踊らないかとわたしから誘った。コールはその夜二度目の〝だめです(ノー・ダイス)〟を言った。あとになって、その文句について考えてみた。サイコロ博打の業界用語に由来するのは明らかだ。もともとは〝ファウル〟を意味したにちがいない。つまり、サイコロ(ダイス)が正しく転がらなかったとき、〝ノー・ダイス！〟と判定した。野球でファウルグラウンドにゴロが行ったとき、審判が〝ファウルボール！〟と判定するのと同じだ。それが後世には単なる否定語になった。〝まさか〟とか〝ありえない〟とか〝無理だ〟とかを意味する語に。だが、コールはこの語源をどれくらいさかのぼって使ったのだろう。ただの〝ノー〟だったのか、あるいはファウルと判定したのか。わたしにはわからない。

館に戻ったときにはずぶ濡れになっていたので、二階に行ってデュークの部屋をもらい受け、タオルで体を拭き、新しい服に着替えた。この部屋は館の表側のおおむね中央にある。窓からは西に延びる私道が見渡せる。高さがあるので塀の向こうも見える。遠くにリンカーン・タウンカーが見えた。こちらへまっすぐに向かっている。色は黒。嵐だからヘッドライトを点灯している。レインコート姿のポーリーが出てきて、車が速度を落とさずに済むように早々と門をあけた。疾走する車がそこを抜ける。フロントガラスに雨が縞模様を作り、ワイパーが忙しく往復している。ポーリーは車が来るのを予期していたようだ。先ほどの電話であらかじめ知らされていたにちがいない。わたしは車が窓の死角にはいるまで眺めてから、室内に視線を向けた。

この館の部屋は大半がそうだが、デュークの部屋も四角くて飾り気がない。黒っぽい鏡板が張られ、大きなオリエンタルカーペットが敷かれている。テレビが一台に、電話が二台ある。外線用と内線用だろう。シーツは清潔で、クローゼットの服以外に私物はない。人事異動があったことをけさ早くにベックがメイドに伝えたのかもしれない。そしてわたしのために服は残しておくよう言ったのかもしれない。

窓際に戻って五分ほど待つうちに、キャデラックで帰ってくるベックが見えた。ポーリーが同じように出迎えている。大型のセダンはほとんど速度を落とさなかった。車を通すと、ポーリーは門を閉めた。鎖を巻き、施錠している。門はここから百メートルは離れているが、ポーリーが何をしているかは見てとれる。キャデラックは窓の死角にはいり、独立車庫へ向かった。わたしは一階へ行った。ベックが戻ったのだから、昼食になるだろう。ポーリーが門を施錠したのは、いっしょに館で昼食をとるためかもしれない。

しかし、その読みははずれた。

廊下に着くと、ベックがキッチンから出てきた。コートに雨がまだらに散っている。わたしを捜していたらしい。手にはスポーツバッグを持っている。コネティカットに行った際に銃を入れて運んだバッグだ。

「仕事だ」ベックは言った。「いますぐやれ。潮の流れに乗せる必要がある」

「場所は？」

ベックは立ち去ろうとしている。こちらに背中を向けたまま、首をひねって答えた。

「リンカーンに乗っている男が教えてくれる」と。

わたしはキッチンを抜けて外に出た。金属探知機が鳴る。また雨の中を歩き、独立車庫へ向かった。だが、リンカーンはすぐそこの館の角に停まっていた。方向変換してバックし、トランクを海のほうに向けている。運転席に男がすわっている。雨に打たれずに済んでいるが、気が短いらしい。親指でハンドルを叩いている。男はわたしの姿をバックミラーで見てとると、トランクのロックをはずし、運転席のドアをあけてすばやく外に出た。

トレーラーハウスから引きずり出して無理やりスーツを着せたような男だ。白いものが交じった長い山羊ひげを生やし、貧相な顎を隠している。髪はピンク色のゴムバンドで脂っぽいポニーテールにまとめている。ゴムバンドはラメを散らしてある。小さな女の子の目に留まりやすいように、ドラッグストアの回転式陳列棚の下のほうに並んでいそうな品だ。顔はにきびのあとがある。首には刑務所で入れたタトゥーがある。背は高く、ひどく痩せていて、ふつうの人間を縦にふたつに割ったかのようだ。

「あんたが新しいデュークか？」男はわたしに言った。

「そうだ」わたしは言った。「わたしが新しいデュークだ」

「おれはハーリーだ」男は言った。

わたしは名乗らなかった。

「さあ、やるぞ」ハーリーは言った。

「何を？」

ハーリーは車の後ろにまわってトランクの蓋を全開にした。

「ごみの処分さ」と言う。

トランクの中には軍仕様の納体袋があった。分厚い黒のゴム製で、縦方向にファスナーで閉めてある。折り曲げてトランクに収めてある様子からして、中にはいっているのは小柄な人間だろう。おそらく女。

「中身はだれなんだ」すでに答は知っていたが、尋ねた。

た」

「政府の雌犬だ」ハーリーは言った。「時間がかかったが、とうとうつかまえてやっ

そして身を乗り出し、袋の自分に近いほうの端をつかんだ。両手で左右の隅を握っ
ている。わたしを待っている。わたしは立ち尽くし、雨がうなじにあたるのを感じな
がら、ゴムの上に雨が落ちて跳ねる音を聞いていた。

「潮の流れに乗せなくちゃならないんだよ」ハーリーは言った。「そのうち向きが変
わっちまう」

わたしもかがんで自分に近いほうの隅をつかんだ。顔を見交わして息を合わせ、袋
を持ちあげてトランクから出す。重くはないが持ちにくく、ハーリーは力が強くな
い。ふたりで岸辺へ向かって何歩か袋を運んだ。

「おろせ」わたしは言った。

「どうして?」

「見たい」わたしは言った。

ハーリーはそのまま立っている。

「見ないほうがいいぞ」と言いながら。

「おろせ」わたしは繰り返した。

ハーリーは一秒ほど迷っていたが、結局わたしにしたがってしゃがみこみ、袋を岩

の上に置いた。中で死体が背中を反らした恰好になる。わたしはしゃがんだまま頭側へ行った。ファスナーの引き手を探って引く。

「見るなら顔だけにしとけよ」ハーリーが言った。「そこはそんなにひどくねえから」

見た。あまりにひどい。激しい苦悶のうちに絶命している。それは明らかだ。顔に苦痛が刻みこまれている。ゆがんで固まり、断末魔の絶叫の表情のままになっている。

しかし、テリーザ・ダニエルではない。

ベックのメイドだ。

（以下下巻）

|著者|リー・チャイルド　1954年イングランド生まれ。地元テレビ局勤務を経て、'97年に『キリング・フロアー』で作家デビュー。アンソニー賞最優秀処女長編賞を受賞し、全米マスコミの絶賛を浴びる。以後、ジャック・リーチャーを主人公としたシリーズは現在までに25作が刊行され、いずれもベストセラーを記録。本書は7作目にあたる。

|訳者|青木 創　1973年、神奈川県生まれ。東京大学教養学部教養学科卒業。翻訳家。訳書に、ハーパー『渇きと偽り』『潤みと翳り』、モス『黄金の時間』、ジェントリー『消えたはずの、』、メイ『さよなら、ブラックハウス』、ヴィンター『愛と怒りの行動経済学』、ワッツ『偶然の科学』（以上、早川書房）、リー『封印入札』『レッドスカイ』（幻冬舎）、メルツァー『偽りの書』（角川書店）、トンプソン『脳科学者が教える 本当に痩せる食事法』（幻冬舎）、フランセス『〈正常〉を救え』（講談社）など。

宿敵(しゅくてき)(上)

リー・チャイルド｜青木(あおき) 創(はじめ) 訳

2021年8月12日第1刷発行
2022年2月17日第2刷発行

発行者——鈴木章一
発行所——株式会社　講談社
東京都文京区音羽2-12-21　〒112-8001
電話　出版　(03) 5395-3510
　　　販売　(03) 5395-5817
　　　業務　(03) 5395-3615

Printed in Japan

定価はカバーに
表示してあります

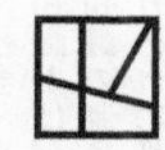

デザイン——菊地信義
本文データ制作—講談社デジタル製作
表紙印刷——豊国印刷株式会社
カバー印刷—大日本印刷株式会社
本文印刷・製本—株式会社講談社

ISBN978-4-06-523307-8

講談社文庫刊行の辞

二十一世紀の到来を目睫に望みながら、われわれはいま、人類史上かつて例を見ない巨大な転換期をむかえようとしている。

世界も、日本も、激動の予兆に対する期待とおののきを内に蔵して、未知の時代に歩み入ろうとしている。このときにあたり、創業の人野間清治の「ナショナル・エデュケイター」への志を現代に甦らせようと意図して、われわれはここに古今の文芸作品はいうまでもなく、ひろく人文・社会・自然の諸科学から東西の名著を網羅する、新しい綜合文庫の発刊を決意した。

激動の転換期はまた断絶の時代である。われわれは戦後二十五年間の出版文化のありかたへの深い反省をこめて、この断絶の時代にあえて人間的な持続を求めようとする。いたずらに浮薄な商業主義のあだ花を追い求めることなく、長期にわたって良書に生命をあたえようとつとめるところにしか、今後の出版文化の真の繁栄はあり得ないと信じるからである。

同時にわれわれはこの綜合文庫の刊行を通じて、人文・社会・自然の諸科学が、結局人間の学にほかならないことを立証しようと願っている。かつて知識とは、「汝自身を知る」ことにつきていた。現代社会の瑣末な情報の氾濫のなかから、力強い知識の源泉を掘り起し、技術文明のただなかに、生きた人間の姿を復活させること。それこそわれわれの切なる希求である。

われわれは権威に盲従せず、俗流に媚びることなく、渾然一体となって日本の「草の根」をかたちづくる若く新しい世代の人々に、心をこめてこの新しい綜合文庫をおくり届けたい。それは知識の泉であるとともに感受性のふるさとであり、もっとも有機的に組織され、社会に開かれた万人のための大学をめざしている。大方の支援と協力を衷心より切望してやまない。

一九七一年七月

野間省一

講談社文庫 目録

森 博嗣　詩的私的ジャック〈JACK THE POETICAL PRIVATE〉
森 博嗣　封印再度〈WHO INSIDE〉
森 博嗣　幻惑の死と使途〈ILLUSION ACTS LIKE MAGIC〉
森 博嗣　夏のレプリカ〈REPLACEABLE SUMMER〉
森 博嗣　今はもうない〈SWITCH BACK〉
森 博嗣　数奇にして模型〈NUMERICAL MODELS〉
森 博嗣　有限と微小のパン〈THE PERFECT OUTSIDER〉
森 博嗣　黒猫の三角〈Delta in the Darkness〉
森 博嗣　人形式モナリザ〈Shape of Things Human〉
森 博嗣　月は幽咽のデバイス〈The Sound Walks When the Moon Talks〉
森 博嗣　夢・出逢い・魔性〈You May Die in My Show〉
森 博嗣　魔剣天翔〈Cockpit on knife Edge〉
森 博嗣　恋恋蓮歩の演習〈A Sea of Deceits〉
森 博嗣　六人の超音波科学者〈Six Supersonic Scientists〉
森 博嗣　捩れ屋敷の利鈍〈The Riddle in Torsional Nest〉
森 博嗣　朽ちる散る落ちる〈Rot off and Drop away〉
森 博嗣　赤緑黒白〈Red Green Black and White〉
森 博嗣　四季 春～冬
森 博嗣　φは壊れたね〈PATH CONNECTED φ BROKE〉

森 博嗣　θは遊んでくれたよ〈ANOTHER PLAYMATE θ〉
森 博嗣　τになるまで待って〈PLEASE STAY UNTIL τ〉
森 博嗣　εに誓って〈SWEARING ON SOLEMN ε〉
森 博嗣　λに歯がない〈λ HAS NO TEETH〉
森 博嗣　ηなのに夢のよう〈DREAMILY IN SPITE OF η〉
森 博嗣　目薬αで殺菌します〈DISINFECTANT α FOR THE EYES〉
森 博嗣　ジグβは神ですか〈JIG β KNOWS HEAVEN〉
森 博嗣　キウイγは時計仕掛け〈KIWI γ IN CLOCKWORK〉
森 博嗣　χの悲劇〈THE TRAGEDY OF χ〉
森 博嗣　ψの悲劇〈THE TRAGEDY OF ψ〉
森 博嗣　イナイ×イナイ〈PEEKABOO〉
森 博嗣　キラレ×キラレ〈CUTTHROAT〉
森 博嗣　タカイ×タカイ〈CRUCIFIXION〉
森 博嗣　ムカシ×ムカシ〈REMINISCENCE〉
森 博嗣　サイタ×サイタ〈EXPLOSIVE〉
森 博嗣　ダマシ×ダマシ〈SWINDLER〉
森 博嗣　女王の百年密室〈GOD SAVE THE QUEEN〉
森 博嗣　迷宮百年の睡魔〈LABYRINTH IN ARM OF MORPHEUS〉
森 博嗣　赤目姫の潮解〈LADY SCARLET EYES AND HER DELIQUESCENCE〉

森 博嗣　まどろみ消去〈MISSING UNDER THE MISTLETOE〉
森 博嗣　地球儀のスライス〈A SLICE OF TERRESTRIAL GLOBE〉
森 博嗣　今夜はパラシュート博物館へ〈THE LAST DIVE TO PARACHUTE MUSEUM〉
森 博嗣　虚空の逆マトリクス〈INVERSE OF VOID MATRIX〉
森 博嗣　レタス・フライ〈Lettuce Fry〉
森 博嗣　僕は秋子に借りがある I'm in Debt to Akiko〈森博嗣自選短編集〉
森 博嗣　どちらかが魔女 Which is the Witch?〈森博嗣シリーズ短編集〉
森 博嗣　探偵伯爵と僕〈His name is Earl〉
森 博嗣　喜嶋先生の静かな世界〈The Silent World of Dr.Kishima〉
森 博嗣　実験的経験〈Experimental experience〉
森 博嗣　そして二人だけになった〈Until Death Do Us Part〉
森 博嗣　つぶやきのクリーム〈The cream of the notes〉
森 博嗣　つぼやきのテリーヌ〈The cream of the notes 2〉
森 博嗣　つぼねのカトリーヌ〈The cream of the notes 3〉
森 博嗣　ツンドラモンスーン〈The cream of the notes 4〉
森 博嗣　つぼみ茸ムース〈The cream of the notes 5〉
森 博嗣　つぶさにミルフィーユ〈The cream of the notes 6〉
森 博嗣　月夜のサラサーテ〈The cream of the notes 7〉
森 博嗣　つんつんブラザーズ〈The cream of the notes 8〉

森 博嗣 ツベルクリンムーチョ〈The cream of the notes 9〉
森 博嗣 追懐のコヨーテ〈The cream of the notes 10〉
森 博嗣 100人の森博嗣〈100 MORI Hiroshies〉
森 博嗣 的を射る言葉〈Gathering the Pointed Wits〉
森 博嗣 カクレカラクリ〈An Automaton in Long Sleep〉
森 博嗣 DOG&DOLL
森 博嗣 森には森の風が吹く〈My wind blows in my forest〉
諸田玲子 其の一日
諸田玲子 森家の討ち入り
森 達也 「自分の子どもが殺されても同じことが言えるのか」と叫ぶ人に訊きたい
森 達也 すべての戦争は自衛から始まる
本谷有希子 腑抜けども、悲しみの愛を見せろ
本谷有希子 江利子と絶対〈本谷有希子文学大全集〉
本谷有希子 あの子の考えることは変
本谷有希子 嵐のピクニック
本谷有希子 自分を好きになる方法
本谷有希子 異類婚姻譚
本谷有希子 静かに、ねぇ、静かに
茂木健一郎 「赤毛のアン」に学ぶ幸福になる方法

茂木健一郎 with ダイアログ・イン・ザ・ダーク まっくらな中での対話
森川智喜 キャットフード
森川智喜 スノーホワイト
森川智喜 一つ屋根の下の探偵たち
森林原人 セックス幸福論〈偏差値78のAV男優が考える〉
桃戸ハル編・著 5分後に意外な結末〈ベスト・セレクション〉
桃戸ハル編・著 5分後に意外な結末〈ベスト・セレクション 黒の巻・白の巻〉
桃戸ハル編・著 5分後に意外な結末〈ベスト・セレクション 心震える赤の巻〉
森 功 高倉 健〈隠し続けた七つの顔と「謎の養女」〉
望月麻衣 京都船岡山アストロロジー
山田風太郎 甲賀忍法帖〈山田風太郎忍法帖①〉
山田風太郎 伊賀忍法帖〈山田風太郎忍法帖③〉
山田風太郎 忍法八犬伝〈山田風太郎忍法帖④〉
山田風太郎 風来忍法帖〈山田風太郎忍法帖⑪〉
山田風太郎 新装版 戦中派不戦日記
山田正紀 大江戸ミッション・インポッシブル〈顔役を消せ〉
山田正紀 大江戸ミッション・インポッシブル〈幽霊船を奪え〉
山田詠美 晩年の子供
山田詠美 A2Z

山田詠美 珠玉の短編
柳家小三治 ま・く・ら
柳家小三治 もひとつ ま・く・ら
柳家小三治 バ・イ・ク
山口雅也 垂里冴子のお見合いと推理
山口雅也 落語魅捨理全集〈坊主の愉しみ〉
山本一力 深川黄表紙掛取り帖
山本一力 牡丹酒〈深川黄表紙掛取り帖(二)〉
山本一力 ジョン・マン1 波濤編
山本一力 ジョン・マン2 大洋編
山本一力 ジョン・マン3 望郷編
山本一力 ジョン・マン4 青雲編
山本一力 ジョン・マン5 立志編
椰月美智子 十二歳
椰月美智子 しずかな日々
椰月美智子 ガミガミ女とスーダラ男
椰月美智子 恋愛小説
柳 広司 キング&クイーン
柳 広司 怪談

柳 広司 ナイト&シャドウ
柳 広司 幻影城市
柳 広司 風神雷神(上)(下)
薬丸 岳 闇の底
薬丸 岳 虚 夢
薬丸 岳 刑事のまなざし
薬丸 岳 逃 走
薬丸 岳 ハードラック
薬丸 岳 その鏡は嘘をつく
薬丸 岳 刑事の約束
薬丸 岳 Aではない君と
薬丸 岳 ガーディアン
薬丸 岳 刑事の怒り
薬丸 岳 天使のナイフ〈新装版〉
矢野龍王 箱の中の天国と地獄
山崎ナオコーラ 論理と感性は相反しない
山崎ナオコーラ 可愛い世の中
山田芳裕 へうげもの 一服
山田芳裕 へうげもの 二服
山田芳裕 へうげもの 三服
山田芳裕 へうげもの 四服
山田芳裕 へうげもの 五服
山田芳裕 へうげもの 六服
山田芳裕 へうげもの 七服
山田芳裕 へうげもの 八服
山田芳裕 へうげもの 九服
山田芳裕 へうげもの 十服
山田芳裕 へうげもの 十一服
山田芳裕 へうげもの 十二服
矢月秀作 ACT(アクト)〈警視庁特別潜入捜査班〉
矢月秀作 ACT(アクト)2 告発者〈警視庁特別潜入捜査班〉
矢月秀作 ACT(アクト)3 掠奪〈警視庁特別潜入捜査班〉
矢野 隆 清正を破った男
矢野 隆 我が名は秀秋
矢野 隆 戦(いくさ)始末
矢野 隆 乱
矢野 隆 長篠の戦い〈戦百景〉
矢野 隆 桶狭間の戦い〈戦百景〉
山本 弘 僕の光輝く世界
山内マリコ かわいい結婚
山本周五郎 さぶ〈山本周五郎コレクション〉
山本周五郎 白石城死守〈山本周五郎コレクション〉
山本周五郎 完全版 日本婦道記(上)(下)〈山本周五郎コレクション〉
山本周五郎 戦国武士道物語 死處〈山本周五郎コレクション〉
山本周五郎 戦国物語 信長と家康〈山本周五郎コレクション〉
山本周五郎 幕末物語 失蝶記〈山本周五郎コレクション〉
山本周五郎 逃亡記 時代ミステリ傑作選〈山本周五郎コレクション〉
山本周五郎 家族物語 おもかげ抄〈山本周五郎コレクション〉
山本周五郎 繁(しげ)あね〈美しい女たちの物語〉
山本周五郎 雨あがる〈映画化作品集〉
柳田理科雄 スター・ウォーズ 空想科学読本
柳田理科雄 MARVELマーベル空想科学読本
靖子靖史 空色(くうしき)カンバス〈瑞空寺凸凹縁起〉
安本由佳 山本理沙 不機嫌な婚活
山中伸弥 平尾誠二・惠子 友 情〈平尾誠二と山中伸弥「最後の約束」〉
夢枕 獏 大江戸釣客伝(上)(下)
唯川 恵 雨心中

古典

高橋貞一校注　平家物語(上)(下)

中西進校注　万葉集　全訳注原文付　全四冊

中西進編　万葉集事典〈万葉集全訳注原文付・別巻〉

世阿弥編　川瀬一馬校注　花伝書(風姿花伝)

海外作品

小説

2021年12月15日現在